煇誠雅正：

MZplus

Read a different world. Read the world differently.

梁金群

2020.9.6

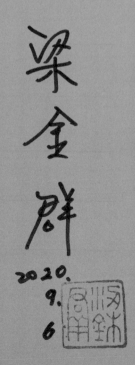

野村少女

馬來西亞新村生活隨筆

梁金群——著

「野村」，北緯 4°51′0″，東經 100°54′60″；
馬來半島霹靂州東北部的華人新村利民加地（Liman Kati）。

父親二十三歲，攝於江沙幸福照相館。

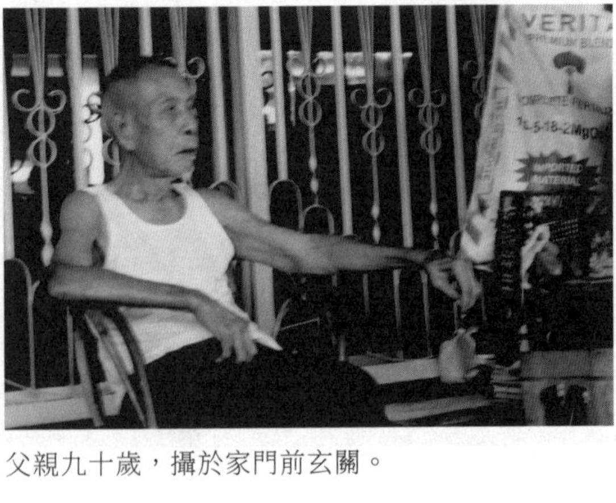

父親九十歲，攝於家門前玄關。

【全家福】左為母親，當時十七歲。中為祖母，懷中嬰兒為後來夭折的女嬰。右為父親，當時二十一歲。攝於江沙幸福照相館。

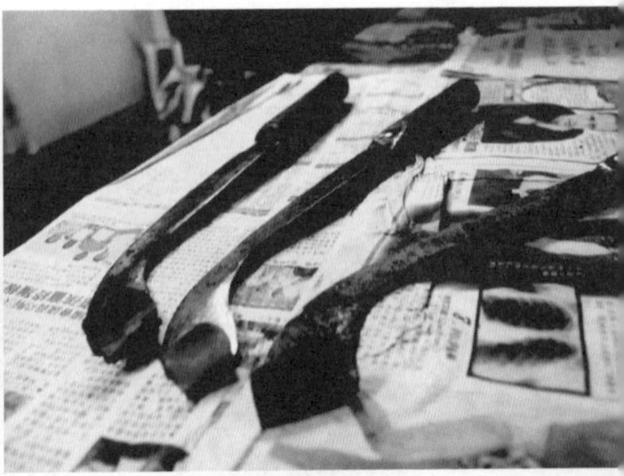

1 | 2

3 | 4

圖一：【俯瞰風景】自我家二樓俯瞰新村一隅風景。

圖二：【膠刀】鋒利的膠刀，刀頭和刀刃都是彎曲的。

圖三：【路】通往橡膠園及馬來村莊的柏油路，早期是石子路。

圖四：【膠園】橡膠園一隅。

1 | 2

— —

3 | 4

圖一：【利民小學】一九八三年重新翻修的利民小學三層樓校舍，可說是北霹靂最「豪華」 的華文小學。

圖二：【公路】新村前的公路，於一九九五年拓寬為南北大道，往北可至玲瓏、宜力，甚至泰國邊境城市勿洞。

圖三：【石碑】早年此路段曾為大彎道，車禍頻繁，村民集資於此處設置了鎮煞石碑。

圖四：【狗】此為大多數新村人喜愛豢養的土狗品種，必要時也能權充獵狗使用。

目次

輯二　野村人，野村事

輯三　野村童年

序

南洋野村到民國台灣的作家夢

——讀梁金群《野村少女：馬來西亞新村生活隨筆》

林韋地

季風帶文化近日決定出版在台馬華作家梁金群的散文集《野村少女：馬來西亞新村生活隨筆》，這是季風帶文化繼新華詩人陳晞哲《一個人的山海經》之後，在台灣出版的第二本文學書。

我自己是旅台馬華第二代，出生於一九七〇年的梁金群，年紀剛好介於我父母和我之間，與知名在台馬華作家黃錦樹鍾怡雯等同輩。但與大部份在台馬華作家活躍於學界不同，梁金群自逢甲大學中研所畢業後，除曾任職於藝術中心和出版社外，便投身基層教育傳授高中國文，這個背景和另一位知名在台馬華作家張貴興倒是十分相似（雖然張貴興教的是高中英文）。

梁金群在台的這些歲月投身教育工作的同時，也勤於筆耕和創作，獲得「教育部文藝創作獎」和許多地方性文學獎。梁金群曾出版三本書，包括《愛的教育進行式：阿金老師的帶班心情》（白象文化出版社）和散文集《熱帶女子迷航誌》（爾雅出版社）。短篇小說《流浪老輸》也曾入選台中市政府文化局出版的「台中市作家作品集」。

在散文集《野村少女》裡，梁金群回到其人生的起點。如梁金群在隨筆緣起中所提，這本書的書寫意念起於她父親的離世。梁金群的父親從唐山到南洋，她從南洋到台灣，在父親離世之後，她覺得自己與南洋老家再無牽連，「在這個世界上，我已然是無父無母的孤兒」，因此想藉由寫作，來爬梳自己對南洋老家的記憶。

梁金群筆下的「野村」，在南洋較被廣泛地稱為「新村」。新村是一九五〇年代，馬來亞英殖民政府與馬來亞共產黨內戰的歷史產物，英殖民政府將森林邊緣的華人居民遷移到新村內集中管理，隔絕華人民眾與馬共之間的關係（馬共游擊隊的成員以華人居多，多隱藏在深山森林之中），以避免民眾提供衣物、糧食、藥物和情報給馬共成員。一九五四年全馬境內的新村數量多達四百八十個，移殖了超過五十七萬人，其中超過百分之八十是華人。直到一九六〇年，緊急狀態結束，新村居民才恢復行動自由權。

早年華人新村多以木屋為主，後來有很多翻新為新式洋房。有些新村因年輕人口外移到都市而逐漸殘破，但新村相關問題如地契和土地擁有權在大選時仍是常被提起的重要議題。

新村是許多馬來西亞華人重要的集體記憶，特別是在霹靂、雪蘭莪和柔佛等州屬，即使到了我這一代，仍有為數不少的馬來西亞華人是在新村長大的。

因此新村是馬華文學重要的書寫題材，無論是早期主流的本土現實主義流派，或是旅台受現代主義影響的潘雨桐和商晚筠等，到為現今年輕讀者熟悉的黃錦樹和曾翎龍等，都曾以不同風格和文學手法處理了新村（和馬共）題材。

黃巧力導演的紀錄片《我來自新村》，二〇〇九年在電視台 Astro AEC 播出時也曾在馬來西亞造成非常巨大的迴響。但其後來在二〇一三年執導的電影《新村 1949》，卻被馬來西亞內政部以「更改史實和讚美馬共鬥爭形象」為由禁映。可見「新村」和「馬共」仍是官方歷史敘事上還未能處理的禁忌，冷戰時期意識形態對抗的幽靈仍揮之不去。

梁金群的老家利民加地新村（Kampung Baru Liman Kati），位於霹靂州皇城江沙的郊區，恰好霹靂州是馬來西亞最多華人新村的州屬。利民加地新村的居民多以割膠為生，梁金群的父母也是。利民加地新村內只有一所小學，就是梁金群唸的利民小學（見〈利民小學二三事〉），利民加地新村沒有中學，因此孩子上中學時就得到附近的城鎮如江沙去上課（見〈傳說中的天猛公中學〉）。

《野村少女》一書共十餘萬字，全書分為三輯，即「野村傳奇」、「野村人，野村事」和「野村童年」。

「野村傳奇」寫的是作者童年時在新村經歷過的各種奇事，如打山豬、燒芭、趕走偷作物的猴子、殺水魚、將大尾鼠燉湯來喝、比較穿山甲和大蜥蜴哪個好吃、看長輩為了追心儀的女人去打老虎。其童年經歷和我們這一代實在相去太遠，讀起來還以為是在看魔幻寫實小說，有一種感官震撼的閱讀趣味。

到「野村人，野村事」時則多了許多「人味」，與我們比較接近，寫新村的背景，新村內的眾生相，割膠的二三事，寫作者上小學的記憶，小學時的校長，中學的升學選擇，也寫華人和馬來人之間的族群關係，寫新村內如何上廁所，寫本土的民間信仰拿督公，寫印度人開的雜貨店。

最後一輯「野村童年」，作者寫自己的原生家庭，寫母親，寫父親，寫童年務農的勞動。

第三輯有很大的篇幅是關於作者的父親，超過一萬字，這應該是全書中我最喜歡的部份。梁金群的父親也是一個傳奇人物，原先是割膠工人，辛苦養育十名子女，但對政治也有濃厚的興趣，在一九六〇年代擔任勞工黨新村支部秘書，「是個徹底的民族主義者」，堅持小孩都得讀華校，看不起送小孩去英校或馬來校的華人家長，認為華人比馬來人強得多，華人勤勞聰明又會做生意，馬來人是懶惰愚昧，在今日馬來西亞的語境裡，就是一個「老左」。後被政府以《內安法令》扣留在華都牙也扣留營兩年，但作者父親並不以為苦，因為在扣留營裡遇到很多極有學問的人，也讀了很多書（扣留營這段極為精彩，就不細述，留待讀者自行閱讀）。作者父親離開扣留營後，無法返回原居住地，在工作場合也備受歧視和針對，就到督亞冷（Tanjung Tualang）錫礦場當礦工。十六年的礦工生涯中，經歷過無數次礦災，甚至在一次嚴重礦災中，是唯一的生還者。

梁金群寫自己父親感情非常真摯，我讀來非常感動，讓我想起我的外公，我小時候也常和外公一起到他在霹靂州的橡膠園，看工人割膠。那一代的南洋華人，許多在思想上都有些左傾，認為勞動是美德，但賺到錢了也樂於和親友分享，或幫助有需要的人，或捐出去做社會公益，和今日華社的氛圍很不相同。

這本書有好些文章是可以挑出來細讀和細談的。如〈讀書少女〉，寫作者二姐的好友瓊，父親早逝，母親靠割膠扶養五個小孩，當她以小學第一名畢業時，母親卻反對她唸書，因為女生反正是要嫁人的，要把讀書的機會讓給弟弟，要她幫忙割膠和收膠。但瓊堅持要唸書，每天清晨兩點起床，和母親一起去橡膠園工作，五點幫忙收膠完畢，才可以回家洗澡、換衣服再去讀書，這樣刻苦地把初中唸完。到要唸高中時，母親又激烈反對，甚至把她反鎖在家，或到學校大吵大鬧，也改變不了瓊要唸書的決心。高中畢業後，瓊在小學當起臨教（臨時教師，即代理代課老師），將薪水交給母親，母親對她的態度便一百八十度大轉變，瓊後來自修考上師範大學，成為令人尊敬的小學校長。瓊的母親晚年有嚴重退化性關節炎和老人癡呆，飲食起居全靠瓊照顧。當有人問瓊，母親以前對她這麼差，為什麼還要對母親這麼好，瓊卻說母親對她很好，母親是因為太窮，怕自己一個女人養不活五個小孩，才不讓她唸書。全文短短二千餘字，道盡上一代馬來西亞華人的辛酸。

許多華人在馬來西亞建國之前，或因逃離戰亂，或因生活所逼，離開東亞大陸的家鄉，到南洋討生活，或經商，或成為英殖民地的廉價勞動者，一方面為殖民者和資本家所剝削，一方面又被馬來人等視為他者。馬來西亞華人是貧窮的群體，早年在物質上，後來在精神上，因為貧窮，所以常常認為自己「沒有選擇」，生存常常是首要考量，許多人也樂於接受政府、家長或命運的安排。如梁金群在〈父親在扣留營〉中提及，她的大哥讀書不是因為想要讀書，而是因為身為小兒麻痺症患者，右腳不良於行，無法割膠。她的大姐及二哥則小學畢業就被迫輟學，協助父母扛起經濟重擔。

瓊的故事讓我想起我的母親，同樣作為長女，從小就要照顧弟妹，幫忙家計，同時要珍惜得來不易的求學機會，在學業上好好努力證明自己。那個時代女性的處境特別辛苦，雖然我的外公算是那個時代相對開明的男性，願意支持我母親繼續留學深造，但那時她仍需要面對大家族親戚的冷言冷語，和社會集體對女性的不友善。

民國台灣在那個時代替馬來西亞華人開了一扇門，提供了想要靠努力求學擺脫階級和出身限制的年輕人一個機會。

如梁金群在序中所提及的，書寫是她的天命，到台灣唸中文系，是為了「偉大的文學夢」，是為了成為一個作家。如果不是台灣，我的父母也無法成為醫生，進而實現自己的價值。

但在那個努力的過程，有很多馬來西亞華人也被逼著壓抑自己的馬華性，以符合民國台灣的主流價值和敘事，直到過了知天命之年，到了比較自由和多元的年代，才敢重拾自己原先的身份和認同，撫平離散於南洋的鄉愁。

直到今日，每年都還是有數以千計的馬來西亞華人到台灣留學，當中有許多人在畢業後留下來工作，甚至結婚、生子、入籍。在台馬華是台灣社會的重要組成部份，因此站在台灣多元社會的角度，我希望會有更多的台灣人，去閱讀和理解馬華的文學和歷史。

梁金群的文章感情真誠，文字間沒有多餘的修飾，與我母親和知名歷史學者安煥然那一代留台人相似，寫文章喜歡用驚嘆號，有俏皮的白話感。文內敘事除新村和森林等各種南洋魔幻背景以外，也有涉及與馬來人和印度人等不同族群之間的互動，這些元素在當今華文文學都是少見的。

南洋的變化一日千里，森林和村莊快速消失，為現代化的城市所取代，資本主義衝毀了傳統文化和價值，人們的生活形態也已改變，割膠和錫礦等經濟活動都已走入歷史。今日的馬來西亞早已不是在台馬華一代人記憶中的那個家。或許有許多在台馬華，當他們回到現實的馬來西亞時只會感到失望和失落，他們對南洋的眷戀只停留在自己腦海中的那個記憶（如同我心中的台北，有一部份一直停在一九九〇年代），對故土的感情只能從文學中找尋。

馬來西亞華人是一個記憶匱乏的群體，因此我希望能有更多的年輕人去閱讀像梁金群《野村少女》這樣的作品，能夠知道而且記得，有多少華人是如何來到這片土地上，曾經過著什麼樣的生活。我們要記憶自己的歷史，要書寫自己的文學，而不是任由官方敘事擺佈。

而這也是我們做出版的意義。

林韋地，季風帶文化創辦人暨發行人。

自序

寫作是天命

關於寫作這件事，是要從閱讀開始說起的。

童年時期的我，留著削得極薄的短髮，膚色黝黑、個子瘦小纖弱，像個男孩。生長在馬來半島北方一個窮鄉僻壤，從小接受華文教育。我大約是全校，或是全村，最愛閱讀的孩子。我的父親略微能讀寫，母親則為文盲，家中無人引導我閱讀。然而，識字伊始，即對文字產生極端的癡迷，竟日以「飢不擇食」、「狼吞虎嚥」的姿態，搜索一切文字！童年時，偶然間撿拾到一張舊報紙，即便那上面黏著碎肉，散發陣陣腥羶味，我仍如獲珍寶，屏息忍受；有滋有味、鉅細靡遺地讀完，才願丟棄！偶爾被大人帶到皇城瓜拉江沙採購日用品或看病，鄉下孩童如我簡直像是劉姥姥進大觀園，睜大眼睛，貪看那些五顏六色、琳瑯滿目，令人目不暇給的各種店鋪招牌，忘了邁步！

五六歲起，經常獨自在家。起床後必定敞開大門，讓一縷晨光照入廳堂，我坐在冰涼的水泥地上，學著大人，用兩手高高撐開報紙，似模似樣地讀報。七歲上小一，欣喜若狂地「發現」小學圖書館！第一次進入那只有三個書櫃的圖書館，內心激動、興奮不能自已！啊！「那麼多」的書，是我生平首見！爾後，每週一次，導師會帶我們上圖書館，雖然每個人只許借閱一本書，但我真的好喜歡、好喜歡那一節課！好期待、好期待那一節課！

再大一點，開始了瘋狂的超齡閱讀。我讀父親的政治雜誌，也讀對門大姐姐的瓊瑤言情小說，還有哥哥的偵探推理或科幻小說。童年時，我和其他小女孩一樣，也玩扮家家酒，也玩跳房子。但比起來，我卻更瘋狂地喜愛著閱讀。我無所不讀，報章雜誌、小說、課本，只要能拿到的書，我都讀。每學期開學第一天，領到課本，喜滋滋一整天！回家馬上用月曆紙，仔細替每本課本包上書套。然後，按捺不住歡喜，總是在開學第一天就把全部課本從頭到尾讀完了！閱讀對於我是一種巨大的享受，是一種沉浸其中不可自拔、無可取代的樂趣。於是，這種囫圇吞棗、雜七雜八、全無系統的閱讀習慣就此在我體內生了根。

童年，上學之外，便是勞動、遊戲與閱讀。有時搬張小圓凳，坐在自家廊簷、柚子樹下陰涼處；有時坐在門檻上，就著自然天光；有時趴在房間的大通鋪；有時斜臥在躺椅上看書。熱帶的午後，炎熱難耐，有時索性臥倒在偏廳冰涼的水泥地，吹著廚房天井處飄來的一絲絲涼風，癡癡看書一兩個小時，一動也不動。有時一直看到傍晚，暮色四合，才猛然想起忘了洗米燒飯，快被罵了！才趕緊跳起來。鄉下人吝惜電費，往往天要漆黑才點燈，看書從未有檯燈，但神奇的是，我的雙眼視力卻是1.5，完全不曾近視。這就是我神奇的閱讀經驗！

大量閱讀之後，書寫成為必然。一切彷彿是天意，自然而然我就拿起筆來寫了。從小到大，每一次作文課，班上同學叫苦連天：「老師，這個題目好難，我不會寫！」「老師，求求你，換一個容易一點的題目啦！」只有我，作文課從不吭聲。我只是瞪大眼，嘴角溢出一絲促狹的笑意，好興奮、好期待地等著題目揭曉。任何題目，我都能健筆如飛，如有神助！寫作時，胸腔中充盈著巨大的喜悅，彷彿懷藏一件秘密的寶物，除了我自己，這件珍稀寶物無人擁有。內心似乎有一把火熊熊燃燒，強大的興奮感、鼕鼕鼕敲擊著心房。了然於心，只有自己持有神奇的魔法！

九歲那年，我的啟蒙老師——黃淑馨老師，替我把一篇課堂習作投稿到《南洋商報・學生天地》版。兩星期後，我看見自己的作文被印成漂亮的鉛字，心頭的那面鼓，猛力敲擊起振奮的樂章，我得到無以名之的快樂！這份報紙是當時馬來西亞發行量最大的報紙，這讓我在全校僅有數百人的鄉下小學成為風雲人物，儼然走路有風！

中學時代，我就讀的是霹靂州皇城瓜拉江沙名聲烜赫的江沙崇華國民型中學，這所學校是在一九六一年接受政府建議「改制」的華文中學。學校課程完全依循部訂課綱，全部課程以馬來語教學，華文課每週僅數節課。雖然如此，這並不影響我們「熱愛華文」的心。崇華校風果如其名：「崇拜中華文化」，校內文風鼎盛。一群熱血青年成立了華文學會，我們辦理各種藝文活動，大量閱讀現代文學作品，狂熱追尋文學夢。學生大部份家境清寒，沒有餘錢從台、港、中購買正版中文書籍，因而經常以手抄本及盜版影印的方式分享現代詩。那時，我也開始大量創作，在《南洋商報》和《星洲日報》投稿。十八歲那年，我就已確知，書寫是我的天命。我立志負笈台灣，發誓有朝一日，定要成為一名作家！

為了追求這個偉大的文學夢，二十歲那年，毅然決然，離鄉背井，飛去台灣就讀逢甲大學中文系。逢甲七年，我盡情吸取文學的養分，在經濟與課業雙重壓力下，依然筆耕不輟，在校內文學獎中迭有斬獲。何以為之？因為我以強大的意志力鞭策自己，無論生活有多累，生存有多困難，不能放棄書寫，絕對不能！我要累積文學的冠冕，我要親手撰寫專屬於自己的文學履歷，因為，除了唾手可得的一張大學文憑，我還有一個更遙遠、更虛幻的作家夢！這才是我窮此一生，所要追求的目標。

路漫漫其修遠兮。迢遙三十年，畢業、結婚生子、進入職場、定居台中。殘酷的生存挑戰接踵而來，三十歲到四十歲之間，終日在事業與家庭兩端奔忙，猶如一根兩頭燒的蠟燭，一晃眼，曾發誓絕不放棄書寫的我，竟輟筆了十年。四十歲生日那天，內在靈魂理直氣壯地說：「夠了！該是為自己而活的時候了。人生還有幾個十年？」於是，我重拾起那支好陌生、猶如千斤重的禿筆，寫下《流浪老輸》。是的，還有什麼好猶豫的呢？逝者如斯夫，不舍晝夜。此時不寫，更待何時？我決心和教師甄試這場「世紀大戰」告別，找回失落已久的作家夢！

重新開筆之後，熟悉的寫作魂立即回來召喚我。信心、勇氣、動力、毅力都奇妙地回來了！現實生活中，我的正職依然是高中教師，教務極端繁重，身心俱疲。終日處在現實生活與寫作慾望的夾縫中，我仍舊努力偷來一些零碎時間，時而子夜，時而清晨四五點，睡眼惺忪、斷斷續續、孜孜不倦地書寫。

感謝上蒼，走過多少迂迴人生路之後，書寫又回到了我的生命中。我會一直寫下去的，寫到視茫茫、髮蒼蒼、齒牙動搖的那一天！我的書寫路徑，從少年寫散文起，中年寫小說，五十歲之後又回到散文。心境幾度轉折，猶如禪宗三境：「見山是山，見山不是山，見山還是山。」青少年期是「見山是山」期。到台灣後，努力隱藏馬來西亞華人身份，掩飾廣西口音，想盡辦法讓別人看不出來自己是「外國人」，那就是「見山不是山」期吧！在台一住三十年，現在的我，走到「見山還是山」的階段了。是的，現在的我，要勇敢大聲說：

「我來自馬來西亞，我是新住民，我驕傲！」

當年，閱讀開啟了我的視界，讓我時刻渴望著「飛翔」，想盡情追尋那自文字中認識到的廣大世界！離家以後，更似放飛的紙鳶，飛呀飛呀斷了線……三十年時光荏苒，故鄉人事快速更迭，土地重劃、河川整治、道路鋪設、商業開發，建設的力量與破壞的力量糾纏不休。曾經以為永遠存在的風景，竟漸行漸遠，終究斷裂為記憶碎片。等到想要追尋，記憶中被蓊鬱綠蔭包圍的木屋，雨林邊陲的田地，二十年成長痕跡已如電光火石，稍縱即逝。啊！再回頭，千萬頃橡膠園已遭夷為平地，隆隆推土機聲中，建商正在翻蓋高價新獨立式洋房。

我能做的不多，唯有用文字去描述那個消失的世界，以資紀念我那辛苦勞動的童年，和我一起撰寫這部勞動史的家人，以及無數默默無聞過一生的野村人。

我書寫，只因我曾是最貼近大地的勞動者，曾經親眼見證那豐饒、生機盎然、純真年代的野村！

我書寫，只因我渴望證明：「我記得，野村人的身世、土地的身世、自然的身世。以及，古老野村的所有故事。」

感謝那窮鄉僻壤—「野村」！我的母土、我的根柢、我的摯愛，是妳賜給我文學之眼，是妳塑造我成為一個說故事的人！為了妳，我必須走向上蒼早已為我準備好的那條路。

此生，我已別無選擇！

隨筆緣起

野村眾生圖

這本書的書寫意念開始萌芽，始於二〇一七年九月，父後三日。一百〇二歲老父親的人生終點，人們說是「喜喪」，於是乎，三日的葬禮儀式辦得甚為隆重且「熱鬧」非凡。禮儀公司在家門口搭起了佔滿整條橫街的帳篷，擺了十幾張大圓桌，各種港式點心無限量供應的「流水席」，絡繹不絕的弔唁者，或多或少呼應了俗世定義的「圓滿」。作為家屬，除了依從道士囑咐行禮如儀，偶爾也得分身去「招呼」自己或家族的親友。陀螺般忙碌至午夜，室內氣溫依然燥熱如火爐，好不容易能夠躺下休息，仍感覺極度疲累。

終於熬到第三日的告別式，西裝筆挺男士吹奏薩克斯風、白上衣黑窄裙的靚女演奏長笛、小型管弦樂隊載歌載舞，議員仕紳、社會顯達，甚至一列隊穿著深藍制服的小學生，在家長會長率領下，至會場拈香致意。最後，父親的靈柩被抬出家門，一眾數十紅衣子孫簇擁前行。巳時一刻，陽光燦亮，煙霧裊裊、四哥哭喊「阿叔」的嗓音低沉暗啞，三姐的「叔啊」則聲聲婉轉，近似於歌吟。兄姐們對老父親最後的呼喚，瞬間觸動我對「死別」的痛覺，喚起我蓄集多日的淚意。剎那間，滂沱淚水汩汩奔瀉而下，伴隨著滴滴答答的淋漓熱汗，濕透全身。自家門扶棺步行至村口，約莫五百公尺之遙，眾人卻步履蹣跚、肝腸寸斷，猶如天涯海角。從這一刻開始，我確知：「在這個世界上，我已然是無父無母的孤兒。」

下午，結束那鑼鈸嗩吶齊鳴、走馬燈般隨著道士指令團團轉的三日光景，洗淨沾滿黃土的涼鞋，回到日常。坐在老父親最愛坐的那張藤椅上，環顧熟悉的客廳，嘈雜的人聲消失了，老家又恢復了昔日的清爽寧靜。一切恍若隔世！鑰匙叮噹作響聲中，我搜尋出五斗櫃抽屜裡的老照片，一幀一幀翻拍，兄姐姪兒外甥等湊近圍觀，驚呼連連。啊！剛從唐山過南洋，習慣穿著黑衫褲、腦後一團黑髻的祖母，個兒瘦小、面容嚴肅而陰鬱。那時，十七歲母親，如此秀麗溫婉！二十一歲的父親更是俊帥瀟灑，儼然「明星」！即使父親在這塊緊鄰赤道的土地上生活了超過半世紀，如今，任憑一抔無情黃土覆蓋，又能遺留下什麼呢？

父母故後，生我育我的利民加地新村，對我而言，勢必成為逐漸疏遠的地方。今朝一別，不知何時再返故里！畢竟，沒有父母親的所在，「家」已經不是我心中的那個「家」了！是的，那一刻有個意念萌生：「作為一個寫字的人，我必得書寫！趁記憶還完好如初時，執筆寫下那個即將跟隨父母逝去而灰飛煙滅的『老家』記憶吧！」還等什麼呢？

於是，二〇一八年七月暑假，有了這本書的開端，二〇二〇年二月新冠肺炎病毒肆虐期間，終於完成最後一個篇章。

輯一「野村傳奇」，書寫關於祖父母、父母輩那代人唐山過南洋的集體回憶。這些拓荒者與無情大自然搏鬥的生存故事，大多數來自長輩的口述。其中，燒芭時的動物大遷徙、入深山割野膠遇虎、修築泰馬鐵路遇巨蟒等故事原型，皆來自父執輩們茶餘飯後的趣談。蹲在天井旁，好奇看父母兄長殺山豬宰豬尾猴，烹穿山甲、煮咖喱四腳蛇，慢火燉松鼠、班鳩或果子狸湯則是荒僻野村生活的日常！釣鱉、養獵犬、薑園聽虎吼、獵豬獵猴，更是自己及家人的親身經歷。如今，進入科技時代，大自然已過度開發，野生動物的存在彌足珍貴，衷心盼望人類能與大自然和平共存。本書中所描繪異香撲鼻，給貧乏鄉村貧童帶來口腹滿足，令人饞涎欲滴、食指大動的各種「山珍野味」，我的書寫，僅止於想要記錄那段曾經存在過的遙遠時空；希冀讀者們大慈大悲，切勿獵捕濫殺之！

輯二「野村人，野村事」，記錄我的父母生活了六十多年，生我育我二十年的利民加地新村中，令我魂牽夢縈的故鄉人、故鄉事。獵山豬、打籃球、唱卡拉OK，曾經是風靡全村的娛樂。南叔者，吾父也！至於小學校長、老師、村長、瘋子、收購馬來雞的小販、力爭上游的少女、挑糞工、吉靈妹等鄉土人物，皆實有其人！這些沒沒無聞之人，如今健在者有之，過往矣有之！感謝他們曾經來到我的生命中，與我一起書寫利民加地的故事，為這本書增添了靈動、充滿生命力的眾生圖像！

二十歲離家，時光荏苒，定居台灣竟已三十年！父母在世時，兩年返鄉一次，因俗務纏身，每次返鄉皆行色匆匆，猶如蜻蜓點水，甚至沒能細看故鄉的發展與變化！如今回過神來，仔細凝睇才發覺，那曾經荒蕪落後、儼然窮鄉僻壤的野村，在時代巨輪傾軋下快速更迭，歷經無數次土地重劃、河川整治、道路鋪設之後，早已脫胎換骨、面目全非！那條俗稱「猛鬼灣」，九彎十八拐、穿越廣袤無垠橡膠林的荒山野路被截彎取直，如今從皇城瓜拉江沙驅車至此僅需十多分鐘！於是，伴隨新路接踵而來的是蓬勃的商業開發！隆隆推土機聲中，包圍野村和周邊的鐵絲網圍籬被拆除，千萬頃橡膠園遭建商夷為平地，嶄新獨立式洋房如雨後春筍林立，雨林邊陲的馬來高腳屋迅速消失；啊！建設與破壞的力量是如此無遠弗屆！

記憶中曾經遍村存在，斑駁木板、鋅鐵片屋頂、鐵絲小方格窗組成的簡陋平房；作為膠片加工用途的「膠房」、碾壓膠片的手搖機械、裝有轆轤的古井、煙霧迷漫的火水燈；土壘的大灶、被燻黑的特大鐵皮水壺、堆滿枯枝的柴房；稍微墊高的五腳基、店鋪前的亞答葉雨遮、店鋪內黑褐發亮的木頭階梯、低矮得無法直起腰來的閣樓；臭氣熏天的公廁、小孩和男人露天洗澡的天井、公共蓄水池；甚至是東一棵、西一棵，村中隨處可見，林蔭茂密的紅毛丹、紅毛榴槤、雞屎果、酸仔樹……這些老器物、老建築、老樹，種種滿含生命軌跡的風景，竟已全被封存於黑白照片中，僅能在夢中追尋！我想，利民加地新村僅僅是一個縮影！也許，全馬的傳統華人新村，它們的歷史底蘊都正在逐漸消失中！所以，作為利民加地的女兒，我負有保存這份記憶的使命！

輯三「野村童年」。一面書寫，一面回首自己貧窮艱困，在烈日下、林野間掙扎求生的成長過程，不啻為一部個人也是家族的「勞動史」。燒芭、栽種、育苗、施肥、除草、乃至採摘、挑撿、裝蘿、扛運；種植至收成的過程，沒有任何一個階段不充滿著辛酸愁苦，沒有任何一個階段可以躲過灼熱陽光和惡毒蚊蟲的肆虐！全家一起親手撰作的「勞動史」，滿佈汗水和淚水的陳跡！我和兄姐們都有一段耕種的童年，如今，人生卻已陸續走到再也回不了耕種的中年甚至老年！驀然回首，那段「耕種的童年」猶如初嚐一杯生普洱茶，入口苦澀，必須歷經千迴百轉的人生況味之後，回甘滋味才會湧上心頭！

回眸童年時光，我為自己和家人驕傲，只因我們都曾是最貼近大地的勞動者！我們曾經親眼見證那豐饒、生機盎然、純真年代的野村！在野村生活的二十年，我從勞動中領悟：「要生存下來，必先學會謙卑！」「若想歡欣收割，一定得辛勤耕耘！」這些大自然教給我的深刻道理，讓當年那個黑瘦如猴的野村少女成為今日這個我！

感謝利民加地新村，我的母土、我的根柢、我的摯愛！感謝您賜給我文學之泉源，我以您為榮！而今而後，我將逢人必娓娓訴說，一群拓荒者、在一個窮鄉僻壤般的野村，艱苦卓絕、勇敢奮鬥的動人故事！

輯一

野村傳奇

歲月是把殺豬刀

他們說那隻青面獠牙的山豬還活著的！五歲的我瞪大了天真無邪的眼睛，半信半疑，怯生生地靠近那隻一動也不動的野獸。仰頭細看，那是好大一顆鬃髮淩亂的山豬頭顱啊！佈滿粗黑短毛的長嘴，嘴角邊囂張地探出兩顆米白色的尖長獠牙！山豬的頭顱、壯碩身軀和四肢都被粗麻繩緊緊纏繞著，五花大綁在黑褐色的硬木擔架上。牠的左後腿破了一個不小的窟窿，紅紅的鮮血沿上肢流淌下來，暗黑的血塊凝結在豬蹄尖上，閃爍著妖艷的亮光。

扛著山豬，一路小跑步的是四個汗涔涔、滿腳泥濘的壯漢，他們從我村和馬來甘榜交界處，一條芒草叢生的小徑冒出來。四人急匆匆的腳步踩斷了幾莖甘蔗，撞歪了幾棵香蕉樹，一路跑經觀音廟、菜市場，準備從後門跨入我家廚房天井。看真切了，扛著山豬的大漢裡，有個後生仔臉頰被芒草割了一條血紅傷痕，脖子上纏著黃色毛巾，是我識得的，那是我的二哥呀！

「啊！二哥打山豬回來了！二哥打山豬回來了！」童騃的我留著一頭男生似的短髮，常年穿著繼承自哥哥們的舊上衣，深藍小短褲，成天在外頭撒野，膚色黝黑得快跟隔壁雜貨店的吉靈[1]女孩一樣了！看見二哥打山豬回來，這時更是來勁，索性一路大喊大叫，在新村最尾端新鋪的柏油路上，撒腿狂奔極度亢奮，因為家裡還有個大我三歲的小姐姐，我想要讓她聽見，她個性文靜，是很少往外跑的。

雖然時間僅是早上十點半，但因為馬來半島處於赤道附近，這時的陽光已經毒辣得能把人燒融一般。我的故鄉，北馬霹靂州的利民加地新村，幾乎全村居民都以割橡膠維生。這時節，膠工們都剛割完橡膠回家，家家戶戶正忙碌製作膠片，手腳快的已經吃完午飯在小憩。正逢星期天，孩子們不用上課，大多數小孩都被叫去膠房裡幫忙，有的蹲在地上清

1 馬來西亞華人習稱印度人為吉靈。

洗製作膠片的鐵模具，有的攪動機械手輪輥壓磨膠片紋路。聽到我這大嗓門的叫嚷，人們紛紛探頭張望，年齡較小不用工作的小孩們更是聞風而至，成群結隊衝過來，追趕著扛豬英雄往前飛奔。

剎那間，巷子裡簇擁、圍觀的人愈來愈多，有人邊看邊興奮地嚷嚷：「哇！這條山豬怕有五六百斤喔！你睇，那蹄膀幾肥啊。」四個大漢扛著山豬從雨林出來，已經走了路途迢遙的十多里路。肩上負擔沉重，大汗淋漓、氣喘吁吁，把廣西髒話「丟娜媽」[2]已經罵了幾十遍，臨近家門氣力幾乎快要耗盡，步履逐漸蹣跚起來了。圍觀的小孩又不識好歹地堵住去路，甚至有些大膽的野孩子伸手要摸豬頭豬腿，惹得獵人發火，開始用髒話大聲罵起人來！

家裡忙著準備殺豬器具的女人連忙出來疏導交通，好不容易才讓出一條路，山豬終於在眾人的好奇目光中進到我家後院。這時女人們已經把天井的水泥地洗刷乾淨，僅餘井邊

2　廣西粗話，近似台語的「幹伊娘」。

裂痕裡隱約殘留著幾抹綠色苔蘚。惡毒的陽光照射在井沿叢生的羊齒植物上，葉片尾端已經萎靡。過年蒸年糕時才會拿出來用的大鍋已安置在大灶上，這時大灶肚裡塞滿粗大的橡木乾柴，熱火旺旺燒，發出逼啵爆響，火星四散，現在等熱水沸騰就能開工了！女人端出砧板、菜刀、水桶準備著，一面比劃著示意扛豬漢子們等一下要殺豬的所在（這是野村潛規矩，一般殺生時都不在牲畜跟前說話，據說這是一種慈悲，似乎是要減少牲畜恐懼的程度，彷彿牲畜能聽懂人語似的）。五歲的我看著幾個大人比手劃腳，煞是有趣，早已格格笑了出來。然後就在一旁，跟鄰家的吉靈女孩也依樣畫葫蘆，指天劃地起來，忍不住大笑出聲！被母親惡狠狠瞪了一眼，二哥還往我頭上敲了一記爆響，痛得我連忙抱頭鼠竄！

大漢們會意，安靜頷首，同時停在井邊，出力拱起背，手臂反扣擔架，悶哼一聲，那隻被五花大綁的山豬就「帕」一聲連著木頭擔架一起被置放在井垣的水泥地上了。山豬吃痛，四肢突然大力抖動。聞風群聚的小孩們大吃一驚，紛紛後退。還有人因此被踩到腳，又痛又怕，放聲哭了出來！這時，大人趁機驅離小孩。女人也加入勸說：「寶妹、大牛、偉仔你們快回家，小孩不能看殺豬，會做惡夢的！」

我的內心暗自竊喜，好驕傲自己可以不在驅離行列，這可是我家吶！水還沒燒開，為安全起見，山豬還是照舊被綁著的，牠殭屍般直挺挺躺在井邊，鼻尖溼漉漉滲出水珠來，像是冒著冷汗。鼻下靠近上截嘴巴的部位，被獵人們牢牢繞了幾圈麻繩，這時麻繩已經稍微鬆脫。原本處於假死狀態的山豬，躺在冰冷的水泥地幾分鐘後，慢慢睜開小小的、黑黑的圓眼睛，天井上方的烈陽刺激了牠，一忽兒牠又把眼睛閉上了。

二哥卸下重擔，和他的好哥兒們一起蹲坐在廚房簷下的長板凳上，大口喝著椰子水，輕描淡寫地笑著說：「唉呀！這隻山豬王總算被咱們逮到了！」二哥說，之前他和這隻山豬王其實已經交手無數次，牠真是太聰明了！二哥每次佈下的陷阱，無論天羅地網都被牠識破！許多次牠都把木薯折斷幾十莖，把一大片新開墾的芭場幾乎夷為平地，還狡猾地繞過陷阱！甚至某次不幸中了陷阱還能大力掙脫，更氣人的是，又攔腰折斷了一棵剛栽下的小榴槤樹，還是最貴的編號二十四新品種「黃肉乾包」榴槤呢！

二哥笑指著山豬受傷的那隻左後腿。「細妹，你睇，就是這隻後腿害死牠的！」這一次，牠很不幸踏中了陷阱，被一條不鏽鋼細纜繩倒吊在高大的臭豆樹上，一連被困住三天，滴水未進，只能沒日沒夜地哀號。二哥巡視陷阱的時候，牠早已奄奄一息。由下往上看，豬公兩顆大大的春袋[3]在胯下左右搖晃，那隻被纜繩捆束住的後腿都快黑掉了！二哥說，牠太大了，目測可能有五六百斤，以前從沒獵到過這麼大的一頭山豬，所以不敢放牠下來，怕出意外，萬一被牠的獠牙捅了可是會沒命的！因此只好回村找其他獵人幫忙。「幾百斤重的大豬公耶！搞不好還是傳說中的山豬王哩。二哥真的太厲害了，竟然能逮到這隻這麼聰明的大豬公！」

沒想到，纜繩一著地，這隻聰明的山豬竟扯斷了一截纜繩，拖著固定陷阱的鐵條一溜煙逃跑了！幸好當時同去的阿財哥帶了幾隻訓練有素的獵狗，狗兒反應很快，立即群起追趕。厲害的是，這些狗兒還懂得左右包抄法，很快地，牠們在幾百公尺外包圍住這隻筋疲力竭的倒楣大豬公。原來，山豬在叢林中四處竄逃時，牠身上的纜繩不幸被喬木纏繞著，被鐵條戳傷的左後腿已經瘸了！狗群一陣猛吠，獵人也追上前來，這隻困獸也只能束手就擒了。

3　豬睪丸。

經過一番生死搏鬥，早已筋疲力竭的黑毛山豬這時逐漸甦醒。稍稍恢復體力後，山豬不甘心似的想要垂死掙扎，突然緊咬牙關，在鬆脫的麻繩下露出整排森森門牙，豬鼻子窸窣抖動發出齁齁齁的響聲。山豬骨碌轉動那雙黑色小眼，奮力翻動著肥厚的唇，連續不斷發出示威般的低吼聲。山豬每一次低吼，都把被驅趕到後院圍牆外的孩子嚇退一大步。但是沒過多久，孩子又悄悄往前探頭探腦，又圍了上來。山豬再吼一次，孩子驚叫連連，再度後退一大步。幾次以後，以我為首的幾個頑皮又大膽的小孩就不怕了！我們乾脆跑去後院圍牆外，折下幾枝椰子樹的堅硬葉脈，偷偷往山豬鼻尖大力戳了下去！山豬頓時發出令人驚顫的怒吼！

這時，忙著燒開水洗刀具鍋盤的大人發現了小孩的勾當，忙不迭咒罵驅趕，孩子仍像蜜蜂看見蜂蜜似的，死也趕不走，而且還愈聚愈多！大人發現山豬頰邊鬆脫的麻繩，連忙把繩子拉緊牢牢打了結。這時，山豬連垂死低吼的權力也沒有了！山豬唯有絕望地瞪大黑眼珠，來回追尋孩子手上椰子梗的挑釁，小小的黑眼無助地來回轉動，那對眼珠子極黑，悲哀地覷著來回走動、奔跑跳躍的孩子。山豬的眼皮快速眨動，後腳仍努力地一下一下踢蹬著。幾隻聞腥而來的綠頭蒼蠅圍繞在山豬腳上那個方才碰撞水泥地，再度汩汩淌血的傷口盤旋飛舞。仔細一看，那傷口已經潰爛，有黃色的膿瘍滲出。

婆婆媽媽們磨刀霍霍，鄰人借來的大砧板也洗乾淨了。女人們不斷往大灶添加粗大木柴，終於，熱水燒開了！眾人等待的一刻，緊張萬分的一刻終於來臨！那時年輕力壯、身材高大壯碩的二哥手握每次殺豬時使用的「兇器」，一段被打磨得鋒利無比、發亮的尖銳空心鐵水管，往山豬的身軀靠近了。「凹喔……」山豬奮力掙扎，嘴上的麻繩掙斷了！說時遲、那時快，二哥兩腳叉開，手上那鋒利鐵管，瞄準了山豬噗噗跳動的心臟，往那脆弱的所在大力插戳進去！二哥咬緊牙關，臉部肌肉猙獰，掌背青筋突起。二哥大力喘著氣，用力又用力，長長的水管迅速沒入，終於剩下短短的一截。山豬淒厲絕望的叫聲，劃破滿室肅靜，似一列火車奔馳而過，長鳴起悠揚宏亮的汽笛聲。那拖長音的哀嚎，幾乎能聞於幾公里外，聽者震顫。圍牆外的孩子，有人嚇得摔了下來，有人嚇得直接往家的方向跑。只剩下幾個膽子較大的孩子，探頭進來張望時，不禁兩手捏著鼻子，歙動著鼻翼，頻頻呼號：「啊呀，好臭！快被臭死了。」原來，山豬臨死前拉出好大一坨屎尿，果真是其臭無比啊！

鮮紅的血液沿水管流出，源源不絕地往山豬體外奔流，滴滴答答泉湧而出的紅色血液，流淌成無數條小溪，慢慢往天井低窪處匯集。因這裡的居民不愛吃豬血，也不吃豬肝以外的內臟，這時殺豬助理的工作是一桶接一桶地自井裡汲水，連續不斷潑水以清洗汩汩流出的豬血，以免鮮血凝固在水泥地上。現場滿地鮮紅血水，迅速被沖走，又大量從豬身上流出，終於整個方形的天井鮮血漫漶、血流成河，整條溝渠都被染紅。刺鼻的血腥味，令人忍不住作嘔。廚房裡，後院圍牆外，原本一同來看殺豬的小孩已經嚇跑一大半了！

然後，一桶又一桶滾燙的熱水澆淋上豬身，發出吱吱吱的聲響，空氣中瀰漫熟肉的氣息。黑毛豬身被鋒利的刀刃細細吻過，倏地全身煞白。剃毛過後，山豬的身軀顯得相當潔淨可愛。這群業餘的屠夫拿起跟菜市場豬肉伯借來的尖頭切肉刀，把死豬放在從外燴師傅文仔處借來的特大砧板上，殺豬刀和堅硬的骨架撞擊，篤篤聲中豬公被開膛破肚！散發鋒利冷光的大刀猛砍豬身，從豬肚內側開始切割，直到背骨，刀子時常被排骨卡住，卡支卡支一根根排骨硬生生被切斷。

敞開豬腹後，阿財哥雙手伸入豬腹掏挖，「得先把青綠綠的豬腸子一一掏出。」嘴裡叼著一根菸，阿財哥瞇起眼睛說。誰知一個不小心，竟把豬腸子戳破了一個口子！說時遲、那時快，天井裡立即瀰漫一陣極度難聞的屎尿臭味。不知這隻豬公是怎麼了？竟有數以千計的白色蛆蟲自豬腸裡竄出，開始在天井裡四散蠕動爬行。從小最怕「蟲」的我，原本興致勃勃站在井邊，一看到緩緩蠕動的大片蛆蟲，不禁雙腳發抖，跳著叫著，急忙逃走！有人拿來裝垃圾的麻袋，一面「丟娜媽」罵聲連連，一面忍著令人作嘔的腥臭味把豬腸子全部拉出，塞入麻袋中丟棄。旁邊幫忙的女人連忙又提來井水，把排洩物和白蛆都一一沖走。

我穿著木屐，喀答喀答再度趨前來看時，阿財哥已經用尖刀切開山豬的胃，我瞪大眼，和二哥一起研究豬公胃裡的內容物。這隻餓了三天的豬公也真可憐呀！那空空如也的胃裡僅殘留一小塊尚未消化的木薯，還有一小撮黑灰色有點像老鼠，不知實際是何物的東西。可見這隻被捕的山豬，最後的晚餐，大概就是這幾塊木薯。二哥說，現在躺在這裡的這隻大豬公，三天前也許還和牠的家族們快樂地在木薯田裡打滾呢！

二哥說，山豬是群居動物，雖然我們都罵人家豬腦，豬其實一點都不笨，牠們其實還蠻聰明的。二哥說，兩年前他開闢這塊雨林邊陲的荒地，第一次在這個區域種木薯時，剛開始附近的山豬們都不會來吃。直到後來，出現了這隻特別聰明的特大號豬公！木薯還未成熟，牠就能準確嗅聞出食物的位置。好幾次二哥天未亮就到園裡，剛好撞見山豬家族盡興玩耍，豬公正用潮濕的豬鼻子拱出碩大的地底根莖，母豬負責用後腳踩碎白色、飽滿的薯莖，甚至仔細用豬鼻子把黃土塊分開，讓豬崽們大快朵頤。最後，牠們遺留下堆積如山的排洩物，屎尿味、臊味四溢。被母豬和大豬公粗魯刨挖出來的根莖，大多沒被食用完，就被豬崽們棄置原地，很快就長出了黑色的黴菌。木薯果然是營養價值極高的澱粉啊！這整個龐大的山豬家族都是被二哥養胖的！

據二哥觀察，這個山豬家族應該是世代居住在熱帶雨林中的。牠們的家族裡有大豬公、母豬、成年及幼年子女無數，真是個「豬」丁興旺的大家族！最近兩年，牠們發現木薯芭場[4]有取之不盡的糧食，所以牠們就不再遷移棲地了。平日牠們都躲在雨林邊陲的灌木叢裡，傍晚才成群進入芭場覓食。二哥說，追蹤牠們幾個月後他就發現，牠們每天的散步路線其實是千篇一律的。每次都是浩浩蕩蕩一大家族同行，一路轉悠，邊走邊互相磨蹭、追逐、嬉戲、聞嗅、觸碰、打鬧，凡走過必留下痕跡！牠們每次總是隨機選中一塊青翠的區域，拚命踩踏、衝撞茂密的植栽，像一群瘋狂嬉戲、不顧一切的孩童。木薯被盡情蹂躪過後，有的斷折、有的東倒西歪，有時，數以千計的植栽倒塌成一片斷垣殘壁，被摧毀殆

4　屯墾區。

盡。真是該死！把二哥氣得牙癢癢的。

壯漢們臉上都是汗水，額頭上汗水還在源源不絕地滴下。他們終於把這頭豬公大卸成好幾塊。然後分工合作，仔細用小刀掏剜內臟和豬油，用磨利的菜刀剁排骨、切割豬頭、豬身和四條大腿肉。

山豬被大卸八塊後，先平均分配給參與打獵的各家壯丁。各戶再自行分配給自己的親朋戚友。一份下等肉或帶肉的大骨，會特地留下來，送給村內的獨居老人或孤兒寡婦。山豬被開膛破肚之後，守在廚房外的狗兒聞到腥味，開始躁動不安，頻頻想要闖入嚐鮮。依以往的慣例，身為功臣的牠們可以享受到美味新鮮的豬下水。

山豬肉皮厚肉硬，最適合燜煮咖喱。以香茅、咖喱葉、咖喱粉、新鮮椰漿當基底，加上馬鈴薯、紅蘿蔔、番茄，煮上一大鍋豬肉咖喱，配上白飯可以吃上好幾天。山豬的臊味確實極濃烈，辛辣的咖喱粉也掩蓋不了！山豬皮和肉質都非常堅韌有嚼勁，久煮不爛，那就是牠的特色。

童年的我，可以說是吃咖喱山豬肉長大的！

啊！那已經是數十年前的往事了。往事如煙，野村中撒腿奔跑的女孩，跑出了那個與世隔絕的窮鄉僻壤，離開了生我育我的島嶼，不覺竟已趨近三十載！當年強壯如一頭牛似的二哥，漸顯老態，身體也大不如前。歲月真是一把殺豬刀啊！刀刀見血，手下毫不留情，一斤一兩都無法討價還價！刀下一吋吋被切割殆盡的，是無憂無慮的童年，是一去不回頭的青春，是永遠逝去的光陰。

燒芭

燒芭，對於野村人來說，是一年一度的盛事。

燒芭必須動員全村壯丁，是極度勞師動眾的事。所以，村人們紙上談兵次數頻繁，真正付諸行動者卻少！真要燒芭，一村也僅限於一年一次。其原由，往往是村中某人想擴大原有墾殖區，物色到了一塊無主的肥美荒地，央求一干好友聯手幫忙，才偶一為之。

燒芭範圍較大時，為了安全起見，甚至需要動員全村壯丁。只要商請村長協助召集，一般上村人也都不會拒絕支援。在那個久遠迢遙的純真年代裡，互相幫助就是生存之道！今天我幫你，下次你幫我，大家所求不多，都只求一家溫飽而已。

首先，發起燒芭行動的主事者得先翻《通勝》，選個黃道吉日。當然，這天最好要是個風和日麗的大晴天。出發前，發起人得為所有參與者準備足夠的水和乾糧。由於這次父親相中的是一塊處女林，地勢較高，此處沒有挖過任何一口井，執行起來困難度更高。

一個月前，父親先帶了好友劉全伯去勘察地形、方位、風向。以手繪地圖規劃事先必須挖好的防火線位置、方向、地勢，防火用的溝渠寬度與深度，附近可資引入溝渠的水源或溪流。在山坡或地勢較高點無法引水入溝時，則要先派人下坡，到溪邊去把溪水揹上來，用大水桶貯水備用。

燒芭前，判斷當日的風速、風向，點火焚燒的最佳地點，預先規劃當日飲水和乾糧的分配，又如果萬一火勢一發不可收拾，要如何迅速集中人力，迅速滅火。人員、工具、水量需要多少？能動用的壯丁人數多少？如何部署和機動調派人力？由於這塊大芭範圍甚廣，不得不小心行事。

父親每日吃完晚餐，就邀來燒芭經驗豐富的劉全伯，仔細商討燒芭大計。劉全伯有時割膠，有時當錫礦場的書記，比父親年長幾歲，也是在廣西容縣出生，跟隨祖上到南洋討生活的第二代華人。他小時候在大陸家鄉讀過私塾，稍微識字，寫一手蠅頭小楷好字，也學過珠算。打算盤時手指極為靈巧，一陣劈哩叭啦，金額數目迅速算出，絕無差錯，功夫十分了得！劉全伯鼻樑上常掛著一副薄薄的金絲邊眼鏡，一副書生樣，卻是個老菸槍，手上總是握著一管長長的紅木菸斗，一邊聊天一邊往菸斗裡塞菸絲。他們談如何燒芭，連續談了七、八個夜晚，參與商討燒芭行動的人也每天都在增加。有個固定班底阿興叔是專門負責聯絡的，夜晚必定在村內走動。那時的馬來半島還是英殖民時代，夜間村裡是有宵禁的。阿興叔每天晚上出門，顧不了老婆的叨唸，硬是要穿上衣櫃裡最好的一件白上衣，舉著一杆顯眼的白旗，手裡護著一盞明明滅滅的火水燈。穿白衣是要讓夜間在村裡巡邏的錫克兵容易辨識身份，否則有可能會被誤為馬共游擊隊而受到盤查。

劉全伯翻閱《通勝》選中的日子果然是個黃道吉日！燒芭那天，防火溝早已備好多日，儲水也到滿水位了。金燦燦的太陽一早就高高掛在樹梢，火燒火燎一般，滿山翠綠的樹葉被艷陽烘烤得乾蔫蔫的。劉全伯用一根火柴點燃一小撮已被烈日煎烤得枯黃乾燥的雜草，山風一吹，火勢迅速蔓延開去。於是，熊熊烈火一瞬間就把矮灌木叢包圍吞沒，雜樹叢底部的濕柴斷枝吐出一條條長長火舌，濃濃白煙迅速飄散。煙霧迷濛中，山風凜冽吹著，人都被嗆得喘不過氣來，有人急忙撤退至上風處。有人則暫避坡下。

父親說，他們有幾個人當時正站在高地上，用毛巾蒙著口鼻，好整以暇，瞇著眼睛看四面八方挖好的壕溝內側，那塊芭裡熊熊烈火炙燒。原本潛藏在矮灌木裡的動物，開始風風火火地、搬演起翻天覆地的一波波大逃難潮！最先是灰褐條紋的山雞、頭上頂著大冠的犀鳥、呀呀叫著的烏鴉，各種鳥類黑鴉鴉地集結成一片，吱吱喳喳鳴叫不停，振翅齊飛，從煙霧中衝出。然後是白鼻心、果子狸、大尾鼠[1]、山貓等小型動物驚慌失措、大呼小叫地魚貫而出。最後是大南蛇[2]、飯鏟頭[3]、四腳蛇[4]等冷血動物也匆匆逃命。

這時，選擇在陡坡底下躲避煙霧和熱風的人們，目瞪口呆地看著各種「野味」從坡上四面八方、熱熱鬧鬧地俯衝下來！煙塵滾滾中，影影綽綽的動物逃難潮，似一道褐黑色的潮水，汩汩流下。有人馬上機警地兜起麻布袋，生擒活捉這些彷彿「從天而降」的動物。

---

1 松鼠。
2 蟒蛇。
3 眼鏡蛇。
4 大蜥蜴。

紛紛大呼：「丟娜媽！真是天賜我也！」有人手裡沒拿什麼可用工具，折斷身旁樹枝當木劍，有人舞動防身的巴冷刀，往潮水般湧來的動物亂揮亂砍。有人殺紅了眼，渾身浴血，彷彿身在戰場！有人守在火線外，無動於衷、冷眼看大群生物蜂擁而至，又化為滾滾泥塵離開！無論是被烈火逼出的白鼻心，還是疑似已被燒燙傷、動作遲緩的錦蛇，才猶豫了一下，已火箭般飛奔、逃竄而去，半隻影兒也捉不到！有人老神在在，似乎渾然不驚。手起刀落，揮動鐮刀砍蛇，姿勢熟稔。鋒利的鐮刀刃光影閃爍，移動中的蛇頭一律被斬斷，蛇剛被斷頭的剎那，流出極少量的蛇血，蛇身兀自一截一截跳動、左右蠕動，彷彿還是有生命的物事，令人驚駭。臉膛被煙霧燻黑的阿丁，見慣不怪，當場開膛破肚，殺起蛇來！有個名喚黑豬的後生仔平日就嗜蛇如命，今天特別亢奮，說蛇膽清熱解毒，立即搶著生吞蛇膽。最後他們把死蛇全都剁成一截截，裝了滿滿一麻布袋，興高采烈，說要揹回家煮蛇湯來喝。

傍晚，燒芭進入尾聲，雨林已經不存在它原始的樣貌了！烏黑的焦土上覆蓋厚厚一層白灰，光禿禿的芭一望無際，突起的唯有一兩顆火星閃爍的滾燙岩石，幾截猶自冒出絲縷白煙的粗大樹根，啊！白茫茫一片真乾淨！劉全伯一聲令下，大夥兒開始用水澆熄地裡的餘燼。水桶裡貯存的水也快要用盡了！忙了一整天，延燒了大約十多英畝的肥沃野地，父親打算開闢成生薑園。已經是黃昏時分，飢腸轆轆，終於快要收工了！這時，每個人的臉膛都被煙霾完全燻黑，全身也黑得像焦炭。阿土從烈火餘燼中撈出一坨動物肉，笑得露出一口白牙。每個人都是兩手烏黑如墨，已經沒有水可以洗手，於是他們用削尖的樹枝當筷子，撥開果子狸的皮毛，夾起香噴噴的肉塊狼吞虎嚥起來。有人遞來鐵皮水壺裡的王老吉涼茶，阿丁小啜一口，「呸！丟娜媽，真傢伙苦！」「配一小口冬瓜糖，慢慢喝就不苦了！」不知誰勸道。王老吉涼茶烏黑如墨，苦入心脾，清涼退火。他們說上回劉全幫黃樹根燒芭，口乾舌燥一整天，忙得忘了喝涼茶，回村之後發高燒、大病一場，整整躺了三天三夜！這可開不得玩笑的！燒芭不喝涼茶，真正上了火，會燒出人命來！

眼看那片烏黑焦炭般的野地裡僅剩下星星之火，大約再過一會兒就會完全滅掉了！大夥兒收拾起東西，聊得興高采烈。這時，突然一陣怪風吹來，強風掠過零星有餘燼、微弱火光明明滅滅的土地，天地間這時竟然響起一串不知從何而來，令人錯愕的詭異呼嘯聲！晴天霹靂，火星飛掠向隔著防火溝渠邊那幾棵樹葉已經燻烤得乾燥蜷曲的構樹，構樹竟然著火了！旁邊的一整排亞答樹緊跟著也著火了！

然後，不可思議的景象出現了。防火溝外側那片樹葉已經被燻黑的雜樹林，竟然從樹梢熠熠閃爍著火，瘋狂燒起來了！周邊乾燥的灌木叢也迅速被點燃！眼前火光熊熊，火勢迅速向蠻荒雨林深處蔓延！他們望著水已快見底的防火溝渠，劉全伯一聲令下，男人們立即全體脫得赤條條，把衣褲都丟入水裡，迅速撈起沾濕的衣褲，死命用濕布打火。那溝渠裡蟄伏著無數從燒芭現場逃命而來的各種蛇類，正泡在淺淺的水裡降溫！這時人們把衣褲擲入水裡，很顯然觸怒了牠們！錦蛇、大南蛇、金花蛇紛紛吐出蛇信，在溝渠中不安地騷動，甚至沿著濕衣褲纏繞上人們的手臂！

男人們厲聲尖叫，硬著頭皮躲避蛇類的襲擊，迅速跳躍奔跑，奮力用手上的濕衣褲不斷來回地打火！人們氣喘吁吁，拚全力追逐正在迅速燎原的火苗，不眠不休！

直至深夜，火才被完全滅掉！男人們衣衫襤褸，全身濕漉漉，一腳高、一腳低，累得跟爛泥一樣，夢遊般走出那塊被暱稱為「24碑」（Batu 24）的熱帶雨林。有人累得步伐蹣跚、狀若醉酒，有人忘了揹回自己搜刮到的「野味」。有人眼睛紅腫得完全睜不開，看不清楚自己的腳踏車。有人手腳灼傷，有人額頭上、肩上皮開肉綻。深夜兩點，繁星點點，蚊子轟鳴如雷，一行燒芭英雄氣若遊絲，用盡全力才能勉強踩動腳踏車踏板，回到家時，恍如隔世。

後來，野村人從此聞燒芭色變。逼不得已需要再次全村總動員燒芭前，總會有人一再重複提醒：作為防火線的溝渠啊，一定要挖得夠寬、夠深，否則，風一吹，火就延燒過去，可千萬得提防啊！幫梁南叔燒芭那次，驚死人！差點兒連小命都不保！

24碑神秘薑園

小時候，經常聽到大人們提起「24碑」這個詞。當他們訴說起這個詞，嘴角隱約有一抹不可告人的淺笑，似乎是一群同謀者會心的一笑。「24碑」這個詞代表什麼呢？真是啟人疑竇。直到長大以後，我才知道它確切的地點，也才明白了同謀者的微笑其來有自。

是的，24碑（馬來文Batu 24）是霹靂州通往馬泰邊境的南北大道其中一段公路指示標誌，愈往北走路標的數字愈大。27碑是一望無際的橡膠園；26碑是華人義山，離本村最近的墓園。25碑就是本村所在地。背對24碑的公路指示標誌，直直往左方叢林深處走去，就能進入一片廣袤無垠的熱帶雨林。沒錯，23碑和24碑都是熱帶雨林；24碑，最接近本村的雨林。那個地方，是村人寄託夢想的所在！

那是英殖民後期，還設有夜間宵禁的年代。英政府為了杜絕馬來亞共產黨對華人社會的影響力，派持槍的軍隊把原本散居在橡膠林中的華人都強制遷移至新村居住。整個華人新村四周被鐵絲網圍起來，只准許居民於規定時間持證件外出工作。每天凌晨起，戴著頭燈的膠工絡繹不絕地騎著腳踏車出村，到各自的橡膠園去割膠。在村口設有檢查哨，檢查每個村人外出所攜糧食及物品。政府為斷絕馬共的糧食及武器供應鏈，糧食限量攜帶，多餘品項除工作需要一律亦不准村人攜出。晚間村民須趕在天黑前回村，禁止任何集會或政治活動。遇上與馬共有關之可疑情報或特殊事件，武裝部隊則隨時至家中搜查「證物」。村人都集中住在一起後，新村周圍的耕地短缺，空地有限；再加上有些村人原本的墾殖地距離過遠，早已經被迫放棄。鄰近新村的無主荒地極為搶手，即使一小塊畸零地也被「手腳快」的村人闢為菜園或果園。隨著遷入新村的人口愈來愈多，村子裡也開始鬧起耕地荒來！

畢竟割膠是看天吃飯的行業，即便你手腳再勤快，雨季時還是無法割膠。只以割膠維生的家庭，是養不活一家老小的，在東北季候風帶來的連綿雨季裡甚至有可能斷糧！當時，英政府尚未推行節育政策，人們無避孕知識。家家戶戶都是兒女成群，每戶都是動輒

七、八個孩子。在這個貧瘠、荒涼又炎熱的土地上，要餵養嗷嗷待哺的一大群孩子，談何容易！做父母的又怎能坐以待斃呢？於是，比較有膽量的村人，紛紛設法往外尋找耕地。有人率先跑到28碑，開墾霹靂河支流旁無主的荒地，種菜、種瓜果，自耕自食，生產較多時也賣，當作副業貼補家用。有人則更大膽，不管英殖民政府頒佈的《緊急法令》，也不怕雨林深處潛藏的馬共游擊隊，竟偷偷跑到熱帶雨林去違法開墾。

說起來，這創舉的始祖就是我的父母！他們鋌而走險開發雨林，只因家中人口眾多，光是要餵飽全家八張嘴就絕非易事了！雨季期間無法割膠，全無收入，真的只能坐吃山空、聽天由命！大姐說，她小時候經常被派去菜市場旁的雜貨店跑腿買東西，但身無分文，只能賒賬。這時，她站在要買的東西貨架前，得等店內其他顧客先結完賬，所有人都走光了，才怯生生地跟老闆開口說要買什麼，得賒賬。老闆一聽到「又要」賒賬，總是立即一臉厭煩，「唉，怎麼又賒賬？」不然就也苦瓜臉，長嘆一聲：「唉，妳看看，黑板上就妳家的賬目最多！叫妳媽媽趕快來付一點錢好嗎？再賒下去我的店也快倒了！」個子瘦小的她，站在高高的櫃檯前，仰頭看著老闆那肥胖的身軀，滿臉的橫肉，鼻孔朝天。深深領悟到自己無以名之的羞恥，心中無奈，卻又無能為力。為了完成任務，她只能一再陪著笑臉，跟老闆低聲下氣哀求，最後才能含淚拿著那瓶醬油回家。

醬油是做什麼的呢？家中的午餐，經常是早上煮好的一鍋白粥。十一點左右，父母從膠園載著膠汁回來，全家正忙著製作膠片。沒人管讀下午班的她，她站在小板凳上為自己盛一大碗白粥，大灶柴火餘燼未消，在猶有餘溫的白粥上滴幾滴醬油，和一和，就變成鹹粥，吃完一碗粥，自行揹起書包走路去上學。唉，不是走投無路、無計可施，誰會想去賒賬呢？所以，為了養活孩子，父母只能設法開拓耕地以貼補收入！

由於外婆住在瓜拉江沙郊區，聽說老薑目前在城內是身價最好的高經濟作物，便鼓勵女兒女婿種植老薑以貼補家用。原因是當時許多華僑初到南洋，水土不服，多有風濕畏寒等毛病，習慣性食用老薑以強身健體。當時城裡的中藥店都會大量收購老薑，製作薑片，作為祛寒去濕的藥引。菜市場裡，生薑也是中餐料理的必備調味料，需求量大，但是只有少數人供應，且多是在雨林中隨意挖掘的野薑，塊莖細小，少有人工種植。因供需嚴重失衡，所以生薑老薑的價格都是居高不下，尤以老薑價格更高！外婆眼光獨到，看出這門生意後勢看漲，一直鼓吹種植老薑的優勢。於是，我的父母鐵了心，決定拚了，冒險到雨林深處種薑！

生薑是熱帶雨林中常見的陰性植物，喜歡溫和爽朗的天氣，忌強光直射和過於炎熱的生長環境。它喜好生長在蔭涼、濕潤、含沙的土壤，所以，如果能種植在排水良好，有遮蔭的山坡地是最適宜的。缺水時，薑的地下塊莖不會長大，但高溫多雨或過於潮濕，薑又易發生軟腐病，俗稱「薑瘟」。發生過「薑瘟」的土地，須休耕數年才能再種。於是，為了尋找適宜種薑的耕地，我的父母決定豁出去了！眼前離村不遠處，就有大片原始雨林等待他們去開拓。唯一需要的是「膽識」而已！

第一次入山去尋找夢想中的新耕地，他們畏畏縮縮，怕被疑神疑鬼的英軍誤為馬共游擊隊，如此則有可能會被射擊，甚至可能失去生命！於是，探路那天，父親決定讓母親揹著襁褓中的孩子，攜家帶眷一起前往。萬一被鎮守雨林外圍的英軍調查身份時，有女人、有嬰兒在身畔則會相對安全。

母親跟在父親身後快步行走，他們倚靠著農民子弟對肥沃耕地天生的靈敏度，和正當盛年，大膽、銳利的眼光與嗅覺靈敏的鼻子，找到那片矮青芭。展現在他們眼前是一個相當陡峭的山坡，山崖上掛滿色彩鮮艷、捕蟲瓶極為碩大的豬籠草。粗大壯碩、蛇一般糾纏的藤蔓，顏色是深褐色的，深綠色葉片上輝映露珠的光芒，每個捕蟲瓶裡都盛滿肥大的蟲屍。父親依照昨晚的夢境指示，攙扶揹著孩子的妻爬上山坡，就像武陵人來到桃花源，眼前豁然開朗！那是一大片傾斜度大約五六十度，斜得剛剛好，長滿野草、矮灌木叢，欣欣向榮、適合拓墾的土地。父親拔出腰間的巴冷刀，挖掘一小塊鬆軟烏黑的泥土，泥中亮晶晶的，很顯然摻雜了一些灰白的沙礫！父親瞪圓了一雙濃眉大眼，眼神晶亮與母親對視，兩人頓時嘴角上揚、喜出望外！父親大喊：「啊！靚地！敲鑼打鼓都找不著的靚地啊！是砂地，種薑再適合不過了！」

看中意那塊地後，父親回到村裡，便開始在村裡招兵買馬，準備燒芭。燒芭的細節，就是前面那另外一個故事了！燒芭之後，便開始整地，主要工作是翻土、開溝、做畦！

每天凌晨，父母依舊割膠、收膠，回到家做好膠片後，掛在竹竿上晾曬。吃完中飯，休息一會兒。下午便領著全家一起騎腳踏車到這塊新耕地去種薑。父母弓著腰揮汗如雨，飛快揮動鋤頭翻鬆焦土，年輕力壯的他們手腳利落、敏捷，先大略挖出地上較大的石頭，或者沒被燒芭燒盡、較粗大的原生植物殘根。然後依地勢做畦、開溝，這些都是非常辛苦、重勞力的工作。整個下午彎腰鋤地，手心長繭破皮不用說，晚間回到家，往往累得連腰都快直不起來！母親和姐姐們傍晚回到家裡，還得挑水、煮飯、炒菜、洗碗、洗衣服，做家務，農家女人的辛苦，非箇中人，難以想像！

身為農家子弟，大小孩子在薑園裡也是從沒閒著的！整地時孩子們要蹲在地上徒手撿拾畦面上的石頭，一一整齊堆疊在溝邊，撿拾完畦面後，用小十字橇翻土，撿出畦土裡的石頭，將一顆顆大石頭來回搬運，堆疊在溝邊。

為了人生的這場投資，也算是豪賭，父母向外婆借貸了一筆數目相當大的金錢。憑著外婆的交情，好不容易拜託中藥店轉售，才購得一批上好的薑種。這一籮筐充分成熟的上好薑種，肉質密緻，表皮光滑呈黃褐色，無一丁點病斑。全家大小在整好地後的幾個晚上，不眠不休地用小刀把購來的薑種依據芽點切成一小段一小段，以備隔天種植。父母顧慮到小孩隔天要上學，晚間小孩幫忙切割薑種，通常時間也不會拖太晚。二姐說，有一次弄太晚了，滿手都是薑汁，手沒洗乾淨就上床去睡覺，早上醒來，下意識用手揉眼睛，媽呀！馬上被那殘留在手上的薑汁嗆辣得眼淚鼻涕直流！

整好畦後，每隔一段距離，在畦的底層均勻鋪放一層薑種，芽點朝上，其上再覆蓋一層薄土。薑就這樣種下了！接下來的工作就是等待薑種發芽。長出茂盛綠葉後，如果雨水不足，勢必無法長出粗大的根莖。這時，父親必須到山溝裡去挑水上來適度灌溉。小孩則負責拔除瘋長的雜草，燒芭過後的焦土肥沃異常，薑的莖葉粗壯肥大，雜草也同樣猖獗！今天剛拔過，明天又全是雜草！拔不勝拔！

拔草時，孩子習慣搬來大石塊，或者坐在一截斷木上。坐下拔草時，蚊群立即聞風而至，在頭上盤旋，或往全身叮咬。那時，家境貧窮，勞動時穿的都是又破又髒，滿是補丁的舊衣服，工作中一不小心，就會聽到刺耳的布料撕裂聲。誰的身上衣服要是裂開一塊空隙，那空隙必定成為蚊子的糧食供給站！手腳、臉頰上，也都滿是蚊子叮咬的「紅豆冰」。一面勞動，耳邊不絕如縷聽到的是嚶嚶嗡嗡的蚊子撲翅聲。那時，「防蚊液」這個詞彙聞所未聞。蚊群鋪天蓋地而來，為了專注手中的工作，僅能沉默著讓蚊子叮咬，連埋怨都是不准許的！這是父母嚴格的教育方式。

當然，孩子初時對於蚊子大軍的攻擊，也是會頻頻抱怨的。父母聽煩了，會說：「生在農家的小孩，下田工作，被蚊子咬是很正常的事，你有什麼資格抱怨？不然可以再去投胎，別出生在我們家！」有時，父親會直接賞一個巴掌！從此，到了薑園裡，孩子們都不敢再怨天怨地了，也逐漸領略到，如果抱怨無法改變事實，又何必浪費時間抱怨？咬緊牙關，趕快把自己的份內工作完成，也許當天就可以早點回家，不就能避免繼續給蚊子叮咬了嗎？如果能在傍晚前回家，是最好不過了！因為一天中蚊子最兇猛、最猖獗的時刻，有兩個時間點，一個是清晨太陽出來之前，另一個就是天將黑未黑的傍晚時分。農家的孩子，能擁有的，只能是不停勞動的童年！

在雨林邊緣種薑，雖然新燒的芭黝黑肥沃、寬廣一望無際，但是周邊蠻荒的原始雨林，不時傳來猴群和各種鳥類的叫聲。偶爾還能聽到「山大王」驚天動地的呼吼聲！還有被老虎追逐、掠食、壓制的各種小動物發出的驚慌竄逃、慘叫、悲鳴聲，忽遠忽近、懾人魂魄！初時，父母和兄姐們聽到這些此起彼落的怪聲，禁不住全身顫慄不止。尤其傍晚時分，更是大型動物狩獵尖峰期，自遠方傳來的虎吼聲震人肺腑！聽說，當時被揹到薑園最小的孩子是三姐，第一次聽到虎吼的那天，晚上回到家，嬰兒就發了高燒、全身綿軟無力，大便竟然變成綠色的！這是廣西話俗稱「屙青屎」的現象，表示小孩被驚嚇到了，得收驚。村中有一老嫗會卜米卦，媽媽便揹著嬰兒去找老嫗收驚。然後父母又買了些檳榔、土菸，抱著孩子去拜村中蓄水池旁那尊泥塑的拿督公，祈求這南洋土地公幫忙守護孩子。

由於在雨林拓荒的風險委實甚高，當時，村中僅我父母有這種豹子膽，敢進去種薑！天不怕、地不怕，只怕沒錢買米啊！

燒芭過後的土地異常肥沃，埋入薑種後，便迅速成長。由於那塊土地無論是砂壤、地勢、溫濕度，都佔盡優勢，異常適合生薑的成長，很快的，整個山坡便一片欣欣向榮的景象。由於有雨林遮蔽，薑園僅半天日照，下午就起霧，氣候涼爽，甚至連挑水灌溉都可以省略。七八個月成長期當中，僅有幾次久未下雨，過度乾旱時，才需要父親跳下溝底，全家以接力的方式搬運水桶，一畦一畦灌溉。挖掘老薑那天，全家歡天喜地，笑得合不攏嘴！不斷驚呼連連，因為第一季生產的老薑，個個碩大結實，有的塊頭甚至比嬰兒的小腿粗，實在大得不可思議！父母的鋤頭不斷挖掘，孩子們揹著籮筐把老薑的泥土拍掉，集中在一起，裝入麻布袋，把袋口用麻繩紮緊。最後，收穫了幾十麻布袋的老薑！

如何運出去呢？此處是荒山野嶺，家中唯一的壯丁就只有父親一人！那時，年輕力壯的父親，長期的重勞力工作把他鍛煉成猶如一頭公牛！父親看著陡峭的山坡地勢，一咬牙，鼓起勇氣，把麻布袋揹在雙肩上，藉由重力加速度的慣性，便從薑園的斜坡上瞬間「滾」到山嶺下了。毫髮無傷！兒女成群一齊大力為父親鼓掌、喝采！於是，「滾」了一次又一次，父親把所有的麻布袋都「運」到坡下，賣給中藥店，賣了個極好的價錢！那是父母來到南洋後，賺下的第一桶金！

原本沒有自己的橡膠園，當別人佃戶的父母，憑著這第一桶金，償還了買薑種借貸的錢，也買下了第一片屬於自己的橡膠園，從此被稱為橡膠小園主。後來，村人見我家種薑後明顯家境改善，紛紛追隨我們的腳步，也斗膽去非法開發雨林，那是後話了。如今想來，24碑，是我家的夢想之地。如果父母沒有開拓者的勇氣，沒有那片薑園，就沒有我家後來所經營的雜貨店以及橡膠園，或許也不可能堅持「重視教育、要子女讀書」的傳統！

兄姐們憶起那片土地，紛紛訴說著它雲霧縹緲、與世無爭的神秘氣息。馬來半島終年都是炎熱、暑氣攻心的盛夏氣候，只有那海拔高約七百公尺的神秘薑園，到了那裡，總是通體舒適、涼風習習，像有天然的冷氣吹送。長大後，孩子們都懷念著那個神秘的應許之地，但是，卻再也回不去了！

猴子猴孫

關於猴子猴孫們，也是我童年記憶中極為鮮明的一頁。廣西話稱猴子為「馬騮」。北馬叢林中經常出現的猴族是豬尾猴。牠們體型矮胖，毛色是灰褐色的，尾短而毛稀疏，尾巴基部較粗，尾梢細，末端有簇長毛，行動時尾巴彎曲如弓，狀似豬尾巴，故名為「豬尾猴」。公猴面部較長，頭頂上的毛色是深褐色的，毛茸茸豐厚綿軟像一頂氈帽，臉頰兩側還有美麗醒目黃褐色的遂毛向前生長，彼此相連，如一條圍巾繞著頭，貌似雄赳赳氣昂昂的錫克男子。

豬尾猴是群居動物，由猴王統領人丁旺盛的家族，每群大小三十至五十隻不等。牠們是熱帶雨林中的晝行性動物，大部份時間都在地面覓食，常以果實、種子、穀類、植物嫩葉為食，也捕食昆蟲、小鳥、鳥蛋。牠們動作靈活，叫聲尖銳，除公猴外，母猴和幼猴大多溫馴無攻擊性。猴群偶爾會來到橡膠園嚼食橡實嫩芽，逛逛玩玩，停留時間不長，雖然因跳躍、嬉戲、追逐，折斷些枝幹，或打破些盛膠汁的陶杯，也可說是無害的。猴群來無影、去無蹤，倒也能和割膠的人們和平相處，老死不相往來。

然而，農田或果園園主對於猴群的態度可就不同了！因為，猴群特別擅長襲擊農田、果園或棕櫚園，香蕉、木瓜、玉米、木薯、榴槤、波羅蜜等農作物也都是牠們採食的目標。牠們聰明又狡猾，即使果園設有鐵絲圍籬，公猴也會徒手破壞，甚至把固定籬笆的木樁拔起，大開方便之門，或者在圍牆下挖開一個洞口，讓猴子猴孫們一次一個偷偷溜進去，大啖個飽！據說猴群行動時還設有警哨，同夥在農園裡飽嚐大餐時，站哨的猴子看到人類靠近，會發出警報聲！等到人們發現果園幾乎被劫食一空時，那些「現行犯」早已逃逸無蹤了！所以，農人們一旦和猴子猴孫們交過手，便不由自主對牠們恨之入骨！恨不得斬之而後快！

青壯年時期的二哥行動力驚人，他渴望累積財富，整天沒日沒夜、孜孜矻矻地拚命攢錢。那幾年間，二哥向鄰村那些好吃懶做、心無大志的馬來人承租了極大面積的荒地，一口氣栽種了幾十英畝的木薯田。大量生產的木薯莖塊交由中盤商收購，用來製作雞鴨牛豬等牲畜的飼料。

二哥開墾的木薯園緊鄰父親的橡膠園。因橡膠樹適合生長在排水良好的山坡地，所以一般個性較為閒散的地主會任由地勢低窪的山谷荒蕪。初時，二哥日日騎著摩托車進出橡膠園，每天都經過那塊盆地，企圖心強又眼睛雪亮的他，敏感地立即覺察到那塊土地的肥沃和富饒。那塊窪地多亂石、雜草叢生，可泥土卻都是烏黑的腐殖土！「咁靚的地，咩野都毋種，真係賽鬼嚦！」[1] 日日看著那塊有山環繞、有水潺潺流動的窪地，二哥覺得實在太可惜了！

於是，二哥向幾個到處打零工、經常幫華人噴灑農藥和割草的馬來人打聽，終於在一番明查暗訪之後，在河邊的一間浮腳樓裡見到了地主，他是馬來甘榜裡一位德高望重的老

1　意即：「那麼好的一塊地，什麼都沒種，真的有夠浪費！」

哈芝[2]。二哥以極低廉的價格，承租了老哈芝祖傳的大片土地，僱用大型挖土機快速整地，以扦插法栽種下幾十英畝的木薯田。依照慣例，如果雨水充足，通常木薯生長半年後便開始長出地下塊莖，十一個月左右就能採收。

然而，木薯園最大的禍害就是猴子和野豬群的肆虐，尤其是猴群！農人無論種什麼，只要被猴群襲擊，必定全區被夷為平地，無一倖免！猴群會大肆採摘木薯嫩芽，嚼食果實嫩葉，並肆無忌憚、頑皮囂張地到處嬉戲，牠們不知天高地厚，無論是成猴還是幼猴，都以胡亂折斷樹枝、莖幹為樂，真的讓人氣得七竅生煙，啼笑皆非！二哥對猴群恨之入骨！

為了減少猴群的禍害，只好自行設置各種各樣的獵猴陷阱。尤其二哥是村裡公認的最優秀獵人，他對猴群設下的「天羅地網」更是精巧得讓人「嘆為觀止」！二哥有一雙巧手，他利用細纜繩做成的陷阱，被掩飾得極好，裝置在樹幹上，由各種奇妙的活動機關和繩結組成，猴子若在這棵樹附近攀爬跳躍，只要觸碰了，活結就會自動收緊，一不小心就會中

2 馬來語：Haji。是伊斯蘭文化中，給予曾經前往回教聖地麥加朝覲之穆斯林的尊稱。

了圈套！四肢甚至頭顱被細纜繩緊緊地綑綁、圈套住，叫天不應、叫地不靈，無法脫困的話，只能乖乖等死！

這些中了陷阱的可憐猴子，有時候頭部中圈套直接被勒死，有時候僅有一隻手臂或腳踝被牽繫住，肢體局部被吊掛在樹上，只能拚命發出淒厲的呼救聲。據說，猴群是蠻「講義氣」的，往往一隻猴子中了道兒，其他同伴會在旁邊著急哀鳴，想要設法拯救牠！牠們會圍繞著牠驚慌跑跳、觀察，然後成群結隊以「接力方式」瘋狂拉扯牠！這導致中了陷阱的猴子皮開肉綻、鮮血淋漓、遍體鱗傷，甚至手腳骨折！最後有些猴子拖著慘被截肢、筋骨外露的身體，成功竄逃。有些因被過度拉扯而重傷的猴子，痛苦呻吟、奄奄一息，飢餓多日，終於滿臉驚恐地步向死亡。

更悲慘的是，某些被纜繩勒住脖子的猴子，在同伴合力拉扯之下，弄巧反拙，反而當場被慘忍地勒斃！那些死猴雙眼圓睜、眼珠暴突，景象駭人！其他猴群眼看同伴死於非命，尚不知自己闖了禍，兀自在樹梢上奔竄跳躍，有人來了，猴群會倏然肅靜，迅速躲藏在濃密樹叢中偷覷人類，然後突然有隻猴子發出厲聲怪叫，全部猴群瞬間一哄而散！一會兒功夫，一隻猴子的影兒都不見了！清風徐徐吹拂婆娑樹影，珊珊可愛。翠綠枝頭間傳來鳥囀鶯啼，松鼠拖著毛茸茸的大尾巴在樹梢間穿梭，叢林又恢復成自然原始的狀態。

二哥栽種的木薯成熟前一兩個月，猴群出現頻率更高了！二哥眼看短期內就可以豐收，卻因猴群肆虐，導致大片木薯枝椏斷折、葉片蔫萎，植栽枯死大半！辛苦了一年，卻將前功盡棄，不由得每日唉聲嘆氣，束手無策！於是，二哥決定，他只能「一不做、二不休」了！

為了減少損失，他當機立斷，到城裡採購了許多捆細纜繩，在雨林和木薯園的周圍佈下天羅地網！他也用鐵籠子做成一個直徑半米左右的巨大「誘籠」，裡面佈置了香噴噴的烤臘腸當誘餌，那「誘籠」的鐵門是活動的，設計成猴群只能進不能出。二哥說，這個巨大的「誘籠」，如果計策成功，一次可以誘捕到二三十隻豬尾猴，甚至可能把整個可恨的豬尾猴家族一「籠」打盡！

不久，這個設計精巧的鐵籠子被二哥以越野四輪驅動車載到木薯園裡。一星期後，滿載猴子猴孫的誘籠真的被運回家裡，被放置在門前的那棵老柚子樹下。我和鄰童們興奮得繞著籠子打轉，好奇觀察籠子裡挨挨擠擠二十幾隻大小不一的豬尾猴。我們最感興趣的是一隻剛出生的猴崽，牠身上僅有稀疏的毛髮，毛色是淡灰色的。牠雙手緊緊抓住母親的腹部，眼睛圓睜，驚恐萬分地和我們對視。我們的視線追隨著母猴跳來躍去，牠懷中的猴崽頭顱也轉來轉去，我們看見猴崽，似乎看見嬰兒期的自己！幼猴確實可愛，童年時期幾乎沒有玩具的我，對這隻宛若布偶娃娃的幼猴愈看愈喜歡，忍不住說：「二哥，那隻馬騮仔[3]可以留著不殺嗎？俾我養？」

引起我們注意的還有一隻體格特別雄偉、顯得異常兇猛而強悍的公猴，大人們都說那隻看起來非常有攻擊性的可能是「猴王」。頑皮搗蛋的偉仔趁大人不注意時靠近鐵籠，伸手去戳一隻幼猴的身體，說時遲、那時快，手背竟被這隻猴王狠狠抓出一道血痕，猴王還發出嘶吼聲！偉仔頓時疼得厲聲尖叫！大人連忙喝叱小孩們遠離，鐵籠子的縫隙頗大，這時暴怒的猴王還把整張臉緊貼住鐵格子，拚命往籠子外面伸出一張長嘴，數次齜牙咧嘴，狀似保護妻小。猴子猴孫們不知死到臨頭，猶在籠內跳躍嬉戲、互相擠來擠去，吱唦叫囂。

那幾十隻猴子當中，看起來最特別的是一隻紅屁股的母猴，牠的臀部和尾巴根部的

3　廣西話稱猴子為「馬騮」。

皮膚明顯腫脹和發紅，大人說那隻母猴正在發情。我們問：「什麼是發情？」「財哥，什麼是發情？」「金山哥，什麼是發情？」我問了二哥的兩個好朋友，他們都笑而不答。旁邊圍觀的大人也都神神秘秘地笑了！來看殺猴的鄰家大嫂羞赧地說：「小孩子不准問那麼多！」雖然沒有大人回答我們的問題，但小孩們的眼神還是不斷追逐那隻紅屁股母猴，看著牠挺著紅通通的屁股，在我們眼前跳上躍下。最後，紅屁股母猴擠呀擠的，挨到猴王旁邊，獻殷勤似的幫猴王「捉虱子」。猴王初時不大搭理牠，可紅屁股母猴涎著臉，一會兒抬眉、一會兒瞇眼、一會兒噘嘴，拚命要引起猴王的注意。好騷包啊！我們幾個小孩專心看著紅屁股母猴風情萬種地表演，看得兩眼都發直了！過了好久好久，紅屁股母猴還是一直幫猴王捉虱子，還不斷把虱子往嘴裡扔，一面咬得逼剝作響。過了一會兒，猴王竟然轉過身子來，換牠幫紅屁股母猴捉虱子了耶！然後，牠們開始互相梳毛修飾，看起來像一對恩愛夫妻那麼親昵。

幾個人小鬼大的孩子小聲說：「馬騮談情說愛囉！等一下就有好戲看了！」大家會心一笑！因為偉仔被抓傷，大人命令小孩得排排坐在長板凳上，不能過度靠近鐵籠。大家目不轉睛地看著籠裡活蹦亂跳的猴子。突然，鐵籠子的右側有了極大的騷動！原來右側角落有幾隻公猴正在打群架，牠們齜牙咧嘴，又抓又咬，扭打成一團，一隻體型壯碩的公猴嘴巴上咬著鮮血淋漓的一塊皮毛！一隻黃褐色毛的公猴鼻樑邊有道血淋淋的抓痕！大人說，這一籠裡面捕到的有兩個來自不同家族的猴群。仇人相見、份外眼紅，打架是正常的！更何況，這籠子裡面有幾十隻猴子，太擁擠了！而且又有正在發情的母猴，公猴攻擊性一定會比較強！不用理牠們，就讓牠們打！反正等一下水滾[4]之後，整窩就都要殺掉了！

原本以為籠內的騷動會一直持續，公猴們會打個沒完沒了。沒想到，只過了一會兒籠子裡就沒動靜了。財哥叫我們：「細路[5]快看，是猴『警察』跳出來裁決，維持秩序了！」哇！這隻猴警察真有權威。牠的體格相當魁梧，一顆頭顱好大！牠看起來可真有氣勢，牠竟然站在剛才發生衝突的猴子中間，好像要把牠們隔開耶！「你看，猴警察好厲害喔！打群架的猴子不騷亂了，好像變得心平氣和了！」真的好神奇，原來猴群裡面也有警察喔！

4 熱水燒開。

5 小孩。

這隻猴「警察」在猴子社會中，一定最受到猴群的尊重！我們這些坐在板凳上看好戲的小孩，目瞪口呆，難以置信！我腦中突然靈光一閃，想到偉仔昨天和阿寶為了鬥「豹虎」（跳蛛）而打架時，老師也是這樣把他們隔開的！

獵人們交頭接耳，悄聲商量著殺猴的方法。有人提議絞殺，因我家門前就有一棵老柚子樹，拉下一根較粗的樹幹，綁上一條粗麻繩，就可以當作現成的絞台。財哥說：「可以先殺一隻來試試看！」於是，非常有行動力的年輕獵人金山立即拿了套索伸入籠裡，一下子就套住一隻母猴的脖子，套索一拉緊，籠門快速打開，母猴昏死過去，就頭上腳下地被倒吊在樹幹上了！

金山用磨得發亮的菜刀，切斷了母猴的喉管，鮮紅的血液噴湧而出，染紅了猴子全身的黑毛，濡濕發亮像一片黑絲絨。有人往母猴的身上澆淋滾燙的熱水，母猴身上發出生肉被燙熟的吱吱聲響，隱約還有白煮肉的香味飄散在空氣中。金山用鋒利的小刀，往猴子額頭上割開一個口子，把猴子的皮毛一起連著往下撕扯，金山哥的手勁極大，剝皮速度奇快！一會兒，整具皮毛已經全部被剝除！金山穿著一件破汗衫，整件汗衫都濕透了，臉上也都是汗水。

那被剝皮的猴屍，乍看酷似嬰兒，白嫩嫩的身軀，令人愈看愈怕，旁邊圍觀的大人小孩都紛紛噤聲，不寒而慄！在場觀看殺猴的八十歲老人阿榮嬸突然打破沉默，大力往地上吐了口痰，罵罵咧咧說：「丟娜媽，這馬騮也太像細路仔了！金山，這隻馬騮你要煮什麼？邊個[6]有膽食啊？這傢伙剝了皮簡直跟人一模一樣！」阿榮嬸這麼一說，眾人紛紛點頭如搗蒜，愈看愈打從心裡發毛！

後來，獵人們認為絞殺實在太過慘忍，而且費時，可是為了殺「猴」儆猴，又不能把牠們放生，一致決定用較快速的方法結果牠們的性命。後來這籠猴子，全部都被財哥用獵槍解決了。據說打獵經驗豐富的財哥槍法奇準，每隻猴子全都一槍斃命！

雖然心裡發著毛，獵人們還是壯起膽，把這二十幾隻猴子猴孫們都開膛破肚，清理乾淨，在柚子樹下支起大灶，烹煮了一大鍋咖喱猴肉。據說他們還特地放了加倍的辛香料，用咖喱粉、咖喱葉、香茅、辣椒乾、薑茸以掩蓋猴肉原有的騷味。但猴肉吃起來肉老皮厚，

6 誰。

還有股怪味。後來，這次「大屠殺」以後，家人都不願意再吃猴肉了！二哥依然對猴群恨之入骨，依然用陷阱獵捕牠們，但是後來他選擇了直接在木薯芭裡用子彈解決心腹之患，槍殺之後在園裡挖個大坑埋葬，讓猴群回歸土地成為農作物的肥料，再也不曾把猴子載回村莊裡了。

柚子樹下烹煮咖喱猴肉之後的三個月，這群優秀的獵人，不知是否因罪愆深重，竟然有人遭遇了「猴靈」的神秘經驗！財哥說，猴靈不像一般的鬼魂，猴靈是非常頑皮的，卻一點也不可怕！據說，那一次他們一群人到24碑的雨林打獵，因追捕野豬在雨林中迷路，只好在野外生起篝火過夜！財哥睡夢中，恍惚看見一隻烏漆墨黑的猴子來到面前，抓住他的左腳板，抬起腳踝，用力扳動搖晃！他瞬間驚醒，睜眼一看，那東西是團模糊黑影，但看得出來是一隻大馬騮！沒有眼睛、沒有五官，也沒有真實的形體，乍看可穿透，還發出很清楚的磔磔笑聲！財哥有點精神恍惚，搞不清楚當下的狀況，愣了一下，突然意識到：「啊！原來這就是傳說中的『猴靈』——猴子的鬼魂啊！」財哥猛然清醒！定睛一看，那猴靈在牠身旁跳來躍去，搔頭抓腦，彷彿在跟他玩著捉迷藏。財哥目瞪口呆，心想：「這傢伙會不會死不瞑目，來找我報仇的？」僅一兩秒間，「猴靈」就完全消失無蹤了！

然而，這果真是「君子報仇、十年未晚」嗎？真正遇上猴群來報仇的，卻是二哥！

兩週後的凌晨時分，自家的膠園裡，二哥額頭上戴了「電石燈」，腰間披掛一把備用的膠刀，手裡握著另一把鋒利無比的膠刀，迅速在每一棵橡膠樹上割出長長一條「膠路」。一會兒，乳白色的膠汁汩汩泌出，沿著膠路源源不絕注入陶杯中。二哥頭也不回地一路飛奔，操著膠刀向眼前的每一棵橡膠樹進行「割禮」。二哥不斷追趕著自己引以為傲的「割膠」速度，迅速往前方的山坡挺進。天邊已現魚肚白，一絲陽光自橡膠葉縫灑下。

這時，二哥聽到了猴群的呼嘯，格格嘎嘎、嘶嘶蘇蘇的聲響從四面八方傳來，夾雜著樹葉被涼風颳起，撒撒沙沙的脆響。二哥嚇了一跳，停下刀來，定睛一看，遠遠近近，到處都是奔竄跳躍、忽上忽下、忽隱忽滅、一閃而過的猴子蹤跡。二哥連忙轉大自己額頭上的頭燈光圈，明明滅滅的燈火照耀下，數量大得驚人的猴群狀似成群鬼魅，墨黑的一個個頎長身影，有的蹲踞樹梢，有的用一條尾巴倒吊身軀，蕩搖蕩搖。

其中一隻異常壯碩的「猴王」，目光灼灼、虎視眈眈瞪視著二哥。齜起嘴唇，顯露出兩排森森的白牙，還發出挑釁般「格格嘎嘎」的咬牙切齒聲響。猴王一口氣從一米高的老橡樹上一躍而下，大踏步欺近二哥身畔，似乎不懷好意，想要挑戰人類。哪怕是平時殺生無數、膽子極大的獵人二哥，這時也嚇得全身寒毛直豎，毛骨悚然！

然而，猴王看也不看二哥一眼。轉身跳到最近的一棵橡樹，伸出那毛茸茸的手，端起一個已裝滿白色膠汁的陶杯，狀似欣賞般稍微把陶杯舉高，作勢在眼底瞄了一瞄。然後，猴王做出一個令人極度錯愕的動作：牠把滿滿一杯膠汁全部倒掉了！乳白色的膠汁被澆淋在粗大的橡樹板根上，猴王發出一連串「磔磔磔磔」怪笑！同時，每一棵橡樹上的猴子都一躍而下！猴子猴孫們跳躍在樹與樹之間，紛紛伸手拿起陶杯，倒光了每一個陶杯裡的膠汁！並且，牠們此起彼落，發出「磔磔磔磔」的怪笑！整個山頭，滿山遍野到處流淌著乳白色的膠汁！二哥從凌晨開始工作，忙了幾個小時，還未收集，那些貴如黃金的膠汁，竟全部被這群死馬騮傾倒光了！倏地，似一場夢，一聲呼嘯，猴群們離開了！橡膠園裡只剩下錯愕、憤怒、欲哭無淚的二哥。

二哥呆若木雞，跌坐原地，良久良久才踉踉蹌蹌站起。蟲聲唧唧，成群蚊蚋依舊在耳邊嗡嗡作響，二哥臉上被蚊子叮了好多個包，卻渾然不覺！

獵犬隊長

小黑是公認的獵犬隊長，牠全身毛髮烏黑亮麗，右頰有個狹長的疤痕。據說小黑還是幼犬時，跟著媽媽去見習，曾被山豬的獠牙戳傷過，從此嫉「豬」如仇。那是小黑還是狗仔時的陳年舊事了。獵人財哥說，小黑是天生的好獵犬。為什麼呢？獵人們都會看「狗相」的。

財哥嘴裡一呼嘯，小黑馬上從藤椅下竄出，衝到主人跟前搖頭擺尾。財哥摸摸小黑大力晃動的頭顱，突然用力捉住小黑的嘴巴，小黑吃痛只好乖乖張大嘴。財哥指著小黑長長的舌頭說：「細妹，妳睇！這就是一等一獵狗的舌頭！」

我瞪大眼，整顆頭湊近狗頭，研究那滴著口水、褐黑色、好長一條的狗舌，其上分佈著無數顆黃白色的斑點。原來，獵狗的舌頭上面要有花紋啊！還有，口涎流得愈多愈好，表示這狗企圖心強，愛吃肉！這種饕餮狗，遇到獵物就會緊追不放！狗鼻子要高聳，鼻翼要寬，狗頭要大而方正，四肢要強壯有力，肌腱線條要勻稱，外表膘肥「狗」壯就對了！資質上等的獵犬後腿肌腱強壯，奔跑時像一隻小馬。蹄爪堅硬，跑動速度極快，身上肌肉結實。牠們直立站起來時跟人一樣高，一餐可以吃掉一大碗飯。牠們對蛋白質的需求量很大，因此永遠處於吃不飽的狀態，看見山豬便垂涎欲滴。

昨夜凌晨時分一陣陰雨綿綿，位於山谷中的村子也水氣氤氳，這表示今天膠工們不能割膠了！於是，膠工們搖身一變，變成一群鬥志昂揚的獵人。打獵的隊伍往往在清晨四時許出發，這時刻晨霧縹緲，雨林披著輕紗，氣溫沁涼如水。

野村原本寂靜無聲，不用割膠的人們難得酣眠。突然，獵犬成群結隊衝出木屋向前狂奔，嗚汪嗚汪！嗚汪嗚汪！摩托車搭搭搭啟動，狗群飛快奔跑，追隨其後。狗群就像一支表現精良的軍隊，精神抖擻，摩拳擦掌。石子路的盡頭，車隊與狗隊同時停下，狗兒相互衝撞、摩擦身體、親暱舔吻耳朵、蹬腿哈舌、打轉繞圈嬉戲，有的仍然大聲嗚汪嗚汪狂吠著，直到狗主人厲聲喝止。獵人們把摩托車停在拿督公廟旁，由領隊的資深獵人分配彈藥、揹起獵槍，囑眾人穿好長袖上衣，用束帶綁好褲腿，布鞋鞋帶仔細打了雙結。他們腰上綁著手電筒，除非必要，一般是不開啟的。否則，一星點燈光也會打草驚蛇。他們走在墨汁般濃黑的樹林中，靠著天上點點星光。帶著近身侍從般聰明的狗兒，徒步前行。

獵人們的這一仗是要跨越比人高的茅草叢，直搗熱帶雨林邊陲，矮灌木叢中的山豬窩。出發前，獵人們噓聲四起，叮嚀狗兒噤聲低調前行。直到鄰近山豬窩，獵人帶著獵犬，迅速包抄。一聲令下，狗兒立即虛張聲勢，嗚汪嗚汪、汪汪汪狂吠，驅趕熟睡的豬群出窩。狗叫聲驚天動地，睡眼惺忪的山豬群驚慌失措，開始一隻又一隻混亂逃竄！

大豬公露出尖尖的獠牙，身後緊跟著成群妻小，大豬公歕歕吼叫，拚死要殺出一條血路！獵犬來勢洶洶，十幾隻一起圍住大豬公狂吠。獵犬掀開嘴唇露出尖尖的門牙，口水直流，白色的唾液沿嘴角流下。獵人端著獵槍，逼近豬公。「乓！」槍管上噴射出閃爍的火星，「啊呀！可惜，沒中！」豬公倉皇往左方逃命，左方獵人迅速精準補上一槍，眾人歡呼：「中了！」豬公心臟部位血流如注，很快地已經滿身軀浴血。

中槍的山豬臨死不屈，猶自要往前飛撲，奮力想用尖銳獠牙攻擊趨近的狗群。狗群退後又往前，欲擒故縱，吠叫得聲嘶力竭。小黑趨近豬公，張腿咬住一隻後腿。其他狗兒終於一起撲上撕咬，把豬公脖子上的鬃毛啃噬得七零脫落！直到主人大喝一聲「丟娜媽，不要亂咬」，惡狠狠咒罵獵犬們一頓，獵犬們才乖乖俯首帖耳，團團圍住奄奄一息的山豬俯臥下，鼻子不斷往山豬身上嗅聞。獵人們七手八腳壓制大力踢蹬的豬腿，拿出粗麻繩熟練捆綁豬公的長嘴，然後後腿、前肢。這時，獵犬們伸出色彩斑爛的舌頭，口涎像水一樣滴滴答答。一雙雙狗眼啊兀自賊頭賊腦地往山豬身上淌血的傷口瞄啊瞄，恨不得衝上前去往那汪血窟窿大啖一口！

小黑戰功彪炳，跟從主人打獵多年，能看懂主人的每一個眼神，只要朝牠示意，牠就能完美配合主人的指示。小黑甚至能指揮其他狗兒配合行動及部署，從不出一絲差錯。要牠們往東，牠們就往東；要牠們往西，牠們就往西。牠們最擅長的是欲擒故縱，甚至調虎離山之計！主人如果有難，主人可能會遭受山豬攻擊時，每一次小黑都能奮勇護主！

財哥還說，有一次打獵時遭遇一隻獠牙一尺長的大山豬，中了彈還瘋了似的垂死掙扎，拚命往財哥衝來，彷彿想同歸於盡，財哥閃避不及，差點著了山豬的道兒！幸好那次小黑反應快，動作比垂死的山豬更快，大力衝撞山豬，山豬一雙獠牙才沒戳中財哥的肚子！但財哥側腹還是掛了彩！被送去衛生所縫了幾針，被醫生叨唸了一頓！醫生數落財哥：「阿財呀，有無搞錯？山豬肉有咁好食咩？連命都不要了！」財哥說，幸好有小黑，小黑真的是他的救命恩「狗」呢！所以財哥最疼小黑了。

濃霧逐漸散去，太陽緩緩在東方升起，照亮滿地金黃色的橡膠落葉。二月份正是橡膠樹開始落葉的季節，膠汁開始稀少了。這個季節，膠工的收入自然也跟著減少，所以村民更熱衷於獵山豬，山豬肉也可以賣到城裡去的，城裡人對於有點騷味的山豬肉反而愛得很哪！賣山豬肉雖違法，地下交易卻還是非常盛行。一次獵得多頭山豬時，獵人們會到村長家借電話，請城裡人開車來載。收購者總是帶著大把現金來，借用橡膠收購行裡稱膠汁的大秤來稱山豬的重量。現金交易完成，獵人再按照自己獵犬數及人力的多寡來分錢，那也是膠工們賺外快的門路之一。

白花花的陽光灑落樹葉間，臭豆樹上開著串串黃花，花型神似一隻隻養樂多瓶子，一串串黃花吊在樹上晃蕩，隨風款擺，煞是可愛。幾隻豬尾猴自樹梢跳蹦下來，輕快地在椏杈間蕩著鞦韆。

天愈來愈亮，遠處馬來村莊的公雞甦醒了，嘹亮的鳴叫聲此起彼落。一整窩可憐的山豬已經束手就擒，苟延殘喘。但牠們仍有攻擊性，以防萬一，還是五花大綁起來。三百斤以上的山豬，通常是兩個獵人扛一隻。血水自中彈部位源源不絕地流淌而出，觸目驚心的鮮紅，滴落在黃泥路上，一路滴答。此次共獵得兩隻五六百斤的大豬，三隻兩三百斤的豬崽，可算是大豐收。獵人們眉開眼笑，獵狗們囂張地昂首搖尾，爭著向主人爭寵。當然，獵豬大隊回到村裡，又是一番萬人空巷的圍睹盛況了。

說完獵豬，再絮叨一下題外話吧，當然還是關於小黑。據說，獵犬小黑一歲多開始見習，現在才五歲，已經身經百戰。別說山豬，其實牠是什麼毒蛇猛獸都不怕的！

有一次，財哥帶小黑去巡視果園，在波羅蜜樹下看見一條蜷成一坨大便狀的眼鏡蛇，乍看像一堆被隨意丟棄在樹下的老舊水管，財哥走近，那條眼鏡蛇突然昂頭吐信，發出激烈的嘶嘶聲！財哥急忙跳開後退，慌忙找木棍要打蛇！

誰知一回頭，小黑護主心切，已經奮不顧身向前挑戰那條巨大的眼鏡蛇！小黑吠聲激烈，一會兒躍起，一會兒趴下蹲低，不斷變化戰術！一會兒想要衝前襲擊，一會兒張嘴要咬！蛇被激怒，蛇頸激烈轉動，蛇身多次挺直攻擊敵人。雙方大戰三十分鐘，幾個回合攻防都不相上下，最後小黑豁出去了，奮不顧身一個飛撲，咬住蛇身七吋，用全身重量和堅硬腳趾壓制住眼鏡蛇，把蛇脖子都快咬爛，才終於結束了戰役。

童年時，這隻獵犬小黑是我家的常客。因為他的主人財哥，是我二哥最好的朋友。財哥的家在村尾，財哥早上割膠，午覺醒來，閒閒沒事經常來我家踅一踅。財哥一發動摩托車，原本在神桌下酣睡的小黑立即像一支箭一樣從家裡噴射出來，眼看摩托車已經奔馳在柏油路上了，小黑矯健的身軀像豹一樣靈活閃躲路上的人和車，眼神灼灼緊追主人的車尾燈往前飛竄！撒開四腿像隻小馬一樣精神奕奕地奔跑，終於追上了主人的摩托車！牠興奮地嗚汪嗚汪吠叫，似乎在神氣炫耀自己的速度！然後保持平穩的速度，一路跟在主人的右側奔跑。主人停下車，牠也趕緊停下，趨前用臉頰親暱摩擦主人裸露的腳踝，濕濕的鼻頭嗅聞主人的腳趾，像一個深情的愛人。

主人進屋做客，牠就乖乖躺臥在門外沙地上，深情款款地張望主人離去的身影，專注守護著摩托車，沒等到主人回來牠是一刻也不離開的。除非財哥喚牠進屋，牠就怯生生地跟在財哥身側，一副小媳婦模樣，夾尾垂首，羞答答地跟入屋內。我家有隻花狗，花狗雖是小黑的舊識了，但是兩狗相見，總是份外眼紅，每日都要重演那齣花狗作勢狂吠幾聲，衝向前虛晃一招的劇碼。小黑也汪汪幾聲回應，搖尾乞憐一番。然後兩隻狗就黏膩在一塊兒，啃尾巴、吻耳朵，追逐繞圈玩了起來。

調皮的我呢，這個時候趁機爬上我家花狗的背上，捉著花狗的長耳把花狗當馬騎。小黑會跟在旁邊追逐，做勢啃咬我黝黑結實的小腿。剛開始我會害怕得尖叫，後來就以此為樂了！花狗騎膩之後，我想換騎小黑，小黑身軀挺拔，比花狗高大，小黑總能靈巧地閃躲，我怎麼也騎不上去，甚至還因此摔了一跤！我故意尖聲大哭，把正在下棋的財哥引來。財哥一聲令下，小黑就乖乖地俯低身子，讓我穩穩當當地騎了上去。啊呀呀！花狗卻嫉妒了！拚命搖頭晃腦，大聲吠叫，趨前啃咬小黑的脖子，小黑吃痛，蹲下身體不走了。財哥便把我抱了下來，不理我，繼續下棋去了。

那隻黑狗的形象，如此美好，一直銘印在我的腦海中。牠什麼時候開始走向衰老之途？什麼時候跟隨財哥到我家來串門子的，悄悄變成了另一隻身材肥胖臃腫、肚腹下掛滿腫脹的奶袋、醜陋無比的黃母狗？我已經記不清了。小黑之後，財哥又養過多少隻獵犬呢？是因為不再需要獵犬，財哥才改養村人普遍認為較顧家的母狗吧？然而，在我心中，小黑不是也很盡職認真地日日守護著財哥的摩托車嗎？誰說公狗不顧家呢？

我慢慢長大，不再玩騎狗遊戲。年紀漸大的財哥，仍經常來我家下棋，但是財哥的額頭日復一日光禿，啤酒肚愈來愈大了。他說再也不打獵了！山豬肉沒什麼好食的，豬皮那麼厚，豬肉那麼硬，這口爛牙早就嚼不動！腳沒力，怎麼還能滿山遍野地追著山豬跑呢？早就跑不動了！獵槍就轉讓給其他獵人吧。

後來，野村人流行起歡唱卡拉OK和打麻將，雨季時更是唱得黑天暗地！人們是健忘的，人們早已忘記，若干年前，村裡曾有過一群熱衷獵捕山豬的年輕人，一群擅長追逐山豬的獵犬！那陣打獵的狂潮，也像一陣風吹過，慢慢地消失不見了！從此，獵山豬變成了一個久遠的傳說。然而，傳說一直活在我的心裡，那隻身手矯健的小黑，牠的形象還歷歷如昨。

垂釣記

大約在一九八〇年，二哥承租了一處離村十多公里的河灘地，開墾為十多英畝的菜園。園裡大量種植小白菜、菠菜、莧菜、青江菜、空心菜、長豆、四季豆、茄子、洋秋葵等蔬菜，還種了數百棵木瓜樹，一大片玉米田，又保留了原地主栽種的榴槤、芒果、紅毛丹等果樹，還有幾棵原生種的臭豆樹。那塊地非常平坦，整地之後，菜園裡可以騎乘摩托車到每個角落，翻土時也可以使用小型挖土機，非常方便。有一條不大不小的溪流從菜園中間穿過，灌溉農作物很方便。二哥在小溪旁搭蓋了一間小小的農舍，鋅鐵皮的屋頂，高腳屋下層給花狗和暹羅貓長住，二樓屋頂雖加蓋亞答樹葉，但因四面牆都是鐵皮，且只有一個小窗，非常悶熱。所以我們幾乎都不到樓上睡午覺，反而經常在高腳屋底下，或者在農舍旁那棵波羅蜜樹蔭下休息。

那條小溪水清澈見底，長滿濃密的水草，孔雀魚、大肚魚[1]、打架魚[2]、蝦、螺、螃蟹、青蛙、烏龜、水蛇，各種生物在溪中優遊，永遠生生不息。當青菜收成時，我們在溪邊整理和清洗。說也奇怪，溪中生物都好喜歡吃我們扔入水中的菜根、菜梗，甚至是枯黃蔫萎的菜葉。尤其那種身軀巨大的草食性陸龜，最愛偷吃青菜了！

雨季時，溪邊水氣氤氳，青蛙鳴聲此起彼落，吵雜似交響樂團在演奏！只要拿一根長竹竿，綁上釣魚線，繫上簡單的魚鉤和餌，將它插在溪岸，傍晚將餌稍微沉入溪水中，隔天清晨一定會有水雞[3]上鉤！活跳跳的餌如蚯蚓效果最顯著，一次插四到十支釣竿，經常都大有斬獲。我們會把上鉤的水雞賣給餐廳，據說肉質柔細鮮美，是人間美味，故價格極

1 柳條魚。
2 鬥魚。
3 青蛙。

高！偶爾，上鉤的並非水雞，而是不速之客——毒蛇！這時，沒人敢處理，唯有任憑牠在原處曬成蛇乾了！

　　農舍旁邊放養了一群顏色鮮艷、羽毛華麗的馬來雞。經常聽到母雞哥多哥多叫得震天價響，兀自尋覓樹叢做巢生蛋，又自己悄悄飛上樹孵蛋。沒多久就看見這隻招搖的母雞，領著一群十幾隻鵝黃毛色的小雞在草地上這裡巡巡、那裡挖挖，非常勤勞，整日裡用尖銳的指爪和喙到處找蟲吃。我們從來不買雞飼料，僅偶爾拿剩飯給牠們啄啄。就這樣，可愛的小雞慢慢長大，從黃毛丫頭換成純白毛色，然後逐漸生出五彩繽紛的羽毛。公雞更是雞冠鮮紅，身體花色亮麗，尾端翎羽長長的，是漂亮的墨綠和鮮紅色。

　　某一次，母親在溪邊殺雞，順勢把雞腸子扔入溪中。沒想到，僅一剎那功夫，就游來四五隻水魚[4]，貪婪搶食那截雞腸子。後來，我們就發現了這釣水魚妙招！之後，陸續用過好幾副雞腸子，釣上好幾隻巨大的水魚。

---

4 鱉。

記憶中，母親第一次殺水魚的劇碼，既血腥又滑稽。

那是我們第一次以雞腸子為餌，成功釣到的第一隻水魚，這也是母親第一次殺水魚！還記得，當年的母親，猶年輕力壯。兩手撫摸那有三、四斤重大水魚的「裙邊」，看著一顆頭完全縮到殼裡的這隻「縮頭水魚」。母親很緊張，簡直束手無策，叨唸著：「啊呀！這隻圓滾滾的東西，連頭在哪裡都找不到！怎麼殺呀？真的不知該如何動手，真是難倒我了！」

「我來！」父親說。於是很少進廚房，但是過年時偶爾會下幾道拿手功夫菜，很少出手的父親出手了！父親先用一根竹筷去戳縮到硬殼裡的水魚頭。戳了一下又一下，那水魚都沒有反應。「丟娜媽！這傢伙是死都不要出來是嗎？等一下再不出來，我就直接燙死你！」父親火了，用竹筷大力戳水魚的裙邊。又戳了好幾下，牠才終於忍無可忍，緩緩地伸出頭來。水魚一伸出那滿佈皺紋、脖頸處皺褶一圈又一圈的，近似八十歲老人、又老又醜的鱉頭，竟立即張開嘴，死命咬住了那根竹筷！

這時，父親手上的菜刀突然一刀剁下！頓時水魚的脖子上漫出一圈鮮血。父親把水魚脖子往下壓，讓水魚脖子緊靠砧板，菜刀左右搖擺，像用鋸齒刀鋸老樹樁般，經過一番辛苦拉鋸，才終於把水魚頭全部切斷！那被切斷的醜陋水魚頭，還仍舊死而不僵，死咬住那截竹筷不放！

那隻水魚，被卡支卡支破肚開膛，掏挖內臟丟棄，其餘帶骨的肉和軟骨的裙邊被大卸八塊，置入陶製燉鍋，和補身體的藥材一起小火燉煮。兩三個小時後，香味四溢，全家一起享用這頓豐盛的水魚大餐。水魚湯清甜可口，在貧瘠的農家生活裡，留下豐腴的印象。

大尾鼠

我們都叫赤腹松鼠「大尾鼠」，果園裡榴槤和波羅蜜成熟的季節，大尾鼠會突然大量出現。清晨林霏尚未消散時，求偶的大尾鼠在樹叢間跳躍追逐，發出格嘎格嘎的淫聲浪語。大尾鼠數量確實太多了，二哥不得不用捕鼠籠誘捕牠們。十幾個捕鼠籠安置在芒果、榴槤、波羅蜜、紅毛丹等高經濟作物的樹杈間，籠門打開，以烤過的香噴噴小丁香魚為餌。聽說，命中率是非常高的。經常籠子只放置一晚，第二天早上每個籠子裡都關了隻緊張兮兮，不斷在籠裡上下跳躍、橫衝直撞，神經質一直想逃離的大尾鼠。偶爾二哥也會用當季水果誘捕大尾鼠，然而，被圍困在籠裡的有時會變成比松鼠更大，較為罕見的果子狸。無論是用哪一種誘餌，入籠的獵物總是絡繹不絕。

每次二哥把捕鼠籠帶回家，我都會哀求母親先別殺牠，讓我和大尾鼠先玩個夠再說！是的，童年沒有玩具也沒有寵物的我，好喜歡大尾鼠！我向母親討來幾顆花生米，蹲在鐵籠前開始餵大尾鼠。我將一顆又一顆的花生米放在手裡，慢慢伸入籠中。大尾鼠會用兩手穩穩地接過，然後準確地往嘴裡送。大尾鼠卡吱卡吱咀嚼起來，邊咬碎花生米邊露出大大的門牙。淡褐色，渾身毛茸茸，兩隻黑色的小眼睛骨碌碌、滴溜溜地打量著人，有時還會偏著頭做思考狀，著實可愛！尤其屁股後面拖著那條毛髮蓬鬆像支大掃把的尾巴，果真人見人愛！我蹲在籠子前逗弄牠，動輒一個小時。可憐的大尾鼠，都死到臨頭了，猶毫無所知！

母親看我玩膩了，便開始執行她的殺鼠任務。殺大尾鼠的工作其實相當簡單，先連籠帶鼠放置水桶裡，撈出溺死的大尾鼠，用熱水燙過，剝毛、清除內臟、洗乾淨切塊就行了，往往一隻成年的大尾鼠僅能貢獻出小小一坨肉塊。四姐患有小兒夜尿症，雖已十多歲，快上中學了，仍然每三五日就尿床一次！每次老毛病犯了，就哭哭啼啼的，早上起床自己認命地抱著被子床單去清洗。據說大尾鼠湯是治夜尿有奇效的偏方，母親特地燉大尾鼠湯給四姐喝，當然愛屋及烏，身為么女的我也得以分一杯羹。

母親把大尾鼠肉和中藥一起裝入砂鍋，小火燉煮，一個小時後就異香撲鼻，入口湯汁鮮美。

多少年前的往事了！那濃烈中藥以及薑汁的辛辣味，摻雜著枸杞、黨參、龍眼肉的甜膩味。記憶中的大尾鼠燉湯，那鮮甜滋味，銘刻心底。長大後，基於環保考量，從未想過要再嚐那滋味。如今父母已不在人世，姐妹倆都已年過半百；母親的愛心野味湯，唯有在記憶中尋覓！

山珍野味

野村人嗜吃野味，其原因，一則是因為窮，例如雨季來臨時，可能整個月每天都在下雨，導致膠工們無法割膠！也許家中米缸已經見底，去菜市場買菜賒賬要看人臉色，獵個野味來餵養一家大小倒無可厚非！另一嗜吃野味的原因則是因為愛其新鮮感，某些嗜吃野味成精的特定人士，例如我家長工，我們叫他馬騮成（馬騮，廣西話即猴子之意，被冠上這個綽號，因他身材瘦小黝黑，貌似穿著人衣的小猴子），則似乎具有一種「收集」的心態，對於新奇的、沒吃過的，只要是山野裡會動的活物，都興趣濃厚，都想弄來嚐嚐！

我們家有片大約七英畝的玉米田，玉米收成後會任其枯萎，等到連葉片也已枯黃，我和母親頭上戴著大斗笠，臉上蒙著布巾，穿著長袖長褲去砍伐。因為玉米莖和葉片上滿佈細毛，防護措施沒做好，有可能會全身起紅疹。想像一下，那是溫度動輒接近三十度的熱帶地區，卻必須全身包得緊緊，裹得跟兩顆粽子一樣，在炎陽下曝曬和工作！玉米沿著田埂一棵棵矗立，密不透風，動一下就揮汗如水，臉上的布巾全部被汗水吸附在毛孔上，啊！那種悶熱與痛苦，未曾經歷過的人是難以想像的！

我和母親一人負責一個區域，左手扶著玉米莖，右手揮鐮刀、熟練地彎腰朝根部砍，往往刀起玉米落。一刀一棵，全部的玉米屍骸東倒西歪，玉米田被夷為平地後，就任其曝屍原野，讓炎陽曝曬！

兩星期後，原本稍有綠意的玉米骨骸已經被烈日煎烤成黑褐色，一腳踩下葉片會應聲碎裂，便是「毀屍滅跡」的最佳時刻了！此時，我和母親再次全副武裝上場。呼嘯一聲，花狗在後，暹羅貓在前，一狗一貓互相追逐，貓兒一會兒往路邊的木瓜樹上一溜煙爬上去，我一叫就又衝下來。貓兒有時候會乾脆爬上我的肩膀，坐在我肩上往玉米田行進。花狗抬頭看著穩穩蜷坐主人肩上，高高在上、一副王者氣派的貓兒，不由得嫉妒地「嗷嗷」吠叫幾聲。我兩手空空，一派輕鬆，口袋裡揣著一盒火柴，繼續往玉米田行進。花狗是一隻白底黃花的小狗，活潑可愛，頑童似的老是走走停停，一會兒鑽到草叢裡，鼻子嗅嗅聞聞，張開嘴巴啃咬個什麼東西。被我罵了幾句，花狗以百米衝刺的速度來到我身邊，把肥大的頭顱和脖頸狠狠摩擦我穿著黑色膠鞋的腳踝，又張嘴頑皮輕咬褲管幾下。

來到玉米田，我和母親一人負責一列，把亂七八糟倒在地上的玉米乾屍集中成一堆。因為玉米莖已經被棄置半個月了，玉米莖底下也許潛藏著老鼠或蛇類，所以掀開玉米莖前，我們會先用長竹竿到處戳刺，驚擾一下環境，讓老鼠、蛇、穿山甲等動物先撤退。但往往事與願違，有時搬開一棵玉米莖，底下可能就有一條蟒蛇朝你張牙舞爪、吐著蛇信！所以，這是件危險的工作！遇到蛇，有花狗在是不必害怕的！無論多大多粗的蛇，牠都敢對付！花狗可是戰功彪炳、豐功偉業無數，我們家最忠心耿耿的家臣之一。有一次，也是在燒玉米莖的時候，母親正在搬動左邊的玉米莖，花狗卻不斷變換姿勢把整顆狗頭朝右邊那堆玉米莖裡鑽，還不斷狂吠！仔細一看，旁邊直挺挺、昂著頭、嘶嘶作響的，不正是一條手腕粗的眼鏡蛇嗎？後來那條被花狗咬死的眼鏡蛇，母親把蛇身剁成幾截，和狗飯一起烹煮，讓花狗獨享一頓大餐！花狗從此嗜食蛇肉，逢蛇必咬！

暹羅貓到玉米田，則會噬咬潛藏在玉米莖下的老鼠。有一次，暹羅貓不斷地朝一堆玉米莖喵喵叫，母親上前一看，竟然是一窩十幾隻剛出生、尚未睜開眼睛的小老鼠！鼠寶寶們的母親已經逃命去了！母親大叫，正在焚燒玉米莖的的長工馬騮成馬上衝過來。一看那窩全身粉紅色、連毛都還未長出來，不斷緩緩蠕動、互相依偎的小老鼠，見獵心喜，笑得合不攏嘴！馬騮成揮刀砍下幾張姑婆芋的葉子，把一窩粉紅鼠緊緊包裹住，說要帶回去和他的一群酒友們當下酒菜呢！

後來，我好奇追問，他們是怎麼解決那十幾隻粉紅鼠的呢？馬騮成告訴我：「這種小老鼠就是拿來配烈酒的啊！先把小老鼠含在嘴裡，然後馬上灌下一大杯烈酒！讓老鼠和烈酒一起含在嘴裡幾秒鐘，再吞入肚。那小老鼠剛含在嘴裡時，感覺到牠在動，烈酒喝下去，牠就醉倒，沒動靜了！」「這種剛出生的小老鼠真的很好吃！拇指頭大小的最好吃！我的朋友阿狗還喜歡咀嚼幾下再吞入肚，他說咬一下讓肉味和酒味混合，味道更鮮美。這個我就不敢了，我只敢直接配烈酒生吞！不過如果有長毛就不能生吃了，就吞不下去了！」馬騮成說起自己的食鼠歷史如數家珍，眉飛色舞，口沫橫飛！從此我愈看馬騮成愈覺得他一臉猙獰。

如今隔著浩瀚的歲月之河，再回想野村人的所作所為，大約也能理解他們。畢竟生存如此艱難，食野味，那是苦悶的種植和割膠生涯中，唯一的樂趣吧！

野村人也嗜蛇，無論是錦蛇、雨傘節、蟒蛇、眼鏡蛇、青竹絲、過山刀，有毒無毒，只要是蛇，他們都照單全收，連毒蛇都照吃不誤。料理方式大多佐以薑蔥清蒸或者煮蛇湯，據說蛇肉相當美味。有皮膚病或滿臉青春痘的小孩，父母也會餵食蛇肉，傳聞可以清熱解毒，以訛傳訛，村中很多孩子被餵食而不自知！

兒時印象最深刻的野味是穿山甲，記憶中味道最鮮美的野味也無疑是穿山甲肉！穿山甲肉吃起來肉質細嫩，柔軟像魚肉，間有許多白色的軟骨。煮成椰汁咖喱時，穿山甲肉和馬鈴薯、紅蘿蔔混合，味道鮮甜。穿山甲軟骨咬起來咯支咯支脆響，也可以嚼碎，吃起來有一股特別的風味。

那時，膠林裡的穿山甲，不騙你，俯拾即是！不必設陷阱也不必大費周章獵捕，而是穿山甲在外出覓食時，如果剛好倒楣遭遇人類，牠會本能地、習慣性地蜷成一團裝死，於是就「手到擒來」了！經常都是一隻母穿山甲，帶著幾隻小穿山甲，膠工與之「巧遇」即能輕易「甕中捉鱉」。膠工隨手拿個麻布袋，把一球球的穿山甲丟入麻布袋中，把袋口束緊，收完膠汁再一起揹回家。

穿山甲實在太容易「豐收」，野村人都視為最低賤的野味。母親把麻布袋揹回家，總是極其粗魯地將牠們從麻布袋裡傾倒出來，攤在客廳地上。小孩們看見穿山甲，開心得不得了，紛紛把穿山甲當足球踢，往往每個人都用力踢個幾回。不管如何用力，那穿山甲大大小小數隻，都仍然維持原樣，蜷縮成小小的圓球形。我不死心，總是徒手用力扳弄牠們，想強迫牠們展開身體，卻終究無力對付穿山甲一身硬邦邦的盔甲，最後就放棄了！

也許過了很久很久，小孩們玩膩了，就把穿山甲家族踢到角落，去玩別的玩具去，不再搭理牠們。一個小時甚至更久後，穿山甲才慢慢把蜷縮成團的身體舒展開來，伸出長長的鼻子，去探索泥地上的螞蟻窩。這時大人看見了，他們就拿來生火用的長鐵鉗，試圖夾起穿山甲的身軀，穿山甲遇到危險，立即又蜷成球狀了！大人不願再等，一手捉起一球，像丟保齡球一樣，將牠們全部丟入裝滿滾燙熱水的大木桶中，穿山甲被直接燙死，有些死前會舒展開身軀，有些依舊蜷縮，母親還是能快速剝除牠一身的鱗片，再將指爪剁掉，開膛破肚、內臟剔除，只消受牠的一身嫩肉。

野味中據說味道最差的要數大蜥蜴了！這種俗稱「四腳蛇」的動物，長得像鱷魚，經常在溪邊出沒，偶爾嘴饞捕不到其他野味時，馬騮成也獵捕來吃。那大蜥蜴肉雖多，卻有股濃烈的腥臭味，唯一的料理方式就是煮咖喱。烹煮時得加入大量香茅和咖喱葉、紅辣椒末去腥。因為大蜥蜴是雜食性動物，愛吃死魚或各種動物屍體，牠的身上有股很濃厚的腐臭味，人們都嫌牠髒，少有人捕獵，因而牠快速繁殖，數量非常多！

當年，野村人嗜食的野味，不計其數！如今，許多野味料理都已成為歷史名詞！也許，當年和惡劣自然環境搏鬥的人們，為生存有各種「不得不」的理由！啊！「天地不仁，以萬物為芻狗」，人類和大自然的相處，已經翻過新的一頁。

大貓記

野村人有諸多禁忌，如若要進入雨林，砍樹也好、挖薑也好、尋草藥也好，入山前對於猛獸毒蛇是不直呼其名的！所以，他們把老虎暱稱為「大貓」，大蛇暱稱為「大蟲」，眼鏡蛇暱稱「飯鏟頭」。野村人相信，如若直呼其名，老虎大蛇是會「聽」到的，與牠直面相對的概率就會增高！

阿遠也是這麼想的，決定要進雨林割野生橡膠前的一個星期，他就已經開始提醒自己要少說話，儘可能不觸犯禁忌。但心裡還是忐忑不安！雖然單身過南洋，只有爛命一條，人命依然寶貴！

但阿遠畢竟窮怕了，一聽說有這個不需本錢，穩賺錢的營生，最後還是決定拚了命也要做！頭一兩次，他是跟隨著同宗的叔伯們上山去的。這是阿遠第一次進入離村十多公里的熱帶雨林心臟，愈走愈深入，初時腳下還有隱約的小徑，後來，很快就分不出東南西北了！密林中大樹成蔭、漆黑潮濕、悶熱難耐，無數蚊蚋嚶嚶嗡嗡在眼前飛舞。隨處可見的石灰岩山洞，岩壁上垂掛著彎曲的長藤，似蛇非蛇。山谷中野蕨葉翠綠欲滴、根鬚虬髯，豬籠草纏繞大樹，捕蟲瓶碩大如嬰兒奶瓶，高大樹叢中不知名的鮮艷野花盛開。

　　他們一夥四人馬不停蹄地在深山莽林中到處亂竄，大白天的，還是有些完全被豐茂樹冠遮蔽因而漆黑不見天日的地段，他們唯有燃起火把照明。帶頭的阿土伯和張堅伯一路指指點點，交頭接耳，等確認了就叫阿遠和阿根兩個年輕徒弟來看。阿土伯肥頭大耳，搖晃著滿頭白髮。手指摸著下巴。「後生仔[1]、後生仔，睇清楚了！嘖！嘖！不得了！這株至少身長八圍了！你看它的板根有多粗哇？你看它的葉脈幾分明？每張葉子都快要有手掌大了！不得了哇！這一刀割下去，定是膠汁源源不絕的啦！」是的，沒錯，這就是一株價值

1　年輕人。

連城的野生橡膠樹！快拿紙筆來，記下地點方位。事不宜遲，趁天氣還不錯，趕緊開工吧！

初時，進入雨林時提心吊膽，時時東張西望，生怕那黃色條紋的大貓倏忽出沒。不過，師父阿土伯說過，那雨林裡的帝王，食人大貓身上有濃厚的腥臭味，如果真靠近了，鼻子靈敏的，大約幾十公尺外都可以聞得到。阿遠心裡想，這可不大妙，他的嗅覺一向是不大好的。就算是人家在他身邊放屁，他也大多嗅不到臭味的。阿土伯又說：「如果疑似見到大貓蹤跡，不幸又正在割膠，那就不管三七二十一，先丟了膠刀，迅速爬上樹再說。小命要緊呀！上樹後找條椏杈堅實的樹幹，最好可以安穩坐著的，等牠離開再下來就好了。就算那大貓發現樹上有人，牠身軀沉重不比花豹靈活，一向是不會爬上樹食人的。」

於是，出師後的年輕阿遠便天不怕、地不怕地獨自揹著鐵桶往深山裡闖，開始了割野膠的營生。這個營生可是不用本錢的，只要有好體力，有膽量，會辨識樹種就可以了！據說這些雨林中的野生橡膠樹，是當年英國佬來墾植大型橡膠園坵時，用直升機載送橡膠種子，有惡作劇的軍人，一時好玩把一些種子撒在雨林上空，所以雨林中才有了這裡、那裡，零星幾棵特別有年記、高大的橡膠樹。要不是阿土伯和張堅伯老了，眼看扛不動膠桶，才不願意傳給阿遠這個獨門技術呢！但是張堅伯死後，阿根卻決定放棄割野膠，去了錫礦場洗琉瑯。那時還是單身的阿遠，愛錢如命，整天肖想著賺夠錢要回唐山娶老婆，還管他什麼雨林裡的猛虎蟒蛇，索性大著膽子，單槍匹馬就幹起這獨門生意來了！

一次生，兩次熟，眼看阿遠做了這門營生一年多了，囊中逐漸豐足起來，已經計劃好過年時回去廣西老家帶個女人來南洋成婚、開枝散葉。多次託人代寫書信，老家那邊也正在物色適合的對象。阿遠心中其實住著個大胸脯的女人，是收購橡膠的張記，店裡當會計的那個密絲黃。那女孩才十來歲，身材卻是凹凸有致，並且人家還是讀過洋書的！平常阿遠去賣膠汁，那女人低頭滴滴答答飛快撥弄算盤，正眼都不看阿遠一眼！阿遠也知道自己這種大字不識半個的粗人啊，根本配不上這種讀過書的女人，所以也不敢肖想，只敢偷偷把愛慕放在心底，講出來怕會笑死人的！阿遠常安慰自己，女人嘛，反正關了燈就都一樣啦！

在雨林中搵食了一段時日，阿遠的膽子愈來愈大了！除了以前師父指點割過、已經有膠路的那幾棵野膠，他自己胡亂竄找，竟然在更深山的密林中又讓他尋覓到幾棵從來沒被別人開過膠路的高大橡膠樹！阿遠喜上眉梢，心中為自己的好運喝采！果不其然，當他割了數道斜紋，新開的膠路立即盈滿白白的膠汁，順暢往下流！「丟娜媽，這次可真是賺到了！這些膠汁都是錢呀！」這第一次開割的野生處女膠，汁液真豐厚！阿遠看著膠汁拚命流注膠杯中，喜出望外，忍不住笑得合不攏嘴。

他等待著白色膠汁滴滴答答地流，暗自竊喜。點了根草菸，蹲坐在樹下一棵石頭上，看菸頭一點星火明明滅滅。這時，眼角餘光卻突然瞥見旁邊的山洞口有活物移動！定睛一看，山洞中竟然跑出一對花色斑斕的小老虎，正在洞口狎暱嬉戲，一忽而卻不見了！阿遠一時好奇，連忙燃起火把，往山洞靠近，山洞裡面一股腐肉的臭味衝鼻而來，地上石頭黏糊糊一大坨似乎是動物獸皮和啃過的骨架。洞裡只有那兩隻虎仔互相追逐打轉，啃來咬去，像極兩個小頑童。阿遠這時才意識到這個山洞大約就是傳說中的虎穴了！頓時心頭一震，全身毛骨悚然。自己還算好運，不見母大貓！想必母老虎是覓食去了！

阿遠一顆心開始拼澎拼澎亂跳，此地不宜久留！阿遠三步並作兩步趕回野膠樹下，忙不迭地收起膠桶，準備趕緊撤離。心裡想：「可惜了這棵野膠樹，膠汁這般旺盛呢！」正旋緊鐵桶蓋時，腳邊一團毛茸茸的東西摩擦腳踝，那兩隻頑皮的虎仔竟跑到他腳邊圍繞追逐！阿遠一時貪玩，遂起了惡心，腦袋裡也沒想什麼，迅速拔出插在腰間那把磨得鋒利無比的巴冷刀，手起刀落，一揮手，竟把一隻虎仔的頭給砍斷了！另一隻虎仔趨近身來，阿遠童心未泯，想耍弄一下這隻虎仔，就把砍斷的虎頭「放」在虎仔的脖根上。那另一隻虎仔趨近，碰觸死掉的同伴，虎仔的頭「哐當」一聲滾下來！活的虎仔被驚嚇得後退一大步，然後半信半疑地頻頻伸出指爪去觸碰牠的同胞兄弟，見牠一動也不動，那活的虎仔像被嚇傻了！阿遠看那虎仔疑惑的表情，竟然興奮大笑出來！阿遠再次把斷頭放在死虎的脖子上，那隻倖存的虎仔又趨近同伴，死虎仔的頭又「哐當」一聲掉落下來。阿遠又邪惡地大笑不止，連續玩弄那隻可憐的虎仔好幾次。最後，另一隻倖存的虎仔似乎「明白」牠的兄弟死了！開始繞著那隻斷頭的同伴直打轉，發出相當大聲的求救聲，阿遠才直覺不妙。發現自己這個「惡作劇」也太過份了！

但後悔已經來不及了！說時遲、那時快，遠處傳來驚天動地的虎嘯聲，他嚇得發抖，巴冷刀還來不及入鞘，情急之下，阿遠已發揮本能，以穩健身手，直接爬上了那棵好幾公尺高的橡膠樹梢。

母虎回來，那隻活的虎仔立即衝上前去，熟練地鑽入母虎腹下，大聲咂嘴吸奶。母虎見另一隻虎仔仍在原地，一動也不動。便低吼一聲，走近死虎嗅聞，母虎很快就發現牠的孩子死了！母虎發怒，發出連續不斷、驚天動地的威嚇聲！阿遠躲在樹上，禁不住全身發抖，橡膠枯葉和露珠紛紛落下，樹下一陣水花四濺，夾雜著一股強烈的尿臊味。阿遠被嚇得尿失禁，褲檔濕了！母虎立即發現橡膠樹上躲著人！牠大約意識到虎仔的死亡跟樹上的人有關，開始繞樹怒吼，幾次奮力要往上爬。

母虎幾次要爬上樹，卻因另一隻虎仔殷殷牽絆，三番四次緊緊吮含著母虎腫脹的奶頭不放，母虎無法抽身，大約也擔心孩子安危，唯有一直在樹下繞圈；一會兒長嘯、一會兒低鳴。樹上的阿遠嚇得全身癱軟，幸好他藏身之處是一條粗大的分岔樹幹，否則顫抖成這副德性，早就滾落樹被這隻憤怒的母大蟲咬死了！

從白天到黑夜，天黑得伸手不見五指！母老虎多次把野橡膠的樹身搖撼得左右搖擺，又張嘴啃咬橡膠樹。直折騰了好幾個小時，還不離去。人和虎雙雙僵持不下，阿遠十五歲到南洋，第一次度過無眠的一夜！母老虎不斷發怒啃咬樹身，一夜沒回窩。活著的那隻虎仔也跟在母虎旁邊打轉，結實折騰了一夜！

天邊現出魚肚白，阿遠周身痠痛難耐，眼皮乾澀，只能不斷在心裡默唸「觀世音菩薩，救苦救難大慈大悲觀世音菩薩」，以為自己這下沒指望了！阿遠心裡好後悔，為何自己當下會突然惡向膽邊生呢？好好的、活潑可愛的一隻虎仔，自己那時為何會這麼殘忍，對牠痛下殺手呢？阿遠知道，再多的後悔都無法彌補自己的錯誤。如果不是自己一時糊塗，興起那邪惡的意念，也就不會被困在這棵橡膠樹上！怎麼辦呢？難道自己要在這棵野膠樹上住下來，蓋間樹屋，從此在樹冠上落地生根？或者凍餒而死，直到變成一具白骨才被發現嗎？阿遠心裡好懊惱！想到自己囊中滿袋的錢，等著他回去迎娶的那個未過門的媳婦，阿遠默默流下了懺悔的眼淚。

天漸漸亮了，天色大明，阿遠能清楚看見母虎的動靜了！因為瘋狂啃咬橡膠樹，母虎的嘴巴周圍沾滿一圈又一圈黏稠的白色膠汁。日頭逐漸升高，陽光愈來愈毒辣，膠汁迅速乾硬凝結，糊在母老虎嘴唇邊白白一大圈。然後，阿遠發現，母老虎終於受不了嘴上愈來愈黏糊的橡膠，調頭往溪邊方向緩緩離去了！大約母虎要去洗嘴、喝水吧！這時，似乎有個聲音在阿遠耳邊叮嚀：「快！就是現在！逃跑的唯一機會來了！」

阿遠整日滴水未進、腹如雷鳴，被母虎搖晃得暈頭轉向，全身已經嚇出一身冷汗。突見母虎往河邊跑，當機立斷，馬上一溜煙下樹，迅速反方向逃離現場！阿遠當時一雙腳似踩了雙風火輪一般，恍惚間以為自己已經變成腳踏筋斗雲的孫悟空，飛也似的逃出了雨林！

阿遠九死一生，撿回一條命。回到野村，孑然一身，巴冷刀、膠刀、扁擔、膠桶全都不見了！看見熟悉的鄰人，雖然僅僅一夜未歸，竟恍如隔世。

後來那塊雨林，阿遠打死也不敢再進去割野膠了！即使那株野膠是他有生以來遇見過膠量最豐厚的一棵。那時，乳白色的野生橡膠汁幾乎像黃金一樣珍貴，收割一棵野膠，就可以少工作好幾日呢！好可惜，像黃金般珍貴的膠液，只能被封存在記憶裡。

後來的阿遠，成為慈眉善目的好人。他堅持不殺生、不造口業、不賭博、不酗酒，終生篤信佛教，經常憐貧恤苦，行有餘力，熱愛幫助別人。

晚年的阿遠伯，叼著自製的紅木菸斗，坐在小板凳上，笑瞇瞇地給我說故事。他說呀，年輕時那段人虎大戰的特殊經驗，讓他意識到生命得來不易，他開始相信每個人活下來都有各自的使命，他決定這輩子，無論如何，一定要成為好人！阿遠伯說，生死有命，富貴在天。無論如何，這一世能夠生而為人，已經很感恩了！「人呀人，逃不了天眼的。人在做，天在看的！」阿遠伯往菸斗裡塞入一團菸絲，雲淡風輕地笑著說。

大蟲記

年輕時，阿發參加了馬來半島南北鐵路的修築。

那條鐵路軌道的最南端，從新馬邊境的柔佛州開始，不斷往北延伸到半島最北端，一直深入到馬泰邊境城市巴東勿刹。

修築鐵路的工人有的原本是錫礦場裡洗琉琅的工人，有的原本是膠工，因英殖民政府出手大方，薪資優渥，他們遂一窩蜂地轉移打工陣地，幹起築鐵路的工作。

阿發記得，他們已經在馬泰邊境的一片深山莽林中居住快半年了！每天早上睜開眼，要做的工作就是伐木、截斷樹桐、切割木材、搬運鋼板，鋪設軌道。熱帶雨林中到處是參天大樹，林蔭幽深不見底，炙熱的陽光甚至無法穿透。有些林子裡黑漆漆的，連大白天也幾乎伸手不見五指，空氣沁涼透骨，下雨過後，氣溫驟降，晚上更是冷得讓人全身顫抖。

雨林被濃蔭遮蔽了陽光，大樹下長不出灌木叢，只有零星小草。蚊蚋飛舞聲極大極吵。偶爾密林中摻有幾片低窪地，陰暗潮濕，刺鼻腐臭味，滿地螞蝗，多到可以把人血吸乾。尤其是螞蝗，那數量多得怕人！一不小心，五隻腳趾頭的凹處都黏著一隻肥肥胖胖、吸飽鮮血後全身脹鼓鼓，被鮮紅血液撐大得晶瑩剔透的螞蝗！

英國佬一直希望加快鐵路修築的速度，所以他們已經有好幾個月的時間都是急行軍似的，沒日沒夜地趕工，瘋狂地拓荒開路、伐木、整地、鋪設軌道。

這天中午來到雨林中一處山洞前歇息，伙伕忙著開鍋煮飯。大家都累了，各自行尋覓了乾燥處席地而臥。涼風習習吹來，不多時便處處鼾聲雷動。

阿發這人挑剔，比較愛乾淨，太潮濕或者蚊蠅過多的地點他是睡不著的。於是，他決定不睡午覺了！隨便找一截滿佈青苔、小樹苗的爛木頭坐著吸草菸。個把小時後，終於開飯了！大家發現阿發坐著抽菸的那截爛木頭不錯，一群人遂也坐上那截木頭吸哩呼嚕、狼吞虎嚥吃將午飯起來。工人們一向吃東西都吃得飛快，雨林中蚊蚋太多了，動作慢些，可就滿嘴都是小蟲了！

突然，有人發現屁股下那截長滿青苔的爛木頭竟然詭異地搖晃了一下。然後，木頭不但左右搖擺，而且還緩緩在移動中！

有人驚叫出聲！「丟娜媽！原來是條大南蛇啊！」說時遲、那時快，遠處山洞中竟然徐徐鑽出一顆巨大、黑白格紋的蟒蛇頭顱！原來，他們剛才坐在上面吃飯的那截「木頭」竟然是一條巨蟒的身軀！媽呀！黑白紋路、色彩斑爛的巨蟒身軀不斷來回扭動，迅速搖擺，一會兒就把所有人甩在地上了！巨蟒的身軀依然不斷地迅速扭曲、大力蠕動！

鐵路工人們嚇得驚聲尖叫，四散奔逃！那截黑褐色爛木頭，上面不是長滿青苔，甚至羊齒植物叢生，鹿角蕨也長得異常茂密嗎？竟然會是一條巨蟒的身軀？太不可思議了！這條巨蟒身上的鱗片幾乎和古老的巨木一樣粗糙！也許，那條年近古稀的巨蟒，原本正安穩躲在那個被青藤覆蓋的山洞裡休眠，現在這群白目的鐵路工人真是有眼不識泰山，不但在牠身側生火煮飯，還把牠的身軀當成椅子乘坐，真是不小心惹惱牠了！

巨蟒張大嘴，吐露出長長的粉紅色蛇信！和巨木一樣粗的蛇身迅速蜷曲，捲住了驚嚇過度，摔倒在原地的工頭。只聽見骨頭咖拉咖啦作響的聲音，旁邊無數小喬木被扭曲盤旋的蛇身不斷摩擦、衝撞，也卡啦卡啦應聲折斷。本來鴉雀無聲的寂靜樹林，剎那間風雲色變，樹梢上群鳥亂飛，離巢喧囂，松鼠、穿山甲奔竄疾走，一片混亂猶如森林的世界末日。

晚年的阿發伯，額頭上幾條深深的皺紋，眼皮下垂，眼眶下有兩條大大的臥蠶，白鬍鬚飄啊飄，一副仙風道骨模樣。但當他嘴裡叼著自己用番石榴樹幹手刻的菸斗，徐徐吐出菸圈，說起那段遇蛇往事時，兀自全身恐懼得不停顫抖！

輯二

野村人，野村事

Liman Kati 新村

根據二〇一五年的統計資料，馬來西亞共有四百三十六個傳統華人新村（Kampung Baru），我的家鄉霹靂州則是最多華人新村的州屬。「新村」，大約形成於一九五〇年代，它的產生有特殊的時空背景。

當時，英殖民政府為了阻止郊區的華人與森林中的馬來亞共產黨游擊隊接觸，便實施畢利斯計劃（The Briggs Plan），迫使原本居住在叢林邊緣棚屋區的五十萬居民遷移到華人新村。帶倒鉤的鐵絲網圍籬、警崗和照明燈把新村團團包圍，可說是「半集中營」似的定居點。長達十二年的緊急狀態時期，村民只能在規定時間憑許可證出入橡膠園、郊區或森林。每個新村入口都設有軍警檢查哨，在村民進出時搜查可疑的信件、糧食或武器，嚴禁村民攜帶多餘糧食及財物上山，以免資助地下共產黨。無論工作地點有多遠，村民都必須在天黑前入村。

天黑後全村實施宵禁，村民外出時需帶通行證、手舉白旗，通過檢查始可放行。居民最初對此感到憤恨，但後來就因為生活水平得到改善而變為滿意。英政府向遷入新村的居民發放了一定的補償金，並且賦予了居民土地的所有權。直到馬來西亞獨立建國，脫離英國殖民統治多年後，住在新村的人們才得到真正的自由。

我的家鄉在馬來西亞北霹靂州瓜拉江沙縣的利民加地新村，這個村成立於一九五二年，當年這個村子只有五十戶人家，現已擴展為三百多戶。英殖民時期，村民原都居住在加地小鎮周圍二十英里的橡膠園、墾殖園中，在槍口下被迫遷移至加地以南約十英里的這個山谷居住。山谷倉促被命名為「利民加地新村」，命名者何許人也？如今不可考矣！

村內每戶人家的土地範圍由英政府分配，一排排木屋緊臨而居。除店屋空間較為狹窄外，其他住戶都是有寬闊庭院的獨棟木造平房，板牆、木格窗、鋅鐵皮屋頂，有的人家會在屋頂上加蓋一層較陰涼的亞答樹葉，有的人家增建了廚房或雞寮，木屋大多使用雨林中砍伐的雜木樹幹為樑柱。凹凸不平、紋理粗糙的原始木料，是村內隨處可見的建材。屋旁有畸零地可種菜、種果樹。許多人家栽種大紅花或七里香當作天然圍籬，許多房屋的門楣上掛著一塊短短的長方匾額，上面龍飛鳳舞、筆墨酣暢寫著「清河」、「河間」、「寶樹」、「安定」、「濟陽」、「江夏」等地名，這就是用以識別家鄉和姓氏的「堂號」了！清河姓張，河間姓劉，寶樹姓謝，安定姓梁，濟陽姓蔡，江夏姓黃。我對文字的最初印象，我對書法藝術美的最早認識與感知，都是從這些遍佈村內的匾額開始的。

據說，建屋時各戶分配人手，自行至雨林中砍伐木材，英軍派出吉普車協助村民將木材運回村中。村中唯一的小學則由村民同心協力，一磚一瓦合力蓋成。村民除了幾戶零星的印度人外，其他都是華人。村民百分之九十祖籍都是廣西，只有幾戶福建人和客家人。所以村內居民都說廣西話，也大多從容縣來，牽來扯去，甚至很多人都有親戚關係。

全村的房屋以村委辦公室為中心，回字型方式幅射排列，門牌號碼由小至大，井然有序。房屋大多是木板搭蓋的簡陋平房，菜市場街的排屋店鋪，則摻雜雙層樓房或在一樓店面上加蓋小閣樓的形式。籃球場、菜市場、蓄水池和警察宿舍，各色店鋪如雜貨店、橡膠收購行、腳踏車店、咖啡店等則圍繞在菜市場周邊，滿足村民的民生需求。

在新村長大，住排屋的孩子幾乎都是從小就玩在一起，每天早上一起上學，因為一個年紀只有兩班，同班的概率極高。不同班的話，放學仍舊一起走路回家，沿路追逐打鬧。上午班十二點正放學，回到家小孩通常都得幫大人製作膠片。午餐後，孩子幾乎都不睡午覺。下午有的孩子必須跟父母下田勞動，沒事的就聚在一起玩各種遊戲。女生跳房子、跳繩、抓石子、扮家家酒，男生最愛鬥「豹虎」[1]，騎馬打仗、鬼抓人、木頭人、打籃球。

一九七〇年代，野村附近有人種植大片落花生，花生收成時節，小學生三五成群，放學後換下校服，就相約到花生田裡打零工。童工們的工作很簡單，純粹就是「拔花生」。在熱辣辣的陽光下，彎腰蹲下，黃澄澄的大地乾旱堅硬如水泥，我們用盡吃奶之力，五爪用力緊握花生根部，拔出一顆顆的落花生。輕輕把泥土拍掉，花生摘下，裝到竹籃裡。最後再去給地主稱重，滿滿一竹籃僅有幾分錢的薪水。往往曝曬一下午，雙頰曬成紅撲撲，滿身臭汗淋漓，辛苦數小時，黃昏時僅能領到幾毛錢！手腳慢的，甚至僅小一的學生，也去湊熱鬧！因力氣過小，用力又用力，老是拔不起來，恐怕只能領到幾分錢！當時，花生

1　一種跳蛛，後有專文敘寫。

田裡，萬人空巷，蔚為奇景！孩童們領到錢，紛紛跑步回村，到雜貨店買冰棒或汽水！望著汽水瓶蓋「啵」一聲彈起飛出，呷一口冰涼的汽水，那滋味啊，快樂似神仙！

新村的孩子大多不愛唸書，初中畢業，十六歲順理成章不升學。父母也大多不反對。十六歲的孩子已人高馬大、一身蠻力，可以培養成非常優秀的膠工！家境不好，或對讀書沒興趣的，甚至小學畢業就學拿膠刀了！如我大姐、二哥，十二歲輟學，就能獨當一面割完一片膠林。割膠為業的孩子，成年後，存了些錢，買一小塊屬於自己的土地，大約每人平均擁有十到三十英畝的山坡地，種上橡膠樹，就搖身一變為橡膠小園主。雖不能大富大貴，但收入勉強夠吃夠用，也夠娶一門媳婦，成家立業。如此，平安順遂、恬靜無波過一生！這是一九七〇年代那個時期大部份野村人的夢想。

一九七〇年代之後，愈來愈多村民開始以摩托車代步。膠工依然天未亮就得騎摩托車出門工作，十一點左右回來午睡、經營副業，胸無大志的下午就打麻將、賭四色牌。他們相信小賭怡情，在咖啡店或在家裡，三五好友湊成一桌，劈哩啪啦洗牌聲不絕於耳。

一九七〇年代末期，村長家有了第一台電視機，他家儼然成了「家庭電影院」。鄰近的大人小孩吃完晚飯，紛紛聚集在村長家的客廳，整個客廳擁擠得水洩不通！大人坐椅子，小孩席地而坐。擠不進室內的小孩，則偷偷站在百葉窗外看，或者家長不允許看電視如我，則透過窗戶玻璃的倒影偷看！目不轉睛地盯著二十四吋的電視螢幕，看全無中文字幕、聽不懂的洋文戰爭片。槍聲隆隆，手榴彈爆破聲此起彼落，基地大轟炸後，英俊帥氣的洋人主角九死一生！觀眾眼眶泛紅，影片播映時雙眼一刻也捨不得離開螢幕，全都如癡如醉！廣告時刻，紛紛奔去上廁所。啊！當年那個瘋狂勁兒，真是令人回味！

一九八〇年代初期，鄰居買了第一台錄影機後，村人陸陸續續開始購買錄影機，遂展開了追看大量港劇的新紀元。港劇最風行的年代，鄭少秋、汪明荃、趙雅芝、劉德華、梁朝偉、陳玉蓮、周潤發等港星紅得發紫，大街小巷都可以聽到連續劇主題曲。村裡有專門人員招攬會員，提供出租盜版港劇錄影帶的服務，往往前一晚在香港電視台剛播出的連續劇，隔天便有專人騎著摩托車，限時專送新鮮出爐的盜版錄影帶，供人觀賞。當時轟動港台的著名港劇，有時裝劇如《上海灘》、《義不容情》，古裝劇《射鵰英雄傳》、《天龍八部》、《四大名捕》等，村人為之風靡！趕流行的少年男女從此不再口操廣西話，而以說得一口字正腔圓的廣東話為榮！二〇〇〇年後，各家各戶紛紛在自家屋頂裝上小耳朵，改為直接收看衛視中文台，出租盜版港劇錄影帶的生意也日漸式微。

與港劇風潮同時興起的，是高唱卡拉OK的風氣！當時，家家戶戶都有了電視和錄影機，在咖啡店裡，也裝設了卡拉OK設備。有些較先進的人家，家中也有卡拉OK設備。村人高唱的歌曲以粵語歌為主，最受歡迎的多是港劇主題曲。大街小巷，到處縈繞不去的是張國榮、梅艷芳、Beyond的歌聲。每個人都會哼唱幾句《上海灘》的歌詞和曲調：「浪奔、浪流，萬里滔滔江水永不休……」

膠工們緊握著熟悉的膠刀，日復一日「拜樹頭」賴以養家活口。自中國廣西坐船到南洋的第一代人紛紛仙逝，又換了第二代人當家作主。第二代人如我父母輩，大多目不識丁，唯有乖乖死守窮鄉僻壤。第三代起，國民教育普及，年輕人開始抗拒割膠工作，也有勇氣冒險，紛紛走出鄉下闖天涯。於是，一九七〇年代起，野村發生了大規模的城市打工潮！

最早的城市打工潮，大多是在家中排行老大的子女，如我大姐、二姐，因家境貧困，從小要幫忙父母負擔家計，但又不喜歡鄉下割膠的生活，小學畢業就憑著一顆竇膽，往吉隆坡、新加坡、新山等大城市闖天下。他們紛紛和左鄰右舍為伴，坐火車或長途巴士集體南下各大城市去討生活。女的當女傭、工廠女工、餐廳服務生、跑單幫、擺地攤、賣衣服、賣玩具，男的當建築工人、開計程車、開巴士、當黑手，當城市裡各種基層勞工。打工存了點錢後，有的自行創業，開店、開餐廳、開修車廠，然後男婚女嫁，定居在大城市裡。野村的孩子就這樣在城市結婚生子，職業當然以藍領為多數。做建築或裝潢工人的，城市郊外的違章建築群裡，也許有他們親手搭蓋的鐵皮房子。存夠了錢，分期付款買了公寓或單層排屋，就算是了不起的成就了！

一九八〇年代，各戶人家排行中間的孩子，因為前頭有大哥大姐的犧牲改善家計，這些有機會完成中學學業的孩子，畢業後會到鄰近家鄉的都會區如瓜拉江沙、怡保、太平市找銀行、貿易公司、工廠會計、秘書等白領的工作，沒有什麼專長的就到百貨公司做收銀員，當麵包店或餐廳的學徒、工廠操作員。家境較好但成績欠佳的，考不上國立大學（八〇年代前，馬來西亞全國僅有七所國立大學），就會去大城市的私立學院進修商業課程，或者讀個專業電子、機械課程，順勢就留在大城市謀生。往往都是哥哥去吉隆坡，過了幾年獨自奮鬥的日子，勉強在城市站穩腳步，就回來帶了底下的幾個弟妹去，最後就全家都搬走了！或者家裡有親戚在大城市的，央託親戚照看，中學畢業的孩子也就往外送走了！再不濟的，甚至央託鄰居也在城市裡謀生的孩子帶出去，找間工廠工作，有宿舍可住，有飯吃，就皆大歡喜了！這樣牽絲攀藤的，野村的孩子陸陸續續都離開了野村，城市「移民潮」

就這樣發生了！

一九八〇年代中期，橡膠價格慘跌，膠工收入減少，社會風氣開放，野村年輕人開始新的一波探險風潮。那就是「跳飛機」[2]族大盛行的時代了！印象中，村中第一個展開「跳飛機」冒險的人，是我三哥的的同學，一個勇敢得讓人肅然起敬的女生。高中畢業後，她先在家割膠半年，存到人生第一張機票，以旅遊簽證飛到加拿大，在華僑經營的餐廳非法居留、非法打工一年後，膽子漸大，遂在五、六年間，轉戰美國、紐西蘭、澳洲等地大賺外幣。七年後「衣錦榮歸」，立即將家中木屋翻修成美輪美奂的雙層樓房，又買了數十英畝的橡膠園。此位女中豪傑開風氣之先，其家人引以為傲，到處宣揚賺美金、賺加幣的好處，出國一年，回鄉後可以少奮鬥數年！這位前輩的口頭禪是：「大膽追尋，付諸行動。」她也常質問年輕人：「不想窩在山芭窿一世人割膠？那就大膽出走，走得越遠越好！半夜去割膠你都敢了，還有什麼好怕的？置之死地而後生啊！」後來，在她的激勵之下，即使

2　非法打工旅行。

英語能力僅止於簡單日常對話，或者半句日語也不會的年輕人，都前仆後繼往歐美國家或日本賺外幣去了！

一九九〇年代，少數較為幸運，或者可以說是力爭上游的孩子，如我輩，則靠拚命讀書這條路改變命運！一路孜孜不倦埋頭苦讀，直至終於考上大學，得到夢寐以求的工作，進而開展自己的眼界。這類孩子，大約佔每年小學畢業生的百分之一。文盲的孩子不再是文盲，而是大學生，這真是太令人高興的事了！這些大學生，鬥志昂揚地往社會菁英階級的路上邁進，有的在大學裡培養出能和社會競爭的專業能力，在專業領域裡佔有一席之地。大部份的人呢？汲汲營營，淪為職場上被踩在腳下，可有可無的打工仔、上班族小角色。在城市的激烈爭鬥中，倖存者有房、有車，有份可以安身立命的工作，或者有個屬於自己的公司或產業。這就是人人稱羨的成功嗎？沒有答案。

也有人在城市奮鬥多年，卻因時運不濟，一事無成，甚至客死異鄉！更有人在外奔波勞碌半生，兩手空空，徒留一具疲憊病體，年過中年，發財夢碎，唯有黯然回鄉，重拾膠刀，過完惶惶惑惑的一生。野村孩子，他們的生命地圖，大同小異，生老病死，也無一倖免！

終此一生，命運給我們什麼呢？我們又能選擇什麼呢？如果人生能重來，是否野村的孩子們會再做抉擇，無需跑大城市肉搏戰那一役？反正最後終究會回返原鄉。但如果一生中沒有過風花雪月，沒看過外面的花花世界，誰又肯甘心一輩子死守故土？人啊人，終究抵不過「追尋」的渴望。野村老了，土地老了，人也老了！一代又一代，年輕的嚮往外面的世界，長者落葉歸根，永不止息地循環，依然持續。

過新年

鄉下的春節是非常有年味兒的。至今，野村的新年仍保有非常多的傳統習俗！

小時候，幾乎每個小孩都有哥哥姐姐在吉隆坡、新山或新加坡等大城市工作。每年除夕前幾天，多在農曆十二月二十七、二十八日，就開始湧現遊子返鄉潮！孩童上學閒聊時交換的情報，不外是：某某人的姐姐幾時會從吉隆坡回來；某某人的爸爸答應她從新加坡回來時，要給她帶一個會眨眼睛的中國娃娃。自己的兄姐，預定要回來的時程，小孩當然更仔細數算日期，日日都在引頸期盼！放學回家時，路過某人家裡，如果看見一大群人聚集在家門外，或者有計程車停在巷口，擁擠得水洩不通，八成就是有異鄉遊子回來了！無論是否熟稔，孩童們不管三七二十一，先用力擠進去再說！伸長脖子，擠入人群中，仔細看看這位大哥哥，抑或大姐姐，這回從新加坡帶回什麼好吃、好玩或新奇的東西！從外地回鄉的大哥哥、大姐姐，通常都會準備好多糖果和禮物送給小孩和家人，即使非親非故，見者有份。這就是我們最興奮的原因了！

過年時，依照廣西村傳統習俗，各家各戶都會在門口貼上春聯，不識字者購買印刷體春聯，通文墨者還自己研墨揮毫！童年時，我最著迷的事是看對門和昌雜貨店的廖老闆寫春聯。每年除夕，他總是慢條斯理地握著一管毛筆，聚精會神揮春。一筆一劃、一撇一捺，那迷人的書法藝術美感，那閒靜少言、歲月靜好的氛圍，讓我心嚮往之！好希望自己長大以後，也能成為一個會寫漂亮毛筆字的人啊！

這個廖先生，是我童騃記憶中，第一個文質彬彬、書生形象的人。據說他曾在中國家鄉讀過私塾，鼻樑上擱著細框眼鏡，總是靜靜地看書看報。我去買東西，他總愛逗我玩，問我考第幾名？聽聞我第一名時，總是請我吃糖果。我的文章刊登在《南洋商報》的〈學生園地〉版，他也是第一個「發現新大陸」的人。文章刊出那天，他興奮得走出他家雜貨店大門，遙對我家呼喚我，告訴我好消息。是他，曾給過我許多鼓勵！是他，用那端雅閱讀、定靜握筆的美麗畫面，示範給一個文盲的女兒知道，人生可以有不同選項，人可以追求屬於自己的更高層次、更美好的生活！

在貧瘠匱乏的歲月裡，孩童們摩拳擦掌、熱烈期盼過年，原因之一就是可以大飽口福的「團圓飯」了！因天氣炎熱，動一動就大汗淋漓，野村人過年從不吃火鍋，但一定有白斬雞配上廣西獨門蘸醬，俗稱「味捻雞」，是餐桌上最受歡迎的大菜。一般做法就是將雞燙熟，然後蘸點「味捻」即可。味，意指「美味」。捻，廣西話「沾一點」之意。製作「味捻」的第一道工序是用一個石製磨缽，把洗淨的大量生姜、少量蒜頭搗爛。下油鍋，把薑茸和蒜茸炒香，加上切細的韭菜、香菜、蔥花，拌以醬油或蠔油即可。白斬雞無啥稀奇，特別的是這道廣西特色蘸醬，有畫龍點睛之效！

餐桌上當然還有另外兩道廣西大菜：芋頭扣肉和釀豆腐。這兩道菜通常由輕易不出手的大廚——父親親自料理！團圓飯必定是吃得肚子圓滾滾，滿心歡喜！晚飯過後，孩童們開始聚集放煙火、燃鞭炮，玩牌、看電視。在野村，家家戶戶幾乎都會遵守除夕「守歲」習俗，整間屋子燈火通明，一面守歲，一面準備「接財神」儀式。午夜十二時剛過，人們便在門前擺好神案，以滿桌牲禮和劈哩啪啦的長長鞭炮聲，讓財神爺感受衷心的誠意。大年初一，凌晨時分熱熱鬧鬧「接財神」，這也是廣西村特有的傳統！

每年農曆新年，各家各戶去城市討生活的孩子都回來過年，這時也是競爭孩子成就的時刻了！有人頭腦靈活，自行創業成功，創立房地產公司、開了餐廳、開了修車廠，事業風生水起、撈得盆滿缽滿，搖身一變成為大老闆！那已經搖身為大老闆的野村男孩，不改年輕時愛出風頭的個性，回家時不但穿著體面、全身名牌、穿金戴銀，開一輛氣派的賓士轎車，捐了筆鉅款給中小學母校，還買了幾百捲的紅色鞭炮，接成一條紅色長龍。凌晨，接財神時，神氣地在村口鐵製門楣上點燃鞭炮，喜氣洋洋地鞭炮聲轟隆作響，硝煙四散，鞭炮火星和紅屑便一路迤邐，從村口轟炸到這家門口。霸氣長達五百公尺的紅色鞭炮屑，鋪滿柏油路，像滿地紅梅綻放，豪氣干雲，煞是壯觀！

然而，同樣到大城市闖蕩，有人卻不幸失業了！無奈時運不濟，落魄潦倒，手頭拮据，或者薪水低買不起汽車，但又愛面子，唯有打腫臉皮充胖子。回鄉前，特意買了手指般粗的假金項鍊戴在脖子上，露出一小截在V字領口內。又去租了名貴轎車，充作私家車開回家鄉過年，藉此瞞混過關！

「鼕鼕鏘！鼕鼕鏘！」大年初一早上，鞭炮聲、鼓聲此起彼落，串門子的人潮絡繹不絕。江沙崇華獨中，每年春節，全校學生都會組織成數支醒獅隊，到霹靂州各村去舞獅採青，以募集校務基金。如果屋主想要獲得好兆頭，願意掏腰包增加樂捐款，便有兩條舞獅到家裡熱鬧一番！雖是學生組成的業餘團隊，無論打鼓，敲擊鑼、鈸等各種樂器，戴著大面具、扮演大頭佛的角色，全都經過嚴格訓練，功架十足！

如果紅包和鞭炮從二樓垂掛下來，舞獅高手或疊羅漢，或腳踩梅花樁，攀高踩低，腳步穩健，表演「醒獅」跳躍採青，拿了紅包之後還劈哩啪啦點燃鞭炮！如果供品中有柑橘，則必定表演「饕餮獅」大快朵頤，把水果剖開在地上排列「大吉大利」字樣！如果該戶人家獻上酒瓶，則順勢表演「醉獅」開瓶暢飲，飲後微醺，眼簾下垂，愛睏裝睡的可愛表情，兀地一聲鏗鏘，鼓聲鼕鼕鏘如春雷乍響，醉獅乍醒，立即雙眼圓睜，踏出蹣跚微醉步伐，搔首弄姿，動作、神情，活靈活現、惟妙惟肖，呈現出一隻醉獅或活潑俏皮獅子的各種樣態，簡直是專業演出！

過年期間，小孩們最興奮的事，便是亦步亦趨整日追隨醒獅團的腳步了！東奔西跑，滿街遊走，曬得兩頰紅撲撲，渾身臭汗也不以為苦，就為了看各家各戶的紅包和鞭炮懸掛在哪裡、比較誰家的採青難度最高。當然，難度愈高，紅包就得愈大！醒獅團在各家的表演，也隨著供品的不同而變化創新！例如，有一年父親擺出的供品是一顆柚子和一條甘蔗，這可難倒學生們了！最後，醒獅團師傅決定親自出馬，不但把甘蔗削皮剁成一截截，柚子剖開後，還排列成漂亮的螃蟹形狀。真是行家一出手，便知有沒有！

春節，是孩子們最期待的時刻。在那貧瘠年代裡，兄姐返鄉團圓帶回的禮物，長輩給予的紅包，餐桌上的美食，點燃的煙火、鞭炮，使人心沸騰的舞獅，各種節慶的活動，使野村人清樸的日子因而豐腴、富足、美好了起來。怎不教人懷念？

籃球賽

英政府設下的鐵籬笆，分隔了野村人和外面自由自在的世界，野村人近似住在半集中營。然而，對孩童來說，同年齡的孩子都集中在一起，住的是排屋，玩伴人數瞬間增加了幾十倍，卻是歡樂、熱鬧的開始！村裡就有小學，孩童每天總是走路上學，邊玩邊追逐打鬧。柏油路邊的小水溝，長滿開紫花的布袋蓮，小蝌蚪和大肚魚在水裡優遊，喜歡就蹲下來摘花撈魚，抓青蛙和蜻蜓。年紀較小的，或者家裡人手多不用下田勞動的，放學後就可以展開各種各樣、無憂無慮的遊戲，女孩們拎著各自的「紙娃娃」（一種彩色印刷的浮雕紙人圖樣，有男有女，可以拆開；完整配備有衣服、鞋子、皮包等配件，豪華版的甚至有家具、交通工具）周遊各家庭院扮家家酒、玩跳房子、撿石子，男孩們年紀較小的愛鬥豹虎，用樹枝製作「拉式的」（彈弓）打鳥，偷偷去村後小溪裡裸泳，或者在小學操場上踢足球，放自製的風箏。尤其滿是黃土的小學操場是孩童們最大的遊樂場，孩童可以盡情跳躍、追逐、喊叫，張口把滾滾風沙吞入肚裡。

中學的孩子，一直到成年人，最熱衷的運動卻是打籃球。籃球運動風潮歷久不衰，至少風靡了數十年以上。從什麼時候開始風行的呢？最早可以追溯到英殖民時代。英殖民政府相當重視公共設施的興建。遷村不久，上霹靂各村同時建了嶄新的籃球場，各村組織了自己的青年籃球隊。每年，各村輪流舉辦村際籃球友誼賽，是當時的年度盛事。

陳金水，那時候二十來歲，是村內的風雲人物。成年人都敬重地叫他「陳先生」，年輕人都喚他「陳大哥」。陳大哥是在野村長大的，少數高中畢業，不做粗工的年輕男孩。他的工作是村幹事，村人通常稱他「財副」（即書記，因早期一般小型企業的秘書兼管賬目、公司財務，故有「財副」之稱）。因他是「拿筆的」，又吃公家飯，全村人都敬重他。要申請什麼補助、要填寫什麼文件，村人都找他幫忙。他個性和藹可親，樂於助人，又會說英語、馬來語，是村民和政府單位溝通的橋樑。村內百分之九十的成年人都是文盲，「會說英語」的陳金水，在他們眼中是高不可攀、非常了不起的人物！

陳大哥體型頎長，斯文有禮，戴金邊眼鏡，貌似文弱書生，卻非常喜歡打籃球，甚至是村裡青年籃球隊中的主將，打中鋒的，技術超群！他有個女朋友，是城裡人，每當有重要的籃球賽事，陳大哥「傳說中」的瓜拉江沙女友就會來看他打籃球。彼時，好事者都為此興奮不已！

某一場村際籃球友誼賽中，陳大哥「傳說中」的女友果真來了！在那場賽事中，好多人看球賽都看得心不在焉。貌似在看球，其實都未曾專注看球！村人交頭接耳、議論紛紛，爭睹「傳說中」的大美人。這美人的樣貌、舉手投足、氣質、衣著、髮型，無一不在品評之列！還有些人，特別喜好觀察「小倆口」的互動，像帶著放大鏡仔細察看陳大哥和女友肢體上是否有一丁點兒的接觸？有人是故作不經意地轉頭看，有人卻是正大光明、瞪大眼、張大嘴，毫不客氣地把目光往人家身上招呼。

即使眾人已經像一鍋熱水沸騰了，又好奇又興奮，陳金水陪著他的心上人，小心翼翼，像捧著、伺候著一個水晶杯一樣的寶貝。還記得，那時的我對於愛情似懂非懂，卻也免不了隨著眾人沸騰的情緒起舞，一再沒禮貌地、瞪著一雙「好奇能殺死一隻貓」的死魚眼，一直和朋友目不轉睛地研究著那姑娘的容貌、動作、服飾、表情！那真是個秀氣、纖弱、蒼白的女生啊，和野村土生土長的女孩是多麼的不同！那個年代的野村女孩，大多要幫忙家裡下田或收膠，幾乎清一色都是膚色黝黑、不修邊幅的！很難得看見白皙的膚色，或者會打扮的女生！所以，大家都在看那個皮膚白皙得讓人嫉妒、斯文秀氣、充滿「城裡人」氣息的女生。有人還低聲議論：「陳Sir的女朋友真係鬼咁靚，鬼咁白。」[1]

那是個家用電視還未盛行的年代，看球，是難得的免費娛樂，沒人會不想參與！所以，當時的村際友誼賽幾乎每一場都是風靡全村。每一場球賽，全村人都會熱烈參與，甚至有些年紀還在小學階段的男孩，也躍躍欲試，很小就開始練球，夢想上場比賽的一天！年紀較大的男人忙於生計，即便沒時間練球，無法下場打，一定也會去看、去加油！只要聽說籃球場有籃球比賽，沒有一個人不到場！女孩們，去看球也被人看；男孩們，去打球、去看球，也去看女孩，也被女孩看！男孩女孩，你看我，我看妳，半斤八兩，互不相欠，皆大歡喜！

---

1 意即：「城裡人果然就是白！白嫩嫩的，真讓人驚艷！」

青年會

利民青年會，是建村十多年後，由青少年自發組織而成的青年活動團體。最初，青年會最熱衷的活動是舉辦村際籃球賽；後來，逐步延伸至桌球賽、羽球賽、卡拉OK歌唱賽、越野賽跑等多元活動及競賽。

我的二姐、三姐、三哥及四哥都是桌球好手，打遍全村無敵手，也是桌球校隊。尤其是二姐和三哥，發球架勢十足，殺球時更是虎虎生風，配上一臉嚴肅，一副殺氣騰騰的模樣，讓敵人不戰先敗！兄姐們桌球功夫了得，其來有自！因為除了小學之外，我家是全村唯一擁有桌球檯的人家。為何？六、七〇年代，父親時任村內勞工黨秘書，黨址設在我家，客廳有大量集會用的椅子，有書報架、桌球檯，供黨員使用。近水樓台先得月，我家小孩有空就會捉對打桌球，因此練成獨樹一格的球技！

一九八〇年代，青壯輩幾乎都到外國賺外幣去了，村裡老的老、小的小，加上港劇盛行，村民的主要娛樂活動成了追劇。各種全村的活動如球類競賽、歌唱比賽，全部停擺。

一九八〇年代末期，那年我還是中六學生。農曆新年前，村中長老們覺得野村沉寂多年，久無全村性的活動，村人無凝聚力，春節也少了歡樂氣氛，希望高中階段的年輕人們能臨危受命，挺身而出，為村民服務，辦個聯歡晚會，炒熱氣氛。於是，在這偶然的機緣之下，我、崇聯、桂琳、美珠、秀金、阿成、務發、愛玲、金興、顯旺、小龍這群高中生，被動員起來組織了「利民青年會」，舉辦村內的卡拉OK大賽、籃球比賽等活動。

活動辦完後，一群年紀相仿的年輕人，雖然就讀不同的中學，卻成了無所不談的好朋友。以前在村裡總是深居簡出的我，第一次坐上朋友的摩托車，和「狐群狗友」在村中呼嘯來去。週末在家時，三五好友經常聚在一起吃宵夜，高談闊論至深夜。

說到摩托大隊，是野村一大特色。因村子發展到後期，已有三百多戶，直徑約五公里，範圍頗大。地勢又高低起伏，有些區域直上陡下。雖然村內四通八達，用走的環村一周大約也要兩三個小時。為求方便、快速，村中孩童，許多十二、三歲就開始無照駕駛！有時是上街買個東西，有時是去咖啡店嘆一杯「咖啡烏」，大人小孩不戴安全帽騎著摩托車來來去去、橫衝直撞，是司空見慣之事了！

生長自貧寒之家，從不敢有奢侈的慾望。十八歲那年，令我永生難忘的，是這輩子第一次慶生！還記得那個慶生的地點，委實非常詭異，因為怕吵到別人，我們聚集在村中一間空屋的庭院外。那間空屋，其實是有名的「凶宅」，後來成了佛教會。這戶人家，因發生車禍，全家驟逝。村人繪聲繪影，訛傳為「鬼屋」。平常，大家都避免靠近。而我們，這群天不怕、地不怕的年輕人，熱血的心靈肝膽相照，才不鳥它是「鬼屋」抑或是「凶宅」呢！

在那個烏漆墨黑的深夜裡，只有天上的星星和我生日蛋糕上的燭光在閃爍。他們合送的禮物，是一個玻璃音樂盒，盒中有個小美人翩翩起舞。那晚，好友們誠摯的心意，友情的溫暖讓我好感動。

時光荏苒，三十二年歲月匆匆流逝。青春年少時的好友，離開野村在各地謀生，甚至散居異國，難以相聚，但依然互相惦念。已安息於主懷抱的阿成啊，你輕撫吉他，柔聲吟唱詩歌的表情，依然鮮活銘印在好友們心中！

利民小學二三事

野村的孩子大部份都在村內讀小學，當然我家十個小孩也全都順理成章地唸這所小學——利民華文小學。小學矗立於村子制高點的一座小山崗上，校園裡有幾棵高大的雨樹，校舍坐北朝南，中間大片空地是全校師生集合的操場。校舍是英殖民時代建村時就搭建的。父親說，當時由軍中將領選中全村制高點蓋學校，是有遠見的。因地勢高、易守難攻，小學也可以當作避難所使用，萬一村子被攻擊，全村老弱婦孺皆可以暫時棲身於此。父親還記得，當時英籍軍官動員全村壯丁，肩揹巴冷刀徒步上山，到24碑的熱帶雨林去砍伐樹木。砍下的巨木由軍用卡車載回。利民小學的修建，從上樑、打地基、挖排水溝、砌牆到蓋屋頂，父親說他都全程參與過的。

學齡前，我最期盼的事就是上學。因為小朋友們都傳說，幼稚園每日定時供應好吃的點心，有咖喱飯、炒米粉、紅豆湯等。聽到有那麼多好吃的食物，我雖還未適齡卻已垂涎三尺，真恨不得可以趕快長大去上學。有好幾次，我和兒時玩伴們，爬上山坡，鬼鬼祟祟躲在小學附設幼稚園教室外，偷窺幼稚園的上課情形。看到讀幼稚園的小朋友，快樂地唱唱跳跳，吃吃喝喝，好開心，我都快羨慕死了。

五歲時，終於踏入夢寐以求的幼稚園教室，我的啟蒙老師名喚「李老師」。傳說中年紀老大卻未婚的「李老師」，身材高挑，臉蛋清秀，很漂亮但很兇，因而我又期待又怕被傷害！日日大清早就「跑」（因為太興奮，真的用跑的！）上小山崗上學，不是唱歌就是玩遊戲、吃點心，放學時都是和同學一面唱著兒歌，一面奔跑下山，好開心呀！李老師家和我家同在一條街上，僅相隔五六間，其實是從小就熟悉的鄰家大姐姐，卻因她是幼稚園老師而對她又敬又畏！李老師家隔壁是中藥店，有兼賣報紙。幼稚園之前，每天大清早替父親買一份報紙原是我的工作，上了幼稚園之後，由於害怕會遇見李老師，便不敢去買報紙了！微妙的是，雖與老師住得最近，每天一早醒來我就急著去上學，永遠最早到校，卻從未與李老師同行過！那時小小的世界裡只知有「李老師」，「李老師」說的話就是聖旨，死也不敢違逆！還以為全天下所有的老師都姓「李」，所有的老師都要稱「李老師」，直至上了小學，才知道原來世界上還有趙、錢、孫、張等其他姓氏呢！

幼稚園裡除了李老師，還有一名馬來老師，身材微胖，總是包著粉色、有蕾絲的頭巾，身上穿著馬來長裙（baju kurung），腳穿綴有蝴蝶結的低跟包鞋。她說的馬來話我們聽不懂半句，簡直雞同鴨講，但她總是比手劃腳，或者一再重複，想盡辦法讓我們理解她的教學。我們聽不懂時，她也從不生氣。至今還記得她溫柔可親、笑吟吟的圓圓臉龐。她教我們唱馬來民謠，聲音細柔委婉，非常好聽。還記得那些歌曲有 *Rasa Sayang*、*Bengawan Solo* 等名曲。若干年後，再聽到熟悉的旋律，禁不住就想起她來。

一九七七年，我讀小學一年級，讀的是下午班。至今我還清楚記得第一天上小學的情景。為何是下午班呢？因一九七〇年代，野村人口日益增多，原本僅有ㄇ字型的三棟單層校舍，兩棟是教室，一棟是食堂兼禮堂，學生人數暴增以後，根本不敷使用，唯有改為上、下午班制。開學第一天，因為父母都要割膠，是四姐牽著我的手去上學的。那時四姐讀四年級，上午班是十二點放學，回到家，她放下書包，就匆忙帶我去上學。我還記得前一天她就叮嚀我說：「細妹，明天是妳上學的第一天，一定要早點去，千萬不能遲到。否則會給老師壞印象！」於是那天我很早就換好制服，十一點時自己站在小板凳上，熱了大灶上的剩菜，一個人狼吞虎嚥吃完午餐，心焦如焚地等四姐放學回家。她放下書包，我已穿好白襪和一雙新的白色膠鞋，我們就用跑的，一路從位於山谷的菜市場街，跑上山坡，衝入校園。心情甚是亢奮！

到了一年級教室，離一點鐘上課還有四十分鐘。桌子是雙人長桌，小小的木椅子一人坐一張。四姐的同班同學也有個妹妹跟我同班，於是我就和那個同樣姓梁的同學同桌而坐了。四姐說：「妳看，桌上畫有一條直線，那是妳能夠使用的範圍，手肘不可以超過這條界線干擾別人寫字，調皮搗蛋會被老師用藤條打的！」「上課要認真聽，寫功課字要寫漂亮，寫不好就用橡皮擦擦掉重寫，不能隨便！」

我小學一年級到三年級的班導師是校長夫人——黃淑馨老師，聽說她很兇、很嚴格！黃老師五短身材，臉圓圓的，緊繃著臉皮完全沒有一絲笑容，手上還握著一條細細的黃藤條。在小一的我眼裡，是一個非常嚴肅的老師。開學第一天，看見黃老師，恐懼感便油然而生！因為怕被老師打，我非常乖巧聽話。為了要學生養成回家複習功課的習慣，老師每天指派給我們極多的課後作業。我字寫得慢，又沒耐心。有時兄姐們都睡覺了，我還在寫功課。心生不滿，惡向膽邊生，便邊寫邊罵導師的綽號：「矮冬瓜、矮冬瓜，討厭的矮冬瓜！」冷不防「咻！」一聲，父親拿藤條在桌子邊緣抽打了一下，差點兒被抽中手臂！父親罵道：「自己貪玩，整天顧著玩『紙人』（紙娃娃），不早點寫字，還罵老師！不准再罵！」

一年級印象最深刻的一件事，是導師每週抽一節課，要求孩子輪流上台，用華語講故事，訓練我們的膽量和口才。第一次口說訓練的時候，大家都心驚膽顫，不住祈禱千萬不要抽到自己。有些人只會說廣西話，不會說華語；也有被抽到的人，扭扭捏捏，勉強上台說了三兩句就沒了下文，怎也無法完成一個故事。抽到我時我卻老神在在，扎扎實實講了三分鐘，頗有大將之風！我的母親是文盲，但因我們都睡大通鋪，她都會講床邊故事給孩子聽，雖然很多都僅是胡謅的民間故事或苗寨傳說，但這樣一來，一年級的我，腦中其實已經有好多故事了！因此我被抽到時，一點兒也不慌張，依樣畫葫蘆講了一個「深山食人族」的杜撰故事，竟然有頭有尾、生動有趣！導師從此對我刮目相看。

後來，黃老師又發現從小愛閱讀的我，在語文理解及寫作能力方面均優於他人一大截。三年級開始指導我投稿，第一篇文章刊登在《南洋商報・學生園地》。看見自己的文字化為鉛字刊在報紙上，還有豐厚的稿酬，給我極大的成就感！現在想來，如果沒有黃老師引進門，發掘我說故事、寫作的潛能，也許就沒有今日的我了。

小學六年，我的學習成績幾乎都是第一名，不是當班長就是當糾察隊長。除了運動、音樂及舞蹈，任何其他的校內校外各種學科競賽，我都是常勝軍，馬來文、英文、華文老師都非常疼愛我。小學時期每個老師手上都有根或粗或細的藤條，但一次也不曾招呼到我身上。

但是，小學時經常看到班上同學被老師用藤條打手心，那藤條呼呼抽送聲非常響亮，一次抽打十多下，左手打完換右手，兩隻手掌都紅腫，挨打是家常便飯。考完試的隔天，自知考試不及格的同學，事先穿兩條內褲，在黑板前整齊站好一排，上身趴在桌上，屁股翹得老高，準備被修理！被打的同學痛得齜牙咧嘴，唉唉喊痛，有的眼淚鼻涕直流！打完幾十下，有時藤條會折斷。這時老師就換一根更粗的藤條打他們，打完時老師會輕甩手臂，低聲罵：「都是你們這些壞蛋，害老師的手好痛啊！」被打的同學，眼淚汪汪，還對老師很抱歉，小小聲跟老師說：「老師對不起，下次我會更勤力的。」

當時，學校的黃土操場上瘋長著蓬草，卻也是我們最原始的遊樂場。熱帶炎陽過度曝曬，黃土到處龜裂，佈滿大大小小的坑洞，坑洞裡住著巨大的黑螞蟻。牠們神出鬼沒，虎虎揮舞雙螯，咬人痛極。我們嬉戲時老被襲擊，卻轉而就地取材，拔下長長的蓬草莖，深入蟻洞中「釣」螞蟻。那時候我們流行把黑螞蟻關在小火柴盒裡當寵物豢養，讓牠們單挑或打群架，自相殘殺，然後選出蟻王。

華文小學的課程除了馬來文及英文，一律以華語教學。所以校內十多名老師，全部都是華人教師，只有兩名馬來教師，一個教馬來文，一個教英文。校內設有免費午餐，廚房媽媽就是馬來文老師的賢慧妻子，所以午餐經常夾雜酸辣口味的馬來餐點。雖然如此，我們依然吃得津津有味，nasi lemak 是我的最愛，那裹著紅色咖喱汁的小魚乾、香味濃郁的椰漿飯，令人垂涎三尺。有一次午餐時間，我先去上廁所，晚到三分鐘，食堂領餐區竟然已經空空如也！那天的午餐，是我的最愛——nasi lemak！看著那空蕩蕩的領餐區，瞬間我感覺非常委屈，眼淚不受控制地滴滴答答不斷流下來。師母看呆了，連忙從廚房裡拿出備餐，幫我盛了一大碗公、小山一樣隆起的 nasi lemak！師母笑瞇瞇在一旁，柔聲安慰我，看我一把鼻涕、一把眼淚，狼吞虎嚥吃著飯，讓我感受到深深的溫暖和愛心。

小學老師當中，最疼我的就是教馬來文的馬來老師。他身材肥胖，臉如滿月，落腮鬍，雙眼瞇成一條線，總是笑容滿面。由於對語言天生有著敏銳的領悟力，馬來文程度比同學好上一大截，別人還在摸索著學聽的階段，我就已經可以用馬來語和老師對答如流，所以老師非常喜歡我！記得有一次，老師要我們用馬來文背誦一年的十二個月份，因那些名詞發音詰屈聱牙，記誦困難，全班幾乎一半以上的同學很快就放棄！口試完後，只有我一字不漏地全部背誦出來，且馬來語發音字正腔圓！老師非常高興，他竟當場從口袋裡掏出錢包，賞給我現金二元紙鈔，讓班上所有人都羨慕死了！

每年的開齋節，我和幾名同學都受邀去馬來老師家，和老師全家人一起歡度佳節。老師家的高腳屋緊臨加地鎮上的霹靂河支流，鹽木浮腳被漆成深褐色，板牆髹淺紫藍色漆，窗框深紫色，深藍色屋瓦，整間房子的配色非常明亮而大膽，窗簾上有漂亮的薄紗和流蘇。客廳中央鋪上圖樣繁複、富麗堂皇的中東地毯，每個坐墊上都有師母巧手用金線繡上的美麗花朵。老師請我們吃烤羊排、仁當羊肉、黃薑手抓飯、師母自己烘烤的奶油餅乾和蛋捲，還有香吉士柳橙汁喝到飽！喝足吃飽之後，老師全家和我們一起去河邊戲水。艷陽天裡，親近冰涼清澈的河水，因為有老師為伴，可以光明正大地玩水！一年僅有一次機會，玩了水回家也不會被家長罵。那是我們最開心的時刻！

盡興之後，老師總是會親自開他那輛小小的福斯金龜車送我們回村，我們和老師的獨生女，五、六個女孩嘻嘻哈哈擠坐在小車裡。老師說，因為 Leong（梁）有來，他才會親自開車送我們回來，換作其他人，他才不會開車相送！為什麼呢？因為 Leong 是他教利民華小十多年以來，學馬來文學得最好、最有天分的學生！是的，Leong 就是我。哈哈！馬來老師最疼我了！

小學老師當中，令我印象深刻的還有一名溫柔婉約、清秀佳人般的音樂老師，舉手投足極有氣質，說話輕聲細語，唱歌的聲音非常好聽！鄉下小學上音樂課甭說鋼琴，連一架收音機也沒有！所以老師每節課都清唱，她教會我們一首首的外國民謠：〈紅河谷〉、〈桑塔露西亞〉等。每當學會一首歌，我和同學必定在放學時放聲高唱、奔跑著回家，整個小山岡、整條菜市場街都縈繞著童稚的歌聲。雖然五音不全，但卻是最歡樂的樂章！如今已到知命之年，音樂無疑仍是我生命中最依賴的精神療癒泉源。回頭想來，這名美麗動人、賞心悅目的音樂老師，就是令我終生難忘的美育啟蒙老師了！

那時候，學校作息時間靠的是一口小銅鐘，全校唯一的時鐘設在六年級的教室裡。負責撞鐘的同學，必定要身強體壯，記性良好，且每日按時到校者始能雀屏中選。能負責撞鐘，是非常驕傲的一件事！還記得，小學畢業前某日，那個撞鐘的同學突然生病了，導師問我們：「某某同學生病了，今天誰要頂替他的工作呀？」大家都興奮地高舉、搖晃著小手，搶著毛遂自薦、負責當天撞鐘的工作，那一片「我！」「我！」「我！」之聲仿若仍縈繞耳際，卻已是數十年前的舊事了。

我上小學時，木造校舍已經使用近三十年，幾近危樓。踩在升旗台往二樓的木梯上，樓梯總是激烈晃動，彷彿隨時會壽終正寢。樓板被白蟻幾乎蛀光，縫隙大得驚人，從二樓可以望見一樓走動的人。上課時，旁邊的樑柱可以聽見白蟻肆無忌憚鑽動的聲音，樑上常常飄灑下星星點點的木質粉塵。屋樑上高掛一具歷史悠久的吊扇，由於樑柱蛀蝕得太過厲害，還曾經在上課當中，樑柱斷裂，那吊扇晃悠晃悠就當場砸下來了！吊扇掉下來時，還以強大的慣性持續不斷地旋轉，嚇傻了教室內所有人，一片尖叫聲中，吊扇把一個同學的脖子割傷，頓時血流如注！幸好送醫後沒有大礙。後來，校舍被判定為危樓，但因為「華文小學重建」在種族主義當道、華人被邊緣化的局勢裡是極為困難的事，遲遲申請不到重建經費，我們只能選擇繼續在危樓裡上課。

我們的小學得以翻修，其中最大功臣非陳永言董事長莫屬了！如今已是耄耋老人的陳先生，他從三十歲起，就擔任小學董事長和村長，德高望重！屈指算來，他的任期幾乎長達半個世紀！他身材微胖、肥頭大耳，為人和藹可親，辦事能力極強，又非常有魄力！村人都敬重他，老老少少，街頭巷尾，都尊稱當時年輕有為的他「阿言哥」。阿言哥從事橡膠買賣行業，出手大方，對於照顧孩童，不遺餘力！每年兒童節，都是我們最快樂的一天！因為，在「阿言哥」和其他家長委員的策劃下，全校學生都能領到一份精美實用的兒童節禮物。那禮物的內容，有顏色漂亮的鉛筆好幾支，幾塊雪白的橡皮擦，刀刃閃著光芒的嶄新削鉛筆機。這些文具，對於家境貧困的我們來說，真是太實用了！領了禮物，終於可以把短得不能再短的「鉛筆頭」、只剩一小塊的烏黑橡皮擦汰舊換新。此外，還有幾顆甜甜的糖果，幾塊好吃的餅乾！那禮物，好似天上掉下來的禮物！如今憶及陳年往事，滿腹辛酸和甜蜜，感謝「阿言哥」的用心，給予我們溫馨的童年回憶！

小學校舍原已歷史悠久，嚴重毀壞，但因苦於申請不到重建經費，只好繼續苦撐，又撐過了若干年！一九七八年，校舍的天花板被東北季候風帶來的暴風雨破壞，更是雪上加霜！那年，阿言哥打聽到教育部長丹斯里慕沙希旦要到鄰鎮，為一所馬來小學主持新校舍開幕典禮。阿言哥最初聽聞此消息，原本氣憤填膺，深覺不公平！但機智多謀的他，馬上察覺到機不可失。他當機立斷，決定單槍匹馬到加地向部長「攔路陳情」，要求政府撥款重建利民華小校舍！

當天，他孤身一人「埋伏」在那所新建的馬來小學大門外，教育部長一下車，他立即衝上前陳情，說明我們面臨的困境。部長為其堅毅精神所感動，活動結束後，特地驅車前來視察。不久後，就傳來好消息，校舍重建經費已順利獲得撥款！

重建經費猶如天降甘霖，全村歡天喜地！於是，小學木造舊校舍分階段動工拆除。校舍改建時，有些班級得暫時棲身在舊教師宿舍改成的臨時教室裡。那是個老舊、悶熱的破房子，屋頂是薄薄的鋅鐵皮，上午十點以後，我們就已汗流浹背，躁動不安如熱鍋上的螞蟻，上課內容都聽不進去，只專心等著下課鐘聲響。幸好小學都是十二點鐘就下課了！

雨季時，雨點瘋狂地敲打著鐵皮屋頂，耳中盈滿強大的雨水敲擊聲，老師上課的內容完全被嘩啦雨聲掩蓋！雨再大些，屋頂上的破洞開始傾瀉雨水，孩子們左閃右躲，課本和身體雖然都被雨水濺濕，卻是歡樂極了！

校舍改建的日子，是小學時期最難熬的一段時光，然而三層樓新校舍落成的當兒，我們小學畢業的日子也接近了！

顏校長

關於顏校長，頭頂微禿、國字臉、身材頎長，不苟言笑，總是兩眉緊蹙，手裡緊握著一根很粗的黃藤教鞭，這就是我對小學校長的印象了！傳說他打人非常痛，他手中的那根教鞭也比其他老師手上的還粗。但是，校長是不輕易打人的，除非那孩子真的太壞了！例如侮蔑師長，非常頑皮搗蛋，或者欺負同學，實在太過份了，這時顏校長才會親自執行大刑。聽說被他打過的孩子沒有一個不從此變乖的，所以孩子們都好敬畏他，在他面前大氣都不敢喘一下。

校長全家就住在教師宿舍裡，校長夫人是我的導師，三個孩子也唸同校。校長幾乎以校為家，每天不管多早到學校，都可以看見校長站在校門口迎接同學們。當學生大聲向校長問好時，他總是笑吟吟地回應，再伸手摸摸學生的頭。

校舍改建時，教師宿舍被改為臨時教室，我的班級遷移至宿舍上課。我還是維持六點多，天未亮就到教室的習慣。某次，經過校長的宿舍，看見校長的兩個女兒穿著橫條紋的睡衣，正站在盥洗台前刷牙洗臉。校長衣著整齊，頭髮梳得油光水亮，一看見來上學的我，頓時怒髮衝冠，立即破口大罵他女兒：「妳看人家都揹著書包來上學了，妳們兩個動作有夠慢！下次再貪睡看看！」

有一年，校長突發奇想，把學校北邊的畸零地闢為菜園。校長和各班老師帶領著我們日日在艷陽下曝曬，汗流浹背，徒手挖掘石頭，分班分組整地。終於，一畦畦的地上爬滿了翠綠的菜苗。每個孩子都被排定輪值表，輪到你要拔草或鋤地的那天，下午放學後，回家吃完午飯，你就得乖乖地荷著家裡的鋤頭，回到學校，在烈日下勞動。負責澆水的往往分成早晚班，每組兩人一起提著空水桶，走到校園外一百公尺遠的的小溪邊汲水。

那條小溪從原始森林迤邐而來，小蛇般蜿蜒。蟬聲盈耳，幾叢布袋蓮紫花盛開。踩上橡膠樹幹做成的木階汲水，溪水清澈見底、沁涼入心脾。記憶中那條小溪好美、好美！但孩子間盛傳這溪裡有水鬼！謠言甚囂塵上，繪聲繪影！說某某班的誰正在汲水，低頭一看，水中映出一張頭髮長長、吐出長舌、屍白女鬼的臉！所以每次輪到我和夥伴提水時，我們都競相奔跑著離開。提著水桶，一口氣快跑，氣喘吁吁跑回校園，一顆心乒砰亂跳，桶裡的水只剩一半了！然而無論對汲水這苦差事多麼懼怕，我卻從未溜班！我們如此認真地幫番薯田和菜苗鋤草和施肥，甚至下課後留下來拔草。男孩們上課時都很辛苦地忍住一泡尿，下課鐘聲一響就往番薯田裡衝！

收成時，那塊極度貧瘠的黃土地，卻種出了非常碩大的番薯和肥美的青菜。收成的那天，校長親自公平地分配成果，每個孩子都領到幾條番薯和幾把青菜，有莧菜、空心菜、小白菜。那當兒，小小的身軀扛著沉甸甸的番薯和幾把青菜回到家，心情很是興奮，當天執意要母親先煮我種的菜，又驕傲又有滿滿的成就感！

是的，那是我人生中最重要的一課！感謝顏校長親自帶領的勞動教育課程，它教導了我：「天下沒有白吃的午餐。想要怎麼收穫，便要想該怎麼栽。」「辛勤耕耘，才能歡欣收割。」「一分耕耘，一分收穫。」這些都是我終生信仰、奉行不悖的道理。

小學六年，我的成績都是頂尖的。我是學校糾察隊的總隊長，每天要戴個紅領帶上學，五年級起就被賦予任務去登記遲到或違規的孩子，很是威風凜凜。語文是我的強項，常常代表學校去參加校外的各種競賽。每次去比賽，幾乎都由顏校長開車帶隊。比賽前，他總說：「我們是鄉下小學校，要跟人家大學校競爭，一定很吃力！但是不管多吃力，我們還是要努力，還是要盡力！」某次全縣語文競賽我得了第四名，成績公佈後，他在會場上開心得合不攏嘴，高興得一張臉漲得通紅，直說：「不錯，不錯！我就說嘛，努力、盡力就對了！」就是這些話語，成了我終生行事的準則。

敬愛的顏校長，五十五歲那年，某個大清早，在小學門口迎接上學的小朋友時，被一輛失控的機車撞倒驟逝。靈柩停在小學裡，全村的人們都到靈前哀悼。那年，我在玲瓏仰華小學擔任臨教，從家人口中聽到噩耗，懷著悲慟的心，約了兒時玩伴們一起去為校長拈香。再次踏入小學校園，校舍東邊那棵大雨樹依然枝繁葉茂、綠意盎然，看似直徑已有三四圍。當年還是小毛頭的我們，窮極無聊，喜歡蹲在雨樹下用草稈「釣」黃泥洞裡的黑螞蟻來玩。顏校長總是緊跟在後，先好言相勸，勸我們別玩這種遊戲，他擔心我們被大螞蟻螫傷！勸不聽，便揮動手中的黃藤教鞭，作勢要打人，把我們嚇得落荒而逃。而今景物依舊，人事卻已全非！

顏校長的離去，成為全村人永遠的痛！師母為此傷心難過，決定退休，離開這個傷心地。因當時其子女已負笈國外留學，黃老師選擇與她的親妹妹為伴，在金馬崙高原度過她的下半生。兩年後，我辦好出國留學手續，對於孤獨一人的黃老師無限牽掛，決定邀集利民青年會的一干好友，一起去看看老師。我們從瓜拉江沙坐長程火車到遙遠的彭亨州，再搭巴士上金馬崙高原。迤邐長路，再加上當時九彎十八拐的糟糕路況，我們這群青年雖有鐵打的身體，經過長達十二個小時的車程，也一個又一個地暈車、頭痛、嘔吐。抵達冷力（Ringlet）時已經是晚間七點，在車站前面，朝思暮想的黃老師，靜靜站在轉彎處等待我們。依舊是矮矮的、圓圓胖胖的身材，滿臉慈藹的笑容，高原的低溫天氣，使老師的臉色像嬰兒一般白皙粉嫩！我們一行六人，擁抱著老師又叫又跳，很是歡喜！當晚，我們就住在老師的公寓，閒話家常，談天說地，聽老師分享她的人生經驗，促膝談心直到夜深。

來台多年後，我已嫁為台灣媳婦。帶著夫婿，再到金馬崙高原，探訪我那定居此處的大姐。下車後，信步到車站對面的商店買東西，卻竟然與黃老師不期而遇！黃老師那時已經八十多歲，氣色依舊很好，並且瞬間叫出我的名字！於是老師馬上拉著我進入店裡，打開那久違的話匣子。當時，老師說起話來猶中氣十足，卻令人意外不到的，那是我和小學導師的最後一次重逢！

又過了若干年後，黃老師的小女兒透過臉書告訴我：「學姐，妳這個名字，是我媽媽患上老人癡呆症後經常叫喚的名字！當時，我們都不知道她在呼喚誰，想不到，在這個世界上，真的有這個人！真的有妳這個班長！」

唉！故人已杳，留給我們的僅有無盡的思念。深信黃老師在天上和顏校長團聚時，如數家珍般地談起美好記憶，一定都是在利民華小度過的時光！感謝顏校長和夫人將一生的青春歲月奉獻給利民華小。因為有他們，大批文盲的孩子不再順理成章的成為膠工！我們知道，只要默默耕耘，肯努力，我們能夠走其他更長、更遠、更曲折的道路！也因為有他們，我們這些窮鄉僻壤的孩子，才得以改寫自己的人生劇本。感謝您，黃老師、顏校長！

傳說中的天猛公中學

野村居民住的是排屋，家家戶戶幾乎都有同齡的孩子，年齡層相近。父母忙於生計，孩子小學時期都是一起走路上學，放學又膩在一起玩鬧，因此感情親密如手足。上中學，基本上卻有唸江沙崇華獨中、江沙崇華國民型中學或加地天猛公馬來中學三種選擇。因而，學生的分流，從小學畢業就開始了！

崇華獨中完全由瓜拉江沙華社出資設立，上課全程以華語教學，課程內容自成一個系統，初高中畢業生升學管道多為台灣或國外大學。因學費高昂，唸華文獨中的孩子，家中經濟能力大部份較佳。至於崇華國民型中學，雖全校師生九成以上為華人，因接受政府補助，除華文課之外，其他課程全以馬來文授課，教學內容依循大馬中小學課綱。學生中學畢業後報考「大馬教育文憑」（簡稱SPM），循此途徑，成績優異者可至國立大學就讀。崇華國民型中學辦學績效極佳，許多重視子女教育的家長，為了能讓孩子順利至該校就讀，通常在孩子小六時就得先大費周章辦理轉學手續。然而，選擇讀華校，勢必得每天通車去瓜拉江沙市區或者住學校宿舍，需要負擔額外學費、校車費或住宿費！

不讀華校？退而求其次，選擇那所屹立在野村旁邊，孩子騎腳踏車二十分鐘就可以到達的馬來中學？這時，家長可能會評估孩子的學習狀況，不愛讀書，小學成績就很不理想，家中有眾多兄弟姐妹，不想額外增加教育經費支出的，很可能就會落腳馬來中學。讀崇華獨中？讀崇華國民型中學？讀天猛公馬來中學？這確實是大多數父母為之困擾的問題！父母的一個決定，小學時親密如手足的孩子們就只能被迫分道揚鑣了！

這所位於加地小鎮、南北大道旁的天猛公中學，野村的華人小孩和來自甘榜的馬來小孩在此「真正」地相遇了！以前，隔著一道綿延幾公里、帶倒鉤的鐵絲網圍籬，華人和馬來人分居兩地如同楚河漢界。現在，終於在同一所學校相聚了！朝夕相處，一齊學習，不同文化的衝突勢所難免！

於是，兩方的英雄人物在23碑馬來墳場堵人、叫囂、打群架、鬥毆事件時有所聞！

英雄不打不相識，慢慢地，相處久了，互相了解，互相包容，摩擦也愈來愈少了！華人小孩迅速學到一口流利的馬來話。學習力強、運氣好的，還能學到極盡捲舌之能事的印度話，學印度人邊說話、邊甩頭。在馬來中學裡，華、巫、印三大民族的學生每天生活在一起，三方人馬接觸頻繁，當然必須溝通、交叉對話。為了公平起見，孩子最後紛紛捲起三寸不爛之舌，也開口說起第一官方語言——英語了！各民族開始懂得如何與其他民族和平相處，懂得尊重多元，成功學習到母語之外的多種語言，這可說是讀馬來中學最棒之處了！

至於這所學校的教學品質呢？這所馬來中學長期以「無為而治」著稱，確實甚是受人詬病。父母重視教育，我們家的孩子，從大哥開始，二姐、三哥、三姐就都是到江沙崇華國民型中學就讀中學。因孩子眾多，經濟拮据，需要儉省花費，加上當時村內不少小孩就讀馬來學校，雖父親極力反對，母親還是決定讓四哥也去試試！沒想到，在天猛公中學讀了一個學期後，四哥便說，許多馬來老師在齋戒月時都說自己沒吃飯、沒體力、沒精神，紛紛以此為藉口，上課都叫學生自習。有一名老師還離譜到整個齋戒月完全不上課！父親一聽，勃然大怒，意識到這所學校教學品質確實過於低落，不利於孩子學習，於是毅然決然把四哥轉至江沙崇華國民型中學就讀。

從此以後，馬來中學成為父母心目中的教育黑名單。我們家的小孩，幾乎全都是崇華國民型中學的校友。在這所公認有口皆碑的華文中學，我們深深扎根在中國文化的土壤上，不但學到了知識，也吸收到文化的底蘊；學習到恰當的應對進退技巧，負責任、吃苦耐勞的態度，正直、善良、講信用種種珍貴的價值觀。感謝父母，當年正確的選擇，讓我們這些孩子，從「無根的浮萍」，成為「有根的一代」。

圍村

隨著時代發展，如今村內許多木屋已翻新成現代式洋房，也有一些房屋因人口外移而廢棄，逐漸變得破舊不堪。童年時總是人滿為患的咖啡店和菜市場，近幾年逐漸也變得冷清，幾乎門可羅雀了！曾經圍繞全村邊界外側，上面有尖銳倒鉤的鐵絲網圍籬，也已倒塌傾頹大半，我們的新村和旁邊馬來甘榜（村莊）的界線也模糊了！頭戴宋谷帽、身穿沙龍的馬來人經常到村裡逛夜市，我們的村民也自由自在地進出馬來甘榜！事實上，在早年，這種景象是少有的！

華人和馬來人之間一直存在著一道無形的鴻溝，兩個民族之間確實存在過似有若無的敵意。雖然五一三事件落幕後，馬來人仍會定期入村採買東西，華人商店也很歡迎馬來顧客，但華人對馬來人普遍上內心依然存有顧忌。野村長輩經常會告誡小孩，千萬別自行進入馬來甘榜，除非是因工作需要；華人不得已必須進入馬來甘榜工作時，為安全顧慮，也都要結伴！

在一九七〇年代，野村和臨近的馬來甘榜也曾發生過一次頗為嚴重的衝突事件。事情的起因，是幾個騎腳踏車來野村雜貨店買東西的馬來少年，他們購物時把腳踏車繫在店外的五腳基下，要回家時卻發現腳踏車全都被推倒了！其中一個馬來少年的腳踏車還是全新的！剛好那時店外五腳基下有幾個打完籃球的華人少年走過，被馬來少年厲聲質問，立即不客氣反擊。於是雙方激烈鬥毆，馬來少年負傷離去，撂下狠話說：「三天內一定會找人來圍村，甚至血洗 Liman Kati！」衝突事件爆發後，一時風聲鶴唳，擔心馬來人報仇雪恨，野村立即進入緊急備戰狀態。村長要求各家各戶的老弱婦孺得全數撤離，有親戚在外地者，紛紛離村去投靠親友！

那時適逢學校假期，母親忐忑不安，原本不願離開，但又將信將疑，猶如驚弓之鳥。半天之內，鄰居紛紛攜家帶眷火速離開了！大家都說「不怕一萬，只怕萬一」，留得青山在，不怕沒柴燒，還是忍一時之氣，保住一條命要緊。老弱婦孺離開了，留守的男人們才不會有後顧之憂。下午，在村長挨家挨戶勸離之後，最後只剩下零星幾戶人家的女人和孩童留下。母親在鄰居的勸說下，帶著還在讀幼稚園的我和小學的四姐，到當時已經出嫁、住在怡保的二姐家避難！

七天後，聽聞風頭已過，村裡一切安全，我們才從二姐家回來。回來後，上學時經過一間位於學校旁，村子最外圍、邊界地區的空屋，赫見那間老舊木屋已被燒成一片斷垣殘壁！人們說，那天晚上，馬來人真的來圍村了！穿沙龍，高舉火把的馬來壯丁，大約一百多人，四面八方包抄，團團把村子包圍起來，不斷敲擊皮鼓，大聲辱罵、叫囂，要求交出毆打馬來少年的始作俑者！沸騰的情緒，加上華人和馬來人之間的新仇舊恨，長久以來，兩個民族因為語言不通造成的隔閡、仇視與怨恨，瞬間成為引燃戰火的導火線！

眼看局勢危急，留守的壯丁唯有分組在鐵絲網內沿村邊不斷巡邏，每個男人都把家裡的巴冷刀磨鋒利，揹在腰間，設法保護自己的家園和財物。村內唯一的馬來警察臉色凝重，因為村裡唯一能對外聯絡的電話線和電力系統已經被圍村的馬來人切斷了！村人驚嚇得六神無主，長老們聚集在路燈熄滅、漆黑一片的籃球場，男人們輪流休息、輪番巡邏，徹夜不敢睡。

華巫兩方人馬對峙到第六天晚上，凌晨兩點多時，一個憤怒的馬來青年往小學後頭，村子最外圍一間空屋的亞答屋頂丟擲了一顆汽油彈，大火立即嗶啵嗶啵沿著屋頂燒開，門板、窗戶都著火了！村裡的男人氣憤填膺，卻在村長「禁止輕舉妄動」的指示下，被迫集體站在制高點——小學的山坡上，眼睜睜看著那間空屋陷入火海！

華巫兩族戰爭一觸即發。在最後關頭，第七天清晨，村長阿言哥趁著大門封鎖線外的馬來青年睡著時，不顧生命危險走出村外，攔截到一輛路過的汽車，央求華裔司機迅速送村長北上玲瓏，找國會議員阿都阿茲求助！議員趕緊與瓜拉江沙的華社領袖丹斯里駱謀生聯絡，兩人立即從中斡旋和溝通，丹斯里阿都阿茲還買來一隻牛當場屠宰，華巫雙方終於握手言和，衝突事件才得以在千鈞一髮的一刻圓滿落幕！

血案

專門收購馬來雞的狗叔，又瘦又黑，總是穿一件滿是破洞的白色汗衫，草綠色長褲，繫一條坑坑巴巴的牛皮腰帶，腰帶上掛一大串叮噹作響的鑰匙，騎一輛搖搖晃晃、常常熄火的老爺摩托車。這輛需用腳踩十幾二十次啟動器，又等它噗噗噗放屁聲幾十響後才能發動的老爺摩托車，左邊龍頭上豎立一面小小的三角旗，淺藍底色的旗子，其上用水彩顏料手繪一隻五彩斑斕、展翅飛翔，尾翎飄飄，高貴得像鳳凰一樣的「馬來雞」！那是狗叔的女兒幫他畫的「招牌」。

摩托車後座從不載人，只載一個四方型、特大的鐵製雞籠子。籠子裡大多數時候密密麻麻、擁擠不堪，滿載燕瘦環肥、姿色各異的馬來雞。有身姿雄偉，雞冠如火焰怒燒，頸部羽毛艷紅、側頭覷人、眼睛精光四射，漂亮、精神飽滿、傲視群雄，老用尖銳腿爪攻擊踩踏「他雞」，雄赳赳、氣昂昂的公雞；有毛色醜陋、灰褐黯淡、雞冠小而下垂，神色蔫蔫、體態癡肥、樣貌猥瑣、行動遲緩、畏縮癡呆的老母雞。有隻小雞體格瘦小，一副無精打采狀，白白的眼蓋垂下，病懨懨趴俯籠邊。有一隻母雞鼓翼撲騰，拉開喉嚨，哥答哥答不停引頸高鳴。還有兩隻公雞互看不順眼，挺胸抬頭、趾高氣昂，頸毛鼓竦，尾翎橫張，尖喙互啄，眼看兩雞戰爭一觸即發！

狗叔是鄰居的遠親，狗叔經常會將摩托車停在她家柚子樹下休息。大多是炎熱的下午，已經曬得滿臉通紅的狗叔會坐在小板凳上，慢慢喝一杯茶。左鄰右舍的小毛頭紛紛圍上來，大家爭先恐後，要幫狗叔按「叭噗」揚聲器。響亮的「叭噗」「叭噗」聲響起，要賣雞給狗叔的女人，便紛紛把自家養的公雞、母雞、病雞、瞎眼雞都帶來了。然後，就是一陣推推搡搡，吵得臉紅脖子粗。剛開始，狗叔總堅持不收購病雞、瘸腳雞或瞎眼雞，但女人低聲下氣哀求，表示價錢便宜一點沒關係啦，又說家中有人生病，需錢救急，等著賣雞救命云云，最後狗叔聽明原委也紅了眼眶，支支吾吾說：「好啦好啦，這次我收了！下次這款雞，妳還是留著自己吃吧！」

還有些女人，賣完雞，歡天喜地把鈔票數了又數，還不肯走，拜託狗叔下次來，順便幫她帶幾隻小雞，她還要再養第二回合。於是，女人們和狗叔又討論養閹雞好呢還是養馬來雞好。狗叔是好好先生，總是瞇著小小的眼睛，嘴角彎彎的，點頭說：「都好！閹雞吃得多也大得快，養兩三個月就滿身肥膘；養馬來雞長肉慢，不過城裡人愛吃，價錢較好！」通常，一群人圍繞著雞的話題，兜著圈子討論又討論，最後還是沒有答案。不過，狗叔總是不負所託，下次來的時候，車頭置物籃裡有個小木箱，小毛頭打開一看，「呀」一聲驚呼：裡面是十幾隻驚慌奔走、挨擠在一塊的可愛小雞！一團團鵝黃色、毛茸茸、尖喙到處亂啄，好可愛！狗叔看著圍上來哇哇亂叫的小孩，笑得眼睛瞇成一條線，提醒我們：「不准摸！不准摸！摸了雞仔會生病的！」「這是阿聰嫂訂購的，想養小雞叫妳媽來下訂！」

據說，狗叔從很年輕的時候就開始了這門收購馬來雞的營生。早期，他騎一輛會發出依依壓壓怪聲、移動時吵雜得似乎快要解體的腳踏車。狗叔說，他最早的一輛生財工具購自戰敗的日本佬，那時，還是硬邦邦實心的輪胎，騎乘時顛簸得非常厲害，騎一天下來，不但人的屁股痛得半死，滿籠的雞也被顛簸得暈頭轉向、昏昏欲睡，乖得不得了！那輛很少上油保養的日製腳踏車，一路發出機機拐拐的怪聲，活像一頭不馴服的野獸。他還是照樣騎著這頭「不馴服的坐騎」上山下海，從上霹靂出發，由北往南，每個馬來甘榜都進去兜一圈，向馬來婆收購養在浮腳樓下層的成年馬來雞，用草繩把雞的雙腳和翅膀綁起來，倒吊起來用長秤稱重，論斤計兩，現金交易。

最初狗叔對於出入馬來甘榜做生意還是心存顧忌，只在加地區靠近路旁的幾個甘榜穿梭。由於總是笑臉迎人，和藹可親，後來生意愈做愈大，範圍一直擴充，膽子和野心就變大了！幾乎都是天剛亮就出發，繞行極大一圈，從加地出發，繞道野村，再到郎郭（Langkor）、寧羅（Enggor）附近幾個甘榜「搜刮」不定時供應的馬來雞，最後到瓜拉江沙大巴剎「出貨」。

每隔幾天，狗叔的摩托車就會停在回教堂前面，狗叔用力按響「叭噗」，馬來婆聽到「叭噗叭噗」的聲音，紛紛拎著自家要出售的水果，或者公雞母雞出來。母雞頭下腳上被主人倒提在手上，嚇得半死，不斷撲楞著翅膀。狗叔鐵鉗般的雙手扼住母雞雙翅，往一雙雞爪上綁草繩。這時，母雞死命掙扎，「噗」一聲，屙出一坨綠中帶白、屎尿交加的大便！熱騰騰的雞糞準確命中狗叔穿拖鞋的左腳，熱熱的溫度炙燒著狗叔的腳板。狗叔禁不住低聲罵了句「丟娜媽」，馬來婆忙不迭地向狗叔賠罪。狗叔不以為意，依舊笑瞇瞇的，擺擺手搖搖頭，跟馬來婆說沒關係。

狗叔是個一等一的語言天才。他目不識丁，卻無師自通，會說許多種語言。在甘榜收購馬來雞和熱帶水果時，狗叔操嫻熟的馬來話，熟得會用俚語罵人，還可以和馬來婆眉來眼去、打情罵俏！在瓜拉江沙菜市場擺地攤、做零售生意時，狗叔面對城裡多數的華人顧客，能說一口流利的華語、措詞文雅的福建話。有時遇到從小接受洋文教育，只會說英語的華人或印度人，他也能勉為其難，湊合著說幾句怪腔怪調、吞吞吐吐，活像便秘般、大便大不出來似的英語。回到家，狗叔一進門就丟出口頭禪「丟娜媽」，痛痛快快地問候每個人。然後，哇啦哇啦，粗魯樸拙、暢快地大說廣西家鄉話！

狗叔與人為善、長袖善舞，使他的生意蒸蒸日上。收購來的活雞，有時自己零售、有時供貨給餐廳，狗叔的活雞以新鮮健康、草地放養、肉質結實而建立好口碑，滿籠的活雞一到城裡，每天都是迅速銷售一空！有時，狗叔沒擺攤，有的顧客還會癡癡地等，在巴剎外轉角那棵印度紫檀樹下，狗叔習慣擺攤的地點，他的熟客們會不斷徘徊等待狗叔出現。

賣完雞，狗叔用食指沾口水，把一張張鈔票數了又數，最後才滿足地把錢收入那個黑褐色、沾滿陳年累月的雞大便，髒兮兮、脹鼓鼓的粗布錢袋裡面。下午，狗叔把車騎到大鐘樓旁邊的悅來茶室，嘆一杯印度拉茶或咖啡烏，吃一盤海南雞飯。有時心情好，再請老闆砍一塊燒豬肉，抽根菸，慢慢享受完再打道回府。

生意頭腦極佳的狗叔，後來又在雞籠上倒扣一個空竹籮，沒有雞時，也順便收購本地水果。竹籮裡遂又堆滿了榴槤、山竹、龍貢、紅毛丹。叫賣活雞的時候，也順便叫賣熱帶水果。

狗叔每天都工作得很快樂，一切看似非常順遂。

直到某一天，野村人驚覺到，已經好幾天沒看見狗叔了。狗叔怎麼了？怎都沒看見他來收雞？是不是病了呢？

也是熱死人的下午，鄰居的柚子樹下突然聚集了大批女人，這回被圍繞在中心的不是狗叔和他滿載雞隻的摩托車，而是一個陌生的女孩，還有一名穿制服的中年華人警察。女孩年紀很輕，圓臉、薄唇、細眼，乍看有點像女版的狗叔。女孩腦後綁著一條馬尾，穿整套的運動服，看起來像學生妹，正在掩臉哭泣！原來，女孩是狗叔的女兒。狗叔早年喪妻，只有這個女兒。女兒說狗叔失蹤三天了，三天沒回家，不知去了哪裡。

有女人說三天前，就在這棵柚子樹下，女人收膠回來，狗叔正要騎車離開，跟她說正要去寧羅的甘榜。她便跟狗叔約好，隔天要賣兩隻差不多四斤重的公雞給他，後來隔天等了又等，狗叔都沒出現！

警察馬上拿出紙筆記錄著，又問了些問題，涔涔汗水不斷從他高高的額頭淌下。警察抖動著滿身肥肉，問了許多問題，臉色愈來愈凝重，眾人的臉色也愈來愈難看。汗水把警察的整個臉頰都濡濕了，整件衣服都濕透了，緊緊黏在身上。連腰間插著的那把警棍，也被汗水沾濕，發出一絲晶亮的光芒。

不久，聽說在一口枯井找到狗叔的屍體，也很快就破案了。據說狗叔那天到甘榜時，收了幾隻雞，給賣雞的馬來婆支付現金時，狗叔因身上的零錢不夠，便拿出貼身的粗布錢袋數錢，被幾個好吃懶做的馬來仔瞄見錢袋裡脹鼓鼓的一疊大鈔，那幾個癟三便起了壞心眼，一路尾隨狗叔。狗叔收了那幾隻雞後，原本打算抄捷徑，想從石子路過鐵橋去瓜拉江沙。經過一片杳無人煙的廢礦場時，被那幾個後生仔攔下搶劫，狗叔拚命保護他的貼身錢袋，那幾個癟三為了搶錢便用巴冷刀砍，刀刀見骨，狗叔卻死也不放！後來他們殺紅了眼，索性一不做、二不休，就把人給殺了！他們連人帶車，還有雞籠全都丟入枯井裡。枯井上面還用芒草野藤掩蓋痕跡，籠裡的雞全都被放生。卻沒想到百密一疏，那些被放生的雞，竟然留在廢礦場那帶徘徊不去。後來警察循線追查時，看見那原本人跡罕至的廢礦場突然出現一群「不像野鳥」的馬來雞，疑心頓起，遂調來大批警力，在廢礦場周邊展開地毯式搜索，最後總算發現了狗叔的屍體！

野村裡大批以養雞賣雞為副業的師奶，聽說了狗叔的事之後，委實又傷感又心疼，不勝唏噓！狗叔早出晚歸、孜孜矻矻，賺口飯吃而已。一個不小心，錢露了白，就遭飛來橫禍。唉，討生活是多麼艱難啊！

擔屎生不擔屎

英殖民時期，政府在野村的東南西北方各建設了廁間架高、下置糞桶的四座公共廁所，一排共五隔間，其中一座公廁就位在我家左後方。初期，是亞答葉屋頂，木板牆；下大雨時，屋頂會漏水，牆壁會滲水。外面下大雨，廁所內下小雨。雨天上大號的人，蹲在廁所裡面得邊撐傘邊大便。一九六〇年代，公廁改建為鋅鐵屋頂、水泥牆壁，依然是高台型、正中央挖空，兩邊有凸起的腳踏板，糞桶置於下方，向外的一面是上掀式鐵門。廁所可能是依照英國人的體型設計的，「尺寸」超大！中央的廁洞極大極寬，兩腳之間的間距極大。大便時，蹲在糞坑上，可以看見底下糞桶內千萬條白色蛆蟲蛹動，無數前人遺留的「黃金」形狀、顏色各異，帶著不斷蒸騰的臭味飄來飄去、載浮載沉。改建後的公廁不再漏雨，但因鐵皮屋頂、密閉式的構造，空氣無法流通，更是臭氣熏天，也異常悶熱！

白天如廁，像蹲在燜燒鍋裡，被陣陣濃郁屎味熏烤，汗流浹背，呼吸困難！熏人欲嘔的臭氣中，除了大便味，還羼有草菸味、蠟燭味、報紙油墨味等種種惡臭怪味。為了隱私，公廁只有樑邊砌了幾個象徵性的排氣窗花，沒有照明設備，晚上或清早如廁的人都手持一根白蠟燭。緊急狀態時期，有夜間宵禁，村人晚間只能留在家裡，要上廁所除了得點燃蠟燭，還得手舉一面白旗。上廁所前得大力揮動白旗，即使大便都快拉出來了，還是得讓巡邏的士兵確認身份，才能上廁所！

為了掩蓋臭味，許多大人喜歡一邊大便一邊抽草菸，少數幾個識字的則會看報紙，所以公廁裡到處堆積著菸屁股和舊報紙。大部份如廁的人無法正確命中糞桶，有時大便會落在廁洞的邊緣甚至踏板上，因而廁洞及糞桶邊緣累積了厚厚的糞垢，還有桶內桶外無數活生生的，白色一條條、柔軟蠕動著的蛆或蛔蟲，牠們總是不斷奮力沿著牆壁往上爬。有時候，幾條毅力特別驚人的蛆蟲會沿著糞坑踏腳石往上爬，神不知、鬼不覺地，柔軟肥胖的蛆已經爬上你的腳踝！

由於公廁的廁洞尺寸只勉強適合大人，小孩使用起來委實過大，小孩使用是相當危險的。據說隔鄰的印度小孩正在如廁時，不小心滑了一跤，人就摔到底下的糞桶裡去了！隔壁間正在如廁的大人聽到小孩呼救聲，顧不得三七二十一，連屁股都來不及擦乾淨，連忙伸手入「黃金」滿溢的糞桶裡救出這個快快被滅頂、渾身屎尿、又黑又臭的「吉靈仔」！所以每戶人家都告誡小孩不准單獨上廁所，一定要兩兩一組一起上，免得摔下去了沒人解救，這樣可能會在糞桶裡溺斃！

吉靈仔差點兒溺死糞桶事件之後，大家議論紛紛，導致村中許多小孩都有「公廁恐懼症」，年紀較小的，乾脆就不上公廁了。孩子們兩腳一跨，蹲在公廁旁的排水溝，就地解決！下午時分，一群孩子整排蹲在水溝邊「嗯嗯」，一面鬥嘴一面比賽誰的「產品」大條，真是令人難忘的奇觀呀！

當年，鄉村的衛生條件不好，孩子肚裡幾乎都有蛔蟲，自英殖民時期，就有向兒童定期投藥的措施。每當在學校被投藥後幾天，大水溝邊可熱鬧了！孩子大便時紛紛大出長長的蟲類，有些蟲類實在太長太大條，活像一條小蛇！那苦主無法順利大出來，蟲黏在肛門邊蠢蠢欲動，要掉不掉的！其他孩子看了紛紛嚷道：「你完蛋了！你大出了一條蛇！」那孩子必定死命哭喊，把旁邊的孩子全都嚇跑！這時接獲通知的大人急忙跑來，用自家廚房裡燒飯用的長火鉗，在孩子殺豬似的哭號聲中，大人齜牙咧嘴，咬著牙才把那肛門邊搖晃個不停，活像小蛇一般長的蛔蟲夾出來！

自有公廁始，政府便發佈公告，遴聘專人每天清晨負責公廁的挑糞工作，每星期也要清洗一次廁所。由於工作內容辛苦，這人雖是政府公務員身份，招聘多時，卻無人願意擔任！後來，村中終於有一人毛遂自薦，這人便是擔屎生！記憶中這個綽號「擔屎生」的人，膚色黝黑、身材矮小，是個智商稍低的人。大約是自卑感作祟，擔屎生連同他的妻子兒女，人前人後，一向都囁嚅少言。

擔屎生到公廁挑糞的時間多在清晨五六點。如果不巧有人也大清早如廁，上面那人的屁股還在奮力擠壓大便，糞便往下掉時，剛好看見一隻穿著黑色皮手套的手一把將糞桶往外拉！這時上下兩人都同時驚呼一聲：「哎呀！怎麼那麼巧！」這時，往往上面的人會大聲咒罵：「丟娜媽，死擔屎生！早不來晚不來，是不是忙著抱老婆，又上工晚了？」平時，村中頑童們遇到擔屎生，會成群結隊在他後面追逐，一面惡毒地唱著歌：「擔屎生，屎生，食屎無駛鐳！」[1]「擔屎生，擔屎生，擔屎偷食不抹嘴！」無論別人如何嘲笑和奚落他，他總是默不作聲，一陣劈哩啪啦倒空糞桶，大力扣扣扣敲了幾下，然後「哐當哐當」掀起薄薄的鐵門，動作利落地又把糞桶送了進去。

擔屎生定期清洗廁所時，老婆小孩都一起幫忙，一扁擔一扁擔地去拿督公廟旁的蓄水池挑水，一桶水一桶水地往廁間潑灑刷洗，勤勞又賣力！他的小孩，膚色黝黑、短小精悍，比我大一屆。某次，在學校裡，我看見一群調皮搗蛋的男孩，追逐著他大聲喚他「擔屎仔」，他頭低低的，臉上不見慍色，但堅決不回應！當時我年幼，不知如此喚人是有貶意的。回家後，就問母親：「點解人家叫某某『擔屎仔』，佢都不答嘅？」[2]母親說：「老豆『擔屎』，仔就『擔屎』咩？佢老豆『擔屎』，無定佢大個仔係醫生！」[3]英雄不怕出

1 意即：「吃大便免錢」。
2 意即：「為何人家叫他『挑糞兒』，他都不回答？」
3 意即：「父親挑糞，難道兒子就一定也挑糞嗎？他父親挑糞，他兒子搞不好長大後是醫生呢！」

身低！母親要我絕對不能看不起阿生的兒子，也告訴我，窮人家的小孩，不需要為父母的卑賤職業自卑，只要自己肯努力，人人都有成功的機會！

清晨時分或晚飯過後，是公廁人滿為患的時刻。從我家後院往外張望，經常可以看見長長排隊上廁所的人龍。三姑六婆們，等待上廁所的空檔，一面東家長、西家短，交換各家秘密情報。男人們，則一面「丟娜媽」、「丟娜媽」地互罵著廣西口頭禪，一面交換草菸，一星點菸火在夜色中明明滅滅，縷縷白色煙霧繚繞不去。

四哥、五哥小時候非常調皮，有一次晚間，兩個男孩因對火柴很好奇，便偷拿了一盒火柴，躲在房間裡，手握一根火柴棒，在火柴盒上劃了一下！剎那間，火焰躍上蚊帳延燒開來，熊熊烈火立即引燃了棉被和枕頭！兄弟倆立即落荒而逃，驚嚇得叫喊不出聲音來！幸好正在等廁所的男人們同時看見了濃煙和火焰，馬上飛奔至火災現場。眾人燒芭撲火的經驗豐富，迅速脫下身上衣褲，使用後院橡膠加工寮的儲水，撲滅了這場大火！

一九八〇年代，政府給予補助，全村各家各戶都在自家蓋起了全新的抽水馬桶廁所，公廁也就走入了歷史。擔屎生從此不擔屎了，他被收編為國家最基層衛生局公務員。擔屎生的新工作是隨垃圾車收垃圾，每天早上七點，他站在垃圾車車斗突起的踏板上，接過大家一桶桶的垃圾。雖然各種垃圾依然臭味撲鼻，但他的嘴角卻每天微微地揚起。向村人堅持拒收家具，或其他大件垃圾時，雖然口吃情況仍嚴重，隱隱然眉目間卻有了一丁點兒傲氣！母親說，大家不能再喚他擔屎生了！他已向大家鄭重更正，他的名字叫「阿生」，早已不擔屎。

我來台若干年，再回鄉，已不見高高站在垃圾車後車斗上的阿生伯，聽說他退休了。又過了這麼多年，不知阿生伯如今是否還在人間呢？

蓄水池

英殖民政府在野村中央低窪地建設了大型蓄水池，儲蓄了導引自山泉和地下井的水源，供應全村食用、洗澡、洗衣服等民生用水。家裡沒鑿井的村民都自行用扁擔及木桶挑水回家。傍晚時池邊熱鬧透了！婦女們都到池邊石砌廣場的溝渠裡洗衣服，一面東家長、西家短。小孩和男人直接露天洗冷水澡！夕陽餘暉映照下，池邊人聲鼎沸、兒童邊洗澡邊打水仗、不亦樂乎！

某一年的大年初一，我的二姐差點兒出生在蓄水池邊！那天大清早，母親挺著大肚子到蓄水池邊挑水，挑了一扁擔，再挑第二扁擔，準備回家燒熱水殺雞。這時，突然感覺陣痛襲來，羊水破了！家家戶戶的女人都在池邊忙著，洗菜、殺雞、宰鴨。母親痛得倒在池邊，婦女們紛紛前來關心。有人一看即知母親快要生了，連忙去叫村中的助產士，眾人七手八腳把母親抬回家。一進家門，助產士還未到，二姐已經呱呱墮地了！

後來，家家戶戶裝置了自來水，蓄水池逐漸無人使用。因地下水源依舊源源不絕，池壁雖已滲漏，但仍有一米高的儲水。因為危機四伏，家長將此地列為禁地，但有些孩童還是會偷偷溜下去玩水！蓄水池廢棄不用數年後，發生了小孩不幸溺死事件，池邊小徑愈來愈沒人敢走，充滿了神秘莫測的氣氛，最後那條小徑就逐漸被荒煙蔓草湮沒了！

每逢盂蘭盆節，家家戶戶傍晚開始，三三兩兩在十字路口點蠟燭、燒紙錢。入夜後，更多的村民聚集在蓄水池邊，進行神秘的祭拜水鬼儀式。婆婆媽媽們低聲告誡小孩不可靠近：「這是一年一度的孤魂野鬼聚集日，這也是孝敬祂們吃大餐的『陰間大食會』，千萬不可驚擾好兄弟們啊！」好奇的小孩們，只敢探頭探腦遠觀。我也總是躲在自家巷口偷看，暮色中只見池邊焚燒紙錢的煙霧瀰漫，陰風陣陣，鬼影幢幢、鬼火點點，自己也被那詭異的氣氛嚇得半死！白日裡，池邊只餘一些尚未燒盡的冥紙碎屑，燦爛陽光照耀下，黑色餘燼隨風翻飛，背景是姑婆芋和鵝掌藤組成的翠綠林蔭，折射出美麗的層疊光影。

石砌廣場邊，荒廢數年後成為一片茂密的森林，倒塌的石圍牆滿佈綠色爬牆虎，地上瘋長著碩大姑婆芋，印度紫檀變成參天大樹！荒煙蔓草、蚊蟲嗡嗡。原本池邊有一條林蔭小路，從我家後巷出來，穿越池邊，即可連接上坡的馬路，直達小學後門，是我們愛走的上學捷徑。如果上學快遲到時，我們就會奔跑著穿越這個神秘地帶！

某次，我們在學校聽老師說起尼斯湖水怪的故事，放學時，經過蓄水池，有人指著蓄水池中央，煞有其事，胡亂造謠說池中有「尼斯湖水怪」！後來，謠言不脛而走，竟然不斷有小孩繪聲繪影地說，自己曾看到池中有一個很大的怪物！傳聞甚囂塵上，許多小孩都嚇得不敢走那條捷徑了！

幾週後，某天放學，我和隔壁的吉靈妹一起回家，穿越蓄水池旁小徑，走到較高處的拿督公廟時，看見廟旁阿勒勃樹黃花飄落供桌，落英繽紛，煞是好看！於是把書包放下，撿拾花朵來玩。往池邊看去，樹影婆娑，姑婆芋葉田田，突然池中響起極大水花四濺聲，竟看見沿池邊圍牆爬出一長條狀極大物事，不斷匍匐前進，往前蠕動！乃一超大蟒蛇也！

「哇！真係得人驚！咁鬼大條嘅大南蛇！」[1]吉靈妹習慣性地大搖其頭，說著濃厚印度腔的廣西話。我們嚇得一動也不敢動，那條黑白兩色、紋路斑斕的蟒蛇，慢慢朝池邊印度紫檀樹窸窣移動，竟緩緩蜷上樹腰，往樹上爬，最後盤蜷在高高的樹梢上，昂著頭一伸一收地吐著蛇信。我們看傻了，也嚇呆了！發抖的手翻倒了裝滿書包的黃花，落荒而逃。從此，我倆再也不敢再抄捷徑了！

蓄水池少人問津，是因為家家戶戶加裝了自來水。然而加裝自來水後，大家依然是日日洗冷水澡！南洋氣候炎熱，我們不稱「洗澡」，而叫「沖涼」。從外面回家，必定大汗淋漓，洗個透心涼的冷水澡，才能消暑。一天中也許會沖涼三四次！當時，從未聽說過誰家有裝熱水器。在野村，只有生病的小孩或者體弱的老人才洗溫水澡。生病時也並非每次都能洗熱水，還得碰上陰雨天，氣溫偏低時，擔心感冒的人抵抗力弱，著涼會加重病情，才能享受熱水澡的待遇呢！況且，沒有電熱水器，燒熱水是大費周章之事，得用大灶生柴

1　意即：「嚇死人了！那麼大的一條蟒蛇！」

火，再舀水加入水缸裡，是非常麻煩的！非不得已，誰有閒功夫這麼做呢？如果聽說哪個小孩不敢洗冷水澡，孩子們會紛紛取笑他！怕冷不敢洗冷水的人，會被瞧不起的！

加裝自來水後，每逢雨季，經常會無預警停水。蓄水池毀壞後，村中留下幾口歷史悠久的水井，變得彌足珍貴！每當停水時，左鄰右舍便借用對門雜貨店的浴室洗澡，自行用木桶打水，那井水冰冷沁涼，凍入心脾！第一桶水兜頭而下時，禁不住機伶伶打了個冷顫，連續舀了幾次水，又跳又叫的，接連淋下幾瓢冷水後，頓時精神抖擻，暑氣盡消！洗好澡後，幾個小毛頭髮上水滴淅瀝，一起趴在石砌井欄旁賞魚。那井裡飼養了幾條大小不一的生魚[2]，精力充沛地游來擺去，繞著井圈迴旋游動，小孩看得津津有味，是枯燥乏味的鄉野生活中，新奇又有趣的插曲！

2 鱧魚的俗稱。

拿督公

蓄水池旁小山坡上方，路旁有一間小小的拿督公廟，古樸紅磚牆垣，矮矮的鋅鐵屋頂，石砌的貢桌。廟裡供奉一尊小小的烏黑泥塑像，頭戴馬來宋谷帽，身穿巴迪布沙龍，手握彎彎的格里斯短劍[1]，我們都稱祂「拿督公」。「拿督公」就是南洋的土地公，傳說祂是馬來人，也是穆斯林，穆斯林最忌諱豬肉，所以絕不能以豬肉祭拜，否則會激怒祂。激怒祂不但不能受保祐，甚至可能會招來災禍！

1　馬來短劍。

拿督公的神像左側，一個小碟子盛著曬乾的切片檳榔、佬葉，粗短肥胖的兩支褐黃色朱律菸[2]。右邊則有一盞每天由村民輪流點燃，終年不熄的甘文煙。拿督公廟坐北朝南，不知誰人在後方種下一棵瘦瘦的阿勒勃樹。橡膠落葉季節時，它也一樣落盡滿樹翠葉，只餘光禿椏杈。雨季一來，枝椏上吐出許多欣欣向榮的小綠芽，沒多久，數百朵燦爛黃花便競相綻放，隨風搖曳。大風吹起，甘文煙被吹散開來，煙霧瀰漫，背景是青翠欲滴的野草坡，盛開的黃花翻飛起舞，美得似仙境，如夢如幻。馬路旁、屋頂上，甚至小小的供桌上都是色彩艷麗的花朵，落英繽紛，煞是好看。

小時候，我常和玩伴們蹲在廟旁撿拾黃花來扮家家酒，編織長長的花環，替祂戴在脖子上、手上和腳上，祂總笑瞇瞇地看著我們玩耍。

從小到大，每一個傳統節日，母親要祭拜拿督公時，我總是最死忠的跟班。母親用托盤恭恭敬敬地端著一隻水煮肥雞從後巷出來，我提著竹籃，裡面有水果、糖果、糕餅、香

2　馬來土製草菸。

燭、米酒、金紙等各種祭品。到了廟裡，我們先替拿督公整理供桌，然後燒香、點蠟燭、獻酒、獻花、獻果。母親的嘴唇翕動著，不知祝禱祈求些什麼。母親唇邊那顆透明的痣，隨著唸唸有詞也緩緩搖晃著，我看得呆了！

離家以後，某次春節回鄉，陪伴母親去祭拜，發現拿督公還是記憶中的模樣，一絲一毫，全無改變，但甘文煙已經改為一盞紅色油燈，是琉璃做的蓮花燈，細小的火苗，不太有煙霧。那棵阿勒勃樹神清氣爽地屹立在廟後方，已經高大挺拔入雲霄！曾幾何時，它的樹身已近五六圍，枝繁葉茂，無數大番鵲家族「鳥」丁旺盛，吱吱喳喳地在樹上鳴叫，繞樹飛翔，彷彿在訴說著歲月悠悠。

印度店

在我出生前，我家曾擁有過一家雜貨店，後來因經營不善，頂讓給一名印度商人。我們稱印度人為吉靈人，這名雜貨店老闆大家都稱他「吉靈阿星」。他從印度南方來，膚色黑如木炭，額頭中央點一顆稱為蒂卡的朱砂紅點，常穿一襲米色麻衫。年輕時，他把家室留在印度，獨自到南洋打拚，從大馬北方至南方，在各大城市的街邊擺攤賣咖喱香料和布料，存了點錢後，買下我家隔壁的雜貨店，暫時定居下來。

吉靈阿星搬來後，第一件事是卸下大門上方懸掛的兩個巨大漢字招牌，掛上印度神像的玻璃匾額。店鋪內部的陳設基本不變，不過貨架上添加了很多馬來和印度食品、用品。然後他又找來村內幾名印度人，合力在印度店的左方空地，砌了一個水泥底座，四根漆黑的鹽木為樑柱，又用兩片鋅鐵和幾根雜木做了神龕的屋頂，安放一尊五彩斑斕、象鼻人身、蓮花底座盤繞三條蛇的印度神。神龕入口上方用棉繩打橫吊掛一串帶葉的茉莉花，四周圍也種植了多株茉莉花、夜來香、月橘等香花。

每天早上，這名勤勞的印度老闆五點多就起床，開門第一件事就是在神龕裡點燃香味濃郁的甘文煙，給神明供奉鮮花和清水。灑掃前院和溝渠，把樹葉集中起來，拿到後院，和垃圾一起燒掉。然後，慢條斯理地，一片片卸下店門正面的幾十塊木板，還有大門左右兩片巨大的門扉。門板卸下後按照編號豎直放在角落，用麻繩圈綁著。晚上關店時一樣工程浩大，要把全部各色貨架往店內挪移，擺在廊簷的貨品收回，再一片片地把門板「鑲嵌」回木製門框中。最後再把兩扇門扉裝回去正中央，栓上門閂，才算是完成關店工作。通常，開店和關店都得忙上一小時。

開門後，把小朋友最愛的巧克力夾心餅、蘇打餅、威化餅、豆沙餅等各式鐵製大餅乾桶，五顏六色、色彩鮮艷的沙士、可可、椰子糖等各種口味糖果罐，一長列擺放在大門最外側的雙層貨架上。竹掃把、長短刷把、畚斗、垃圾桶、拖把等清潔用具在廊簷角落擺好。用雞毛撣子清除店內大小、高低貨架上的灰塵，整理或重新排列被顧客弄亂的貨物，順便補貨和清點貨品。八九點左右，陽光已經金光燦爛了！連忙在門前五腳基，陽光猛烈之處，擺上一張長桌，曝曬丁香魚乾、鹹魚乾、鹹菜、冬菜、梅乾菜等容易受潮變質的貨品。這時，最要緊得提防野貓和蒼蠅，得拿著蒼蠅拍和報紙，坐在一旁，全程緊盯著正在做日光浴的貨物，一面耐心等待顧客上門。

吉靈阿星非常有生意頭腦，經營雜貨店兩三個月後，顧客盈門，生意興隆，營業額翻倍成長，他也很快就學會流利的廣西話和馬來話！馬來顧客絡繹不絕，經常看見頭戴小白帽的老哈芝、戴黑色宋谷帽的馬來男人，從老遠的馬來村莊騎著腳踏車來買東西。馬來少女也成群結隊前來，頭披粉色薄紗巾、長袍拖地卻能利落地騎乘腳踏車。馬來少年頭髮梳得油光水亮，身上飄來陣陣濃郁的廉價香水味。少男少女們沒事則聚集在店前，眉來眼去、打情罵俏，我們這群無聊的小孩，喜歡模仿他們用馬來話談情說愛時的怪腔怪調。印度老闆和馬來主婦有說有笑，老闆也時常幫她們訂購一些化妝品、髮蠟、香水、布料、針線等鄉下地方較難買到的奢侈品。

很快地，印度店的生意就蒸蒸日上了！小孩們在店門前玩，看見客人上門，印度老闆還在櫃檯後休息，我們就用印度話喊老闆：「嘎哩嘎咧！有人來了！」好幾次馬來少年和村內的華人少年因爭風吃醋而差點兒上演大打出手的劇碼，我們趕快通知印度老闆出來好言相勸，聚集鼓譟的人潮才散去。

吉靈阿星孤家寡人，煮飯洗衣等家務全都自理。每天一大早就給自己煮一大鍋咖喱，幾乎都是蔬菜咖喱，偶爾加點丁香魚或魚肉、雞肉，三餐都配白飯。老闆是虔誠派興都教徒，所以從不吃牛肉和豬肉。老闆人很好，我們家小孩放學回家，偶爾忘記帶鑰匙被鎖在外面，他看見我們可憐兮兮地坐在門檻上等，於心不忍，就會邀請我們去他家吃點咖喱飯充飢。閒極無聊，小孩也愛到雜貨店逛逛蹓蹓，東摸摸西摸摸，卻沒錢買東西，他總是慷慨地請我們吃一顆糖果。皆大歡喜！

後來，為了增加收入，他搬到店鋪前半段的小閣樓住，後半段租給一戶吉靈膠工的三口之家。這戶人家有個女孩，雙眼大如牛眼，鼻子高聳，膚色黝黑如墨，身材如「瘦蚊雞」[1]一隻，但個性非常活潑好動，體力極好。玩跳繩時，一次動輒可以跳個一千多下，

1　廣西話指個子瘦小的人。

臉不紅、氣不喘。上學時，她從來不穿那種披披掛掛的印度傳統服飾去上學，總是燈籠長褲，配上顏色大紅大綠、甚是艷麗的長版上衣，但眉心之間一定點上一顆橘紅色的繽蒂。只有重大節日才能看見她穿那種極美艷的印度紗麗。她母親會幫她在肩腰上纏繞一條極長的透明艷色紗巾，搭配一件極短、極緊身，性感又嫵媚的小短衣，露出可愛的肚臍眼、一截纖細的小蠻腰。節日時，吉靈媽媽和女兒全身穿金戴銀，媽媽鼻子上還會戴上一個黃銅的鼻環。

吉靈妹也在利民華小讀書，每天跟我一同走路上學。同一條街的小朋友們經常玩在一塊，她很快就學會了簡單的華語和廣西話。我也常去她家串門子。她家永遠瀰漫濃郁的印度香味，她和家人的頭髮和全身都有混濁的椰子油味，她們深信椰子油可以驅邪。他母親三餐幾乎都煮豆子和蔬菜咖喱，也常做酸奶。每次去她家玩，吉靈妹都很大方地想請我喝酸奶，不過我一聞酸奶的味道就想吐！

吉靈人家裡沒有桌椅，所謂的客廳就是在廚房前面的一個區域，鋪上一張有漂亮編織花紋的草蓆，擺上幾個靠枕和椅墊。旁邊有個大木箱，裡面收納了薄被和睡覺用的枕頭。吉靈女孩說，白天，他們圍坐在草蓆上吃飯時，會加鋪一片塑膠布。到了晚上，他們一家三口也是睡在這張大蓆子上。寫功課時，她就趴在地上寫。趴得累了，也可以到前頭的店面，坐在櫃檯外面的高腳椅上寫。

那時，印度神龕後有片小菜圃，種了些辣椒、專門煮咖喱用的圓茄、咖喱葉、香茅、番薯葉等。吉靈媽媽上午和先生一起去割膠，下午就在這片菜圃鋤地、拔野草，也養了一籠馬來雞。她是個非常勤勞、賢慧的女人。由於菜圃裡雜草叢生，常有蛇類蟄伏其中。某一次，大熱天，吉靈妹和母親躺在草蓆上午睡，醒來後，捲起草蓆，赫然發現一條手腕粗的大眼鏡蛇躲在草蓆下面！蛇被干擾到，還豎直身體發出「嗤嗤」的噴氣聲！

吉靈爸爸每天割膠回來，午睡起來，總是搬一張小板凳、打赤膊，穿著四角內褲，一臉茫然地坐在後門玄關休息。或者，呼朋引伴，和一大群吉靈酒鬼一起騎腳踏車，去加地喝私釀的椰花酒。傍晚回來，一進門即大呼小叫，整張臉紅黑發紫，醉醺醺、走路搖來擺去，摔鍋罵妻。在我家，經常聽到驚天動地的吵架聲，雖然那些扭來扭去、捲舌捲得彷彿會打結的印度話我們聽不懂半句，但是吉靈媽媽被家暴的事實卻很明顯！「批趴、批趴」的聲響是吉靈媽媽被大力掌摑，「碰、碰、碰」是吉靈佬把吉靈婆的頭捉去撞牆！夾雜著吉靈婆呼天搶地的哭喊、求救聲，然後是從不喝酒的雜貨店老闆忍無可忍，下樓去干涉、調解糾紛的交談聲，各種聲音像上演一齣鬧劇，深夜時分一清二楚！

街坊鄰居都覺得吉靈婆好可憐，卻無能為力。有一次，我忍不住問吉靈妹：「點解妳老豆成日打妳老母？妳都無眼睇嗎？」[2]我的好朋友淡淡地用眼角掃了我一眼，似乎有怪罪我好管閒事的意味，輕描淡寫地說：「我老母講，我地吉靈人，個個男人都識打老婆，打老婆係好正常嘅，沒咩野嘅！」[3]

兩年後，這戶人家不再續租，我的吉靈小友和她爸爸一起搬走了！吉靈婆呢？這個烈性女子，因丈夫嚴重酗酒，屢勸不聽，使她萬念俱灰，於是她選擇在橡膠園裡，就在先生面前，仰頭喝下一大杯作為橡膠凝固劑的強酸！自殺後食道嚴重灼傷，住院三天便死了！

之後，長則數年，短則數月，租住印度店後半段的房客來來去去，仍舊是嫌橡膠園坵

---

2 意即：「為何妳爸老是打妳媽？妳都不管嗎？」

3 意即：「我媽說，我們印度人，每個男人都會打老婆，打老婆是很正常的事，沒什麼大不了的！」

交通不方便而搬到村裡來的吉靈家庭，偶爾也有和我年齡相當的孩子，她們仍然很快地學會了華語和廣西話。我也逐漸習慣了她們身上濃郁的「吉靈味」，喜歡和她們一起躺在她們家的大草蓆上，扭開那台小小的骨董電視機，看談情說愛、唱唱跳跳的印度歌舞劇！耳朵裡盈滿熱熱鬧鬧、迂迴曲折、高分貝的印度歌曲，懶洋洋地躺在地上看電視、聽音樂，很是涼快和痛快！我也終於搞懂了當她們不斷大搖其頭時，代表的其實是非常認同你的看法，她們一直搖頭其實是連連稱「是」！

從小到大都留短髮的我，很羨慕吉靈妹的長髮。看著吉靈媽媽總是很有耐心地幫吉靈妹紮兩條長長的烏黑辮子。她們塗滿椰子油的長髮放下來時總是烏亮潮濕，蛇一般彎彎曲曲，充滿汗酸味，甚至有時糾結成一團。紮好辮子之後，她們就這樣上學、睡覺、起床，好幾天不用梳頭髮，挺方便的！她們甚至很少拆開長辮子洗頭，見慣不怪，我也不以為意。

直到某一天，發生了驚動小學校長和全校老師的大事！隔壁某一任房客的女兒，頭髮上竟然孕育出繁殖力無遠弗屆的「頭蝨」！老師用一把梳齒極密的白色塑膠扁梳在吉靈妹的頭上梳了一把，梳子上立即「萬頭攢動」，千千萬萬隻「頭蝨」蠢蠢欲動。白色的「頭蝨卵」無所遁形，嚇得我們全班驚聲尖叫！

隔天，校長請來一名理髮師，全校的男生都被理了光頭，長髮女生也被迫剪短！然後，每個女生的頭髮都被強制噴上刺鼻的「殺蟲劑」，再用一塊毛巾把頭髮包起來，頭上高高隆起，一個個變成印度阿三！頓時整間教室鬧哄哄、亂糟糟，紛紛指著別人的頭巾議論，妳指著我訕笑，我看著妳大笑，然後就這樣包著頭巾，繼續在教室裡上課，二十分鐘後才獲准去外面的水龍頭洗頭髮！大家把頭髮沖洗乾淨後，密密麻麻的蟲屍和白色蟲卵把排水孔都堵塞住了！洗完頭之後，各班還分批曬太陽，實在是，前所未有，新奇又有趣的經驗！從此以後，全校大流行的「頭蝨傳染病」就被徹底杜絕了！

「頭蝨」大流行事件以後，我們都被告誡：「少和吉靈妹混在一起，她們有頭蝨！」逐漸地，怕自己會被排擠，擔心從此以後再沒有華人朋友，我也和我的吉靈好鄰居漸行漸遠了！後來，吉靈妹顯得有些落寞，經常自己一個人在廊簷下玩跳房子，一個人撿石子，一個人扮家家酒。從此，我的印度話也就只永遠停留在「嘎哩嘎咧」（有人來了）、「望哥」（不是）這少數幾個單詞而已，再無進步的空間了。

一九八〇年代末，這名印度老闆六十多歲時，某一年，回印度家鄉探親，卻不幸遭逢水災，溺死在故鄉。這個好人——吉靈阿星，來不及和我們說再見就離開了！後來，那最後一任房客侵佔了房子，卻又無力經營雜貨店，把店收起來後，自己搖身一變成為二房東，繼續把房子轉租給不知情的，來自外地的印度人。

三十多年過去，至今那印度神龕和老房子還在，但經年累月的風吹雨打，歷史悠久的房子已經顯得破舊不堪、搖搖欲墜；二房東依然用非常低廉的價格轉租給形形色色的過客。看起來，因房子主人遭遇飛來橫禍，無法辦理產權移轉手續，唯有任憑它繼續破敗下去，恐怕永遠沒有翻修或重建的一天！我想，這間印度店終究是無法抵抗大自然威力的。總有一天，它會被大自然摧毀，或自行瓦解，或牆垣屋頂四分五裂，這一定是它無可避免的最後命運吧！

讀書少女

瓊是我二姐的好朋友，也是同班同學，一雙眼睛大大的，雖然臉頰上有很多雀斑，膚色黝黑，但清清秀秀的一張瓜子臉，配上高挑的身材，仍然是個美女無誤。瓊住在我家斜對面，中間隔了個小小的山谷。因瓊的父親早逝，母親靠割膠扶養五個小孩，能力有限，加上當時村中大部份的父母都有重男輕女的觀念，所以瓊的母親非常反對她唸書。瓊以第一名從小學畢業，開開心心拿著畢業證書回家，她的母親卻冷冷地對她說：「妳是長女，以後要嫁出去的，得把讀書的機會讓給弟弟。妳讀完小學，識得一些字就夠了，別再讀初中了！以後每天早上都要幫我割膠和收膠。」

瓊聽了母親的話，什麼話都沒說，只任憑眼淚不斷奔流。她好想繼續讀書，但是她了解自家的經濟狀況，能理解母親的滿腹無奈。她深知，長女的身份，是她永遠撇不掉的十字架。她什麼話都說不出口，只是跪在父親的神主牌位前，一個勁兒地哭！直到深夜，母親終於答應讓她繼續讀初中，但卻是有條件的！如果瓊要趕在七點半前到學校上課，她得每天清晨兩點起床，和母親一起去橡膠園工作，五點幫忙收膠完畢，才可以回家洗澡、換衣服再去讀書。

即使每天睡眠不足，瓊就這樣以堅強的意志力，延續了初中生涯。她堅持一天天熬下去，從未想過放棄！每天下午放學一回到家，瓊立刻和母親去菜園種菜，天黑才回家。她母親為省電，家裡從不點燈，她只能蹲在街燈下做功課，但瓊的成績依然名列前茅。熬過三年初中生涯，瓊初中畢業了！母親在她畢業前就已三番四次提醒她，她是女孩，初中教育程度是母親所能容許的極限了。母親希望瓊初中一畢業，就和野村大部份的孩子一樣，一刻不停留地往大城市去，打工賺錢最重要！母親說，弟弟們都仰賴她這個大姐養家活口呢！

母親把話說死，間接告訴瓊：妳沒指望了！甭想讀高中！再說什麼我也不會答應讓妳讀高中的！

然而瓊卻誓死想要繼續高中學業。她瞞著母親，打破一個從小到大都放在床底下、跟生命一樣寶貝的兔子撲滿，裡面有她存了十多年的壓歲錢。她把自己的壓歲錢，偷偷拿去繳付高中的雜費。母親知道後，用扁擔狠狠揍了她一頓，還罵她賠錢貨。母親說：「我真係折墮，生佐個死女包！我真係衰運，生佐個蝕本貨！」[1] 瓊沒還手，任由母親把自己打得遍體鱗傷。

後來，瓊的母親又跑到學校大吵大鬧了一番，但教務處幹事堅持已經完成註冊就不能退費。瓊的母親極度生氣，回到家後，在後院點一把火燒掉了瓊的高中制服、書包和課本。瓊的母親撂下狠話：「妳大個女囉！有本事囉！做咩野都無駛問老母！燒曬妳嘅衫，睇妳點去讀書！」[2]

1 意即：「我真是可憐，生了個女兒！我真是倒楣，生了個賠錢貨！」

2 意即：「妳長大了！有本領了！做什麼事都無須問母親！燒掉妳的衣服，看妳如何去讀書！」

那晚，瓊整夜哭泣，半夜才睡著。清晨，醒來時，發現母親自行割膠去了，她被母親反鎖在房裡，可見母親鐵了心不願讓她去上學。瓊依然不甘心，她爬上木頭床架，再攀爬上屋樑，自屋樑和屋簷間的狹小空隙逃出屋外。瓊淚流滿面，雙眼紅腫如桃核，手臂和大腿上到處瘀青傷痕，狼狽地跑到我家求助。

和瓊情同姐妹的二姐，含著淚把一套制服借給她，自己只剩一套。從此，高中生涯中，兩個人共用一個書包，一套課本，且都僅有一套制服。師長也同情瓊，也都默許。二姐每天放學後第一件事是洗衣服，用水沖濕後，肥皂揉一揉，清水洗淨，馬上晾在窗下，讓風把唯一的制服吹乾。如果遇到陰雨天，早上只能穿著濕衣服，頂著寒風出門。瓊為了省錢，從不搭巴士，每天騎十多公里的腳踏車去上學。雖然功課壓力增加了，瓊的高中生涯依然和初中時一模一樣，上學前先去割膠，放學後得種菜。但是無需勞動的陰雨天或晚間，瓊永遠手不釋卷！

順利高中畢業後，瓊在小學當起臨教，從正式上班第一個月起，她就把所有的薪水都交給了母親。據說，她的母親臉上從此有了笑容。以往，母親總是對她又打又罵，從不假辭色的。後來，家中情況大逆轉，母親變成每事必問她，彷彿她家已經由瓊當家作主！

小學時，瓊曾經擔任我的老師。還記得，她每一節課的最後五分鐘，會給我們說《白雪公主》、《灰姑娘》等世界名著的故事。說故事時，她表情生動，唱作俱佳。小朋友們都好喜歡她！因為我和她私交甚篤，見到搖身一變成為老師的她時，感覺極度不可思議！兩年後，瓊自修考上師範大學，半工半讀完成學業。後來，瓊成為一位令人尊敬的小學校長！

晚年，瓊的母親因嚴重退化性關節炎，不良於行，飲食起居無法自理。瓊已兒女成群，依然事母至孝。白天，瓊聘用外傭照顧母親；晚上，瓊親侍湯葯，把屎把尿。有人禁不住問瓊：「妳媽以前對妳這麼差，為什麼妳還要對她這麼好？」瓊回答說：「我媽對我很好啊！我媽當年不讓我讀書，是因為家裡太窮。一個女人要養五個小孩，怕沒辦法養活啊！我媽是身不由己的！我怎能怪她？」瓊的母親後來有點老人癡呆，神志不清，嘴裡卻經常叨唸著一句話：「好得有我阿瓊，好彩生佐我阿瓊。若無生阿瓊，我就慘囉！」[3]

---

3 意即：「幸好有我阿瓊，幸好我生了阿瓊。沒有生阿瓊，我可就慘囉！」

瓊的奮鬥過程，包含所有細節的部份，我都一清二楚。我親眼看見上天對這位美麗善良大姐姐的凌遲和考驗，甚至諦聽到她面臨辛酸煎熬時，無奈、無助、徬徨的肺腑之言。然而，在最艱難的時刻，她依然沒有放棄！堅持走自己的路，她是對的！

也許，發生在瓊身上的一切，啟示了幼年的我！自此，我深深相信，命運是可以掌握在自己手裡的！只要願意努力，就有希望！

憨居居

當時，以童騃之眼去看野村中幾個特殊人物，渾然不知他們就是世人眼中的「瘋子」，僅覺察到這幾個大人的言談和行徑不按牌理出牌，和一般人有極大區別。看似「憨居居」[1]，僅覺得詭異莫名，卻因無分別心，也全然不知恐懼！

我最常見到的一個「憨居居」老大哥，住在隔我家縱向兩排的一間木屋中。他的住所，一眼望去，空空蕩蕩，除了一張床和一張桌椅，幾乎家徒四壁！聽說其家人住在隔壁，因

1　意即：傻傻、憨憨的。

某種特殊因素，這人多年來不分白天或黑夜，時不時會突然大吼大叫，有時又連續不斷地喃喃自語，家人都無法忍受，唯有讓他獨居。他的頭髮烏黑蓬鬆，前額有劉海，兩鬢略長，下巴蓄滿鬍鬚，外貌和髮型皆有點嬉皮風。他總是衣著整齊，穿一身白上衣，黑色西裝褲，腳踩一雙質地不錯、擦得亮晶晶的舊牛皮鞋。感覺男子年紀和我大姐差不多，經常在我家巷口和他家巷口交叉的丁字街口來回踱步。有時還手提一個褐色牛皮公事包，戴一副黑框眼鏡。見到經過的小朋友，他總是停止踱步，走向前「攔截」，率先用字正腔圓的牛津腔英語向我們問好。如果你好心回答他一句，他立即連珠炮般再問你十句！

如果你回答不出來，他就蹲下身子，用那雙眼白混濁、有點吊梢的眼睛，非常、非常誠懇地看著你，要你看著他的唇型，跟著他多次覆誦標準答案。如果你囁嚅再三，英語像難產一般在嘴裡含糊成一團，他就會像學校老師一般循循善誘，一再糾正你、教導你該怎麼正確發出某音，直至你發音標準地跟著覆誦完畢，他才善罷甘休，大力鼓掌之後，會讓你去玩遊戲。此人從未攻擊任何人，因此小孩也任憑他穿梭在我們的遊戲區，有時會覺得他很煩，比老師還煩！

他找你說英語，你不理他時，他也從不生氣，就在旁邊對著空氣自言自語，劈哩叭啦說鬼佬語言，鬼佬語對他來說彷彿母語般流利。有時，小孩被排擠的時候，無聊想找人說話玩兒，他就是現成的最佳人選！偶爾某一段時期，他會去住院，此後會在巷口消失個十天半月，小孩們還會有點想念他，都會互相探問：「憨居居哥哥去邊度佐喔？甘奈無見佐人！」[2]

直到長大之後，才知道這人曾經是個非常了不起的醫科高材生，野村第一個申請到英殖民政府留學獎學金的準醫生！卻不知何故，出國前幾個月突然精神失常，從此變成這個模樣。實在是可惜啊！可惜！

另一個「憨居居」阿姨，五官清秀，臉上總是笑瞇瞇的，衣著整齊，頭髮梳得油光水滑，一絲不苟，但卻很突兀地在身上揹著好多個布袋，左披右掛的，裡面塞滿好多不知哪裡撿來的娃娃。有的是布做的、有的橡皮製的，還有些斷手斷腳，很明顯是從垃圾桶中撿來的陶瓷製品！這個阿姨，有時會騎一輛女用腳踏車，喜歡待在去小學的必經之路上，全

2 意即：「傻大哥到哪裡去了？怎麼那麼久不見人影？」

神貫注地凝視每一個上學和放學，穿制服、揹書包的小孩，雙唇不斷翕動，唸唸有詞，像是在跟誰叮嚀著什麼。阿姨對於女孩的出現特別在意，特別是紮雙辮子，穿深藍色裙子、白上衣的小女生出現時，她就會表現得明顯激動！看見類似裝扮的小女孩時，有時會突然全身發抖得厲害，甚至臉部肌肉抖動，看似在極力壓抑自己的情緒。一下子，雙眼又恢復成笑瞇瞇的樣子。然後，她會向小孩輪流展示她擁有的娃娃，彷彿要引起我們的注意。每天，重覆一樣的劇碼！初時，大家還會看她幾眼，後來，習以為常後，就完全不在意了！

據說，這個阿姨有過一對非常可愛的雙胞胎女兒，卻同時身染重病去世了！失去愛女，讓她深受打擊，以致變成精神異常！多年後，再聽到她的消息，精神已經恢復正常，但卻落髮為尼了！

緊鄰學校宿舍旁的一戶人家，住了個父母雙亡、弱智、無業、獨居的年輕男子，大約只有二十歲，身材中等、外表平凡，卻經常有驚人之舉！在孩童的眼中，也是個「憨居居」，因為這人呀，連自己的肚子已經吃飽、已經吃撐了，都還不知道！每當有好心人給他送來白米，無論白米是一斗還是兩斗，他都會一次把米煮完。無論煮好的白飯有多少，他都會一古腦兒地吃掉！

五、六年級時，因學校校舍改建，我們的臨時教室設在學校宿舍，所以幾乎每兩三天就會看到那男孩在一牆之隔的他家廚房煮飯。廚房是開放式的，他在做什麼，我們在教室裡都能一覽無遺。上課窮極無聊，我們常觀察那人的行為。

某次，我們親眼看到，這人的伯伯給他送來一袋白米。他畢恭畢敬地踮起腳尖，從伯伯肩上卸下米袋，小心翼翼地扛到自己右肩上。嘴角掠過一絲微笑，還羞赧地向他伯伯一再道謝。他伯伯臨走時，一再叮嚀他：「阿興仔，你全家就你一個人吃，一次只要煮一杯米，不要煮太多喔！」那人當場鞠躬道謝，點頭如搗蒜，連聲說：「好！阿伯我知道！」然後是連串「餔餔」聲，引擎發動，伯伯騎摩托車走了。

他開始慢條斯理地刷鍋、淘米、洗米、生柴火，然後就坐在飯鍋旁顧火，中間又抽掉一些乾柴，讓火苗變小，白飯不燒焦。所有的動作都很熟稔、一氣呵成，看起來一絲不苟，有條有理。然後，他掀開鍋蓋，鍋子裡冒出濃濃的白煙。他深深地呼吸，彷彿在享受白米的香氣，然後就是不管那鍋米飯有多熱多燙，狼吞虎嚥、大口吃起飯來。從第二節開始、第三節，延續到第四節課！還在吃，還在吃，他還在吃……我們不禁面面相覷，不可思議！有的同學已經發出幸災樂禍的詭異笑容，紛紛露出頑童等著看好戲的表情！

然後，我們等待的一幕終於來臨了，那人終於吃得太飽、太撐，就在教室旁，一牆之隔的地方，驚天動地、大聲地嘔吐起來！那人隔著薄薄的板壁，發出張大嘴巴、想要敞開喉嚨，東西卻卡在喉嚨，「喀、扼、咯」的聲音，嘔不出來，吐不出來，腹脹得難受時，似人似獸般嚎叫，有時又好似兒童般哇哇啼哭！那駭人的聲音，可怕的食物酸餿味，挑起我們對這反常生命體的恐懼與疑惑，對人生的百般不解，種種奇怪的況味飄散在空氣中，揮之不去。

第二日，頑皮的孩子們又忘了恐懼，紛紛爬到牆頭上，逗弄那個比我們大不了幾歲的「憨居居」小哥。有幾個大膽的孩子，還假惺惺地柔聲問他：「阿興哥哥，食飽沒？仲要食飯咩？」[3]當年的我們，真是一群不知同情為何物、調皮搗蛋的死小孩呀！

3　意即：「吃飽沒？還要吃飯嗎？」

南叔外傳

享壽百齡有二，村人咸稱「梁南」或「南叔」。南叔何許人也？野村一默默無聞之平凡老者也。

南叔原名成南，有兄成華，長三歲；有妹成英，小三歲。祖宗居處，是個貧窮偏僻的村子，在中國廣西省容縣，名叫金洞村。村後有條大河，渡過大河入山，山裡面有零星的苗寨，漢苗通婚在村裡習以為常。

成南十歲那年，廣西容縣遭逢大旱，好幾個月都沒有下雨，這一年夏天發生了饑荒。當時天乾地燥，土地田壟龜裂，後山綠樹全枯死，滿天粉塵被風吹起，只要一出家門便是滿口滿眼的風沙，在屋外完全沒辦法講話。剛開始人們爬上樹掏鳥蛋或雛鳥，或去田裡捉田鼠，水溝裡捉青蛙、水蛇來吃，後來活的野味都被吃光，只好吃家犬、家貓、樹葉，剝樹皮、挖樹根。小孩餓得沒辦法動，就拚命喝水，一個個病懨懨地躺在家門口陰涼的泥地上。每天等大人從山裡打獵回來，眼巴巴盼望大人能從山裡帶回些能吃的東西。

那時候村後的大河乾涸了，莊稼也不能種了，成南的爸爸帶著成華和村人一起到苗寨去，跟苗人進深山打獵。運氣好時會獵到幾隻餓瘦的猴子，有時候什麼都沒有，只揹回一些勉強夠全家食用的野果。

肚子很餓的時候，小孩子也都不敢吵鬧。因為村裡有傳說，不知哪家的小孩子肚子餓，父母被吵得煩了，就把那小孩送給鄰居宰來吃了！成南問：「為何要送給鄰居宰呢？」「因為虎毒不食子呀！做父母的，即使快要餓死了，對自己的小孩也下不了手的！」肚子很餓的時候，成南和妹妹倆人，比賽喝涼水、把肚子灌飽。那時候成英才七歲，兩個孩子就直挺挺躺在窗戶旁的泥地上。沒東西吃只能吞口水。吞口水的時候心裡想：「我正含著一口粥。」眼睛半閉著，耳朵豎起像狗一樣聽動靜，不知不覺就睡著了。他們這樣一動也不動可以躺上一整天。真的怕會被大人宰來吃掉，所以誰也都不敢吵呀！

有一天晚上，家裡來了客人。那客人是多年不見的阿姨和姨丈，本來住在鄰村，剛從南洋返鄉。他們全身穿得光鮮亮麗，帶來好多食物！成南記得他和成英那一天哭得非常大聲，為什麼呢？因為村人都聚集在家裡，爸爸把阿姨帶來的桂林米線全分給村人了！他只勉強吃到一小口煮好的米線。眼看一大袋食物瞬間就都沒了，成南放聲大哭，根本沒想到爸爸只顧救濟別人，自己卻是一口米線也都沒吃到的！

為什麼阿姨可以帶來那麼多東西？原來他們三年前去了南洋「淘金」，最近回鄉探親，沒想到廣西發生旱災，老家父母已歸西，全村人也都餓得奄奄一息了！姨丈大言不慚地說，只要有雙好手好腳，肯拚肯做，南洋遍地是黃金，不愁沒發財的機會！姨丈勸同鄉人說，留下也是死路一條，不如隨他們夫妻倆一起去南洋打天下吧！想想也對，於是當晚爸媽就下了決定，第二天擇吉時去祭祖，準備全家隨姨丈去南洋「淘金」了！

爸爸忍痛把田地賤賣掉，只剩下有祖墳的一塊薄田。又把多年積蓄換成黃金，把金戒指縫在上衣內層，帶著一家大小上路。那時候大哥成華十三歲，肩上挑著全家的家當，腳上穿著草鞋。大家都相信南洋會有飯吃，一定是幸福的開始，離開時只有媽媽流了淚。

後來，全家走了幾天幾夜的路，媽媽和成英實在走不動的時候，就輪流坐在籮筐裡，讓爸爸和成華用扁擔挑一段路。後來成南的草鞋也磨破了，就一路打赤腳走，不知走了多久，才到達坐船的碼頭。後來，順利地坐上大木船，到了香港。

從香港到南洋的船班預計半個多月一班船，不知何時才回航；他們只好住在碼頭邊的客棧裡等。成南和妹妹天一亮就到港邊去看船。剛開始很興奮，看大船進港、卸貨，聽水手們的吆喝聲。等了又等，一天過了又一天，聽說最近海面不平靖，有海盜出沒，加上天氣不好，過了很久都沒有輪船從南洋返港。

爸媽眼看日子一天拖過一天，船還是沒入港，擔心坐吃山空，開始相對垂淚，哀聲嘆氣，後來連阿姨、姨丈也在哭，成華哭得最兇，終日以淚洗面，茶飯不思。輪船終於進入維多利亞港那一日，大人們和成華緊緊摟在一起，泣不成聲！爸爸握著成華的手說：「成華，做爸爸的對不起你了！成英年紀太小，如果丟下她一人，讓她自己回鄉下定是必死無疑。你夠大了，將來要自己照顧自己，也要照顧妹妹。」成華淚如雨下，沉默不語，雙膝跪地拜別父母。成英知道自己不能上船之後，也哭得死去活來，死命抱著媽媽不肯放手，最後吸不到氣暈了過去，才由成華揹起，和鄉親一起回去老家。媽媽哭得肝腸寸斷，上船時全身棉軟無力，差點從踏板上摔下來。

面臨突如其來的生離死別，成南猶搞不清楚原故，哭著問爸媽：「為什麼不把哥哥和妹妹一起帶去南洋？」媽媽嗚咽著說：「船期耽擱太久，鄉下帶來的錢早已用盡，沒能多買兩張船票，是我們做父母的沒能力！我們對不起成華、成英呀！」爸爸又說：「你名叫成南，算命先生說，上天註定你是要去南洋發展的！」

於是，成華和成英就這樣回到廣西鄉下，終生未能再和父母相見！兩兄妹從此和梁氏宗親們一起生活，直到成家。成華、成英一生目不識丁，在鄉下務農、窮困潦倒，卻因此幸運地挺過文革浩劫，全身而退。二人皆健康長壽、無病無恙；因重視子女教育，子孫也頗有成就。

然而，在成南內心，卻無法否認對成華、成英有著深深的內疚和遺憾！晚年的成南曾說過：「如果沒被取名成南，留在鄉下終老的可能會是我！」真是天意使然嗎？成南一直覺得對不起兄長和小妹，當他在馬來半島站穩腳步，開始有一丁點能力的時候，他就定期寄錢給成華和成英了！無論當時自己和家人的生活過得多麼辛苦，當成華或親姪兒來了信，說想要買輛腳踏車、說想翻修房子，或成英來信說想買件牛仔褲、想做點小生意，只要他們開口，成南咬緊牙關苦撐，做牛做馬，辛辛苦苦賺的錢，馬上二話不說，拿去匯兌，一毛不少地寄給他們！成南經年累月寄信和寄錢回鄉，有時寄給成華，有時寄給成英，手頭寬裕時多寄些，自己也銀根吃緊時少寄些，不顧妻兒的抗議勸說，也不管自家的經濟是否困窘，堅持數十年從不間斷。成南認為，他能做的不多，所求也不多，他也不是想要兄長和妹妹感激自己，他只想替九泉之下的父母彌補缺憾，如此而已。

一直到中國政治逐漸改革開放，經濟起飛，姪兒成為五金零件買賣個體戶，成華家境好轉，成英也寫信告訴哥哥不再需要金錢援助，成南依然數十年如一日，維持寄信寄錢的習慣。

成南七十七歲那年，懷著忐忑不安的心，第一次返鄉，他堅持不跟團，也沒有旅伴，獨自從桂林機場下了飛機，搭巴士到容縣，坐計程車到金洞村口。揹著背包，下了車，步行三公里，自行找到熟悉的路，悠然散步回到祖厝。數十年歲月悠悠，歷史悠久的梁家祖祠已經破落不堪，老家旁的小溪、大樹、水田、田中央的那顆大石頭、沿溪而築，略微彎曲的田埂，小時候親眼看見父兄堆疊的石階，皆一一映入眼簾，景物依舊，人事已全非！成南頓時老淚縱橫，不能自已。

那年，大兄成華已臥病在床，但頭腦清楚，雙眼依舊炯炯有神，對於陳年往事如數家珍。小妹成英老態龍鍾，但眉眼間依稀仍有幼小時輪廓。姪兒、姪女、姪孫、外甥、外甥孫，多遺傳了梁家的濃眉大眼、厚唇闊嘴，一望即知系出同源，成華、成英皆已子孫滿堂。聽說有親人自南洋返鄉，晚間祖祠前擺席同歡，熱鬧非凡，滿村宗親同來歡聚，更有兒時玩伴從南寧、柳州、桂林趕回。親人和成南相擁而泣，殷殷問候別後生活，撫慰天涯遊子疲憊的心。

回到利民新村後，成南寄了巨款給宗族長老，請其協助重新翻修祖祠。八十三歲那年，成南再度返鄉，親自參與新蓋祖祠落成開幕儀式。這也是成南最後一次踏上故土。這年，成男的同胞兄長成華、小妹成英皆已離開人世矣！

輯三

野村童年

母親的割膠人生

我家擁有三片橡膠林，較近的兩片在村旁，最遠的一片在南北大道旁的甘榜郎郭，地勢陡峭，緊靠俗稱「猛鬼彎」的一個大轉彎路段。三片膠林的膠樹加起來約一千多株。一般而言，每年的三月到十一月之間，天氣晴朗，每天凌晨三點至五點，一天中溫度最低和濕度最大的時間，是最適宜的割膠時間。某些兼有副業的膠工，甚至會提早到午夜十二點就出門割膠。割膠工人的大忌就是「貪睡」，如果不能「半夜」起床工作，隨著時間一分一秒地推移，太陽升起後，溫度逐漸升高，水分蒸發加快，膠汁凝固的速度也加快，排膠時間大大縮短，產量也隨之降低！在高溫炎熱下割膠，不但使人加倍疲勞、膠汁產量低，更嚴重的還可能引起橡膠樹病變（俗稱死皮），是事倍功半的！勤勞的膠工必十年如一日，每天半夜起床工作，一年中僅在一、二月橡膠落葉時節能好好補眠。

正常情況下，一棵新品種的橡膠樹在種植四、五年後可以開始收割，前兩年產量稀少，在兩天一割的情況下，每天大概僅產出半斤膠汁。八到十二年的成熟橡樹，則有高達一至兩斤的生產量，如果三天割一次，產量則更高！為了護樹，也為了提高產量，父母亦採取三片膠林輪割的方式。但位於「猛鬼彎」那塊膠林離村較遠，孩子若凌晨去收膠，恐怕會耽誤上學時間，所以就沒讓孩子去幫忙。當時，兄姐們對於每三天一次的「輪休日」福利，都好期待啊！每晚臨睡前，他們會竊竊私語，為不用工作而「暗爽」，甚至偷偷躲在被窩裡歡呼：「明天不用去割膠，可以睡到六點半，歐耶！」

每天凌晨都要起來勞動，工作結束才能上學，是否會影響孩子的學業呢？我家的孩子，自大姐起一直到排行第十的我，小學時期，都是村中永遠第一名的「學霸」。到了中學，成績依然名列前茅！我們從未有餘錢補習，平常和假日都要下田工作，只能在勞動之餘讀書，但是我們珍惜可以讀書的機會！為什麼呢？因為，跟隨在父母身畔勞動的每分每秒，讓我們深深體會到膠工的辛酸和痛苦！我們不想擁有和父母一樣辛勞的人生！我們體悟到：家貧若此，只能咬緊牙關、忍耐艱苦的環境，努力讀書，跨越過眼前的難關，否則別無選擇！

若干年後，十個孩子長大了！我們僥倖開創出屬於自己的人生新局，讓父母了無缺憾、含笑九泉！猶記得當年，母親曾經這樣問我：「細妹，長大後，妳想要割膠嗎？不想割膠，就得好好讀書！不讀書，以後就像我一樣，一輩子這麼辛苦！」那話語，猶如當頭棒喝，給我指引人生的方向！命運讓我降生在割膠人家，我沒有反抗的權力，但我知道自己不想認輸，也不能認輸，唯有靠讀書來扭轉命運！多麼慶幸，我做到了！如何做到的？因為童年永無止盡的勞動！親身嚐盡那艱辛的勞動滋味，點滴在心頭！

每天凌晨三點，鬧鐘響起，母親總是第一個起床，生火煮飯，準備早餐。然後叫喚父親和孩子起床，大家狼吞虎嚥吃早餐，腰間繫上膠刀，頭戴膠燈，雙腳褲管都用橡皮筋紮緊，騎上腳踏車割膠去。皓月千里、寒風吹拂，山林裡漆黑如墨，那黑暗幽深不見底，布穀鳥淒異鳴叫、夜梟幽幽嘆息，橡林闃黑充滿驚悚的氣息！不絕於耳的蟲鳴聲外，膠刀割樹皮的沙沙聲格外清晰。膠樹鬱鬱蒼蒼遮住了月光，四周黑漆漆一片，只能看見膠燈所照射的短暫範圍。若不幸工作當中燈熄了，一個人便要淹沒在全然的漆黑當中，實在太恐怖了！這就是膠工每天工作的環境。

膠林裡到處有墳堆，毒蛇、蠍子、螞蝗出沒。敢在這黑暗時刻闖入山林，不是膽大包天，何以為之？父親曾因思想左傾被關入政治扣留營兩年，母親曾被迫獨自一個人割膠，弱女子一人難道不害怕嗎？尤其我家有片膠林在「猛鬼彎」的一個大轉彎路段，這片膠林地勢陡峭，此路段又經常發生車禍。某次，一輛載滿錫克兵的軍車因轉彎時車速過快，撞樹墜谷，乘客被摔出車外，死傷慘重！車禍後，某處橡膠枝椏上猶懸掛著死傷者的襤褸衣衫碎片，疑似破爛皮膚、臟器、斷肢等人體組織隨風搖曳！長達幾週，膠林裡瀰漫一股濃濃腐臭味！那時，母親還是得獨自工作！母親苦笑：「講不驚是騙人的！生活所迫，又能奈何？怕也得工作！全家人等著要食飯啊！」

當全世界都還在甜蜜夢鄉中，父母兄姐靠著膠燈照明，穿梭在膠林裡。遵照標準作業流程，二姐、三姐和媽媽是一組，大姐、二哥和爸爸是一組。這樣分組的原因，是因為父親要求完美，是個慢郎中，大姐和二哥已學會割膠，當父親的割膠速度嚴重落後，無法趕在天亮前為每棵樹完成「割禮」，遠處天邊已呈現魚肚白，大姐和二哥就會解下腰間的膠刀，一起支援父親。

每天，二姐和三姐得趕在母親前頭，先用指甲把凝固在膠樹切割口上的「膠線」摳下來，或者使用「膠刮」，從膠杯裡把凝固成布丁狀的膠塊挖出，收集在背上的膠簍裡，然後把膠杯擺好，讓母親可以迅速下刀。母親的割膠動作總是乾淨利落，時而彎腰、時而起身，一起一落，流暢有序，速度極快！只見母親手握膠刀，動作嫻熟地割下去，手指牽引著鋒利刀刃輕巧地在樹身游移，沒有絲毫拖泥帶水，一瞬間，乳白色的天然膠汁迅速泌出，源源不絕地匯流入塑膠杯中。

每天凌晨，停下腳踏車，就這樣徒步一百多分鐘，翻過山嶺到最遠的樹位開始割膠，割完一株又一株，割完一排又一排。等全部割完，東方已發白矣！太陽繼續升起，縹緲晨霧全都煙消雲散，戴起草帽，在山谷乾燥處坐下喝些水，吃點麵包乾糧，稍微歇息過後，準備再度爬上山收膠！放眼望去，滿山高大的橡樹，樹腰以下，被圍上一條細鐵絲，上面吊掛著膠杯。一排排歪斜向一側，被膠刀整齊斜切出來的「膠路」，這時全都映現一條條份外鮮明的純白線條，橡膠樹活像穿了白色斜紋網襪。

橡樹大多種在高低起伏的山坡地，父母習慣先割山嶺上的，再割山谷下的。先收山頂的，再收盆地裡的。通常，待全部的樹都割完後，孩子會幫忙收膠，可稍微減輕一點勞力負擔。如孩子沒來，兩人割完全部樹頭已筋疲力竭了；一定得趁還有力氣時爬上山頭收膠！收膠時得提著一隻鐵桶，把膠汁倒進桶中。等鐵桶滿了，再用漏斗集中到可密封的塑膠桶。膠汁越來越多，鐵桶越來越沉，人也越來越吃力，往往膠汁還沒收到一半，衣服早已濕透了！母親身軀纖弱瘦小，每次收膠時都邊走邊大口喘著氣，曾有一次還因太累了，突然腳軟無力栽倒在地，把整桶膠汁都灑在地上！看著眼前一大片被乳白膠汁染白的草叢，母親當場捶胸嗟嘆，真是欲哭無淚呀！

所以，收膠時一定要先收坡度最陡峭、距離最遠的那個點，然後再收山谷下、離車道最近的點，這樣才能支撐到最後一刻！勞動也像倒吃甘蔗，這是父母用他們的人生智慧教給孩子的道理！我們從中學會了：先耐心解決最難的工作，最後就能輕鬆應付簡單的工作。我們也不怕困難的工作，只要認真去做，一步一腳印，深信沒有不能完成的道理！

近午時分，父母用扁擔挑著塑膠桶，每擔重量接近三百斤。走出膠林，騎上腳踏車滿載而歸，黝黑的臉上這時才有淺淺的笑紋！晚年的父親，嚴重駝背，幾乎接近九十度，睡覺時無法仰躺，僅能墊高枕頭側躺，這就是年輕時使用扁擔，過度負重造成的職業傷害啊！

現在的大馬橡膠市場，七成以收購新鮮採收的膠汁為主，僅兩三成的膠工會把膠汁製作成膠片，曬乾再賣。有些膠工則隔天才採收條狀的膠絲或凝結成布丁狀的潮濕膠塊，廣西話稱「蒙姑」。新鮮的膠汁潔白濃稠狀似牛奶，沒啥特別味道。然而，膠絲或膠塊經過一夜發酵醞釀，採收時，會瀰漫令人作嘔的酸臭味。膠工全身無可避免地沾染著這股揮之不去的酸臭味，身上衣服也被樹上滴落的膠汁黏上一層又一層的天然膠膜，整件衣服變得又厚又硬，隨便牽扯一下便發出悉悉簌簌的聲音。膠工每天得穿著這身密不透風、「雨衣」似的舊衣衫，在炎陽下工作，汗濕全身，僅能咬緊牙關忍耐。

早期，村裡幾個橡膠中盤商大多收購長方形、初步加工且曬乾後的膠片。因而，家家戶戶都有自己的膠片加工寮（俗稱膠房）。我家的膠房加蓋在後院。父母回到家時，大約中午十二時，我和四姐剛放學，放下書包立刻去膠房工作。父母先把膠汁倒入鐵製方型模具中，加入強酸使之成型。等待橡膠凝固的十五分鐘空檔，急忙吃午餐。之後用絞壓機器把膠片去除多餘水分，再壓出一道道花紋。過程中，小孩要負責清洗模具，模具中經常殘留強酸，沾到雙手會刺痛紅腫。有時模具生鏽裂開，清洗時也會割傷雙手。甚至，利用機器絞壓膠片時，粗心大意的小孩偶爾會分神，一不小心手指就會捲入旋轉的齒輪中！現在想起來，「窮苦孩子早當家」，幼稚園時期我們就已開始協助膠片加工，這些流程都是如此危機四伏，我們卻毫髮無傷，真是不幸中的大幸啊！

加工後的膠片掛上長竹竿，在後院晾曬數天，始可賣給收購商。晾曬膠片也是小孩負責的工作，過程不能被雨淋濕，否則就前功盡棄了！熱帶氣候詭譎多變，原本艷陽高照，瞬間烏雲密佈，雷電轟隆，傾盆大雨立即傾注而下！這是經常發生的事，所以，放學後孩童聚集在庭院玩跳繩、跳房子、鬥豹虎，如果突然烏雲密佈、艷陽隱沒，各家小孩紛紛做鳥獸散，都回家收膠片、收「蒙姑」去了！膠片和膠塊須等到足夠乾燥，積攢到一定數量後再拿去賣。因此，膠工家裡都有一股終年縈繞不去、天然橡膠所發出的發酵酸臭味！有時，手頭實在吃緊，家中米缸可能沒米了，顧不得膠片尚未曬乾，只能忍痛把膠片先拿去賣了。這時，中盤商就會趁機以尚未乾燥，有水分為理由，恣意剋扣膠片的重量，行剝削之實！可憐的膠工，如魚在刀俎上，僅能任人宰割了。

每年的十二月，橡膠開始落葉，陽光直射，工作時如同被高溫「煎烤」，灼熱難耐。膠工為了收入，依然搶收膠汁，愈來愈少的樹蔭，毒辣辣的陽光，不到九點就可以把人烤熟，割膠比往常更辛苦！一月，橡樹葉子所剩無幾，膠工的臉頰脖頸都被曬得紅通通，快成人乾了。到了二月，幾乎所有樹葉都掉光，只剩下光禿禿的椏杈，一棵棵橡樹活像一個個走投無路的人，高舉雙手，刺向天空。似乎向上天渴求著什麼，呼喚著什麼。

這時，數量多得驚人的落葉被堆積在樹根、走道旁，愈積愈厚重。一陣大風吹來，漫天飛舞的落葉，像是雪花片片。毒辣的陽光，幾乎榨乾了膠工全身的水分，貧窮的膠工，往往還是抓緊時間割膠，割到全部樹葉都掉光才肯罷休！紅色、褐色、黃色，色彩繽紛的橡膠落葉，看似浪漫的氣氛，對膠工來說，卻毫無浪漫可言！因為這意謂著「手停口停」，全家毫無收入，債台高築的開始！父母整日唉聲嘆氣，擔心地看著米缸逐漸見底，卻束手無策。村裡有些男人會在橡膠落葉季節到城裡打零工，當建築工人，或者去錫礦場當礦工，我父亦然。

無論何時何地，膠林裡永遠有著蚊子大軍的肆虐，進入膠林，立即滿身被叮咬，即使身上揹著蚊香，效果有限。膠工全身被長袖、長褲遮蓋住，露出來的臉頰、額頭、脖頸，卻難逃被蚊子叮咬的命運，紅腫、瘙癢，是必然。有時感覺某處發癢，伸手一拍，勢必滿臉鮮血！但是要吃割膠這行飯，是不能怕蚊子的，如果還要忙著趕蚊子、打蚊子，就無法工作了！所以母親說：「蚊子有什麼好怕的呢？趕緊工作吧！膠要趕快收一收，妳看那邊天又黑了，烏雲飄來了，可能等一下又要下雨。一下雨我們剛才辛苦割的膠就要被沖光光了！反正妳滿身都是血，給牠抽一點去又有什麼關係？死不了的，就當做是佈施吧！佈施鮮血給蚊子，蚊子咬了妳，吃飽了，就不去咬別人，妳就做了好事，就成就了功德！希望妳下輩子好命一點，別再生在割膠人家了！」

另外，橡膠園裡，最可怕的生物就是眼鏡蛇了。毒蛇有時懸掛在樹上，有時盤據在樹根，一不小心，可能會踩到牠或觸怒牠！曾有一次，一條劇毒的金花蛇盤據在橡膠樹的膠杯上，母親手握膠刀靠近樹身時，牠突然蜷上母親的手臂，母親嚇得大驚失色，掄起膠刀胡亂揮舞，那條蛇竟被母親連腰砍斷了！當然，膠園裡毒蟲也很多，毒蜘蛛、百足[1]、蠍子、山蜞[2]也是常見的！收膠時，蠍子經常會掉到膠杯裡，有時蠍子在膠杯邊趴著，沒看見就會被蠍子螫了！

在潮濕低窪的山谷，吸血螞蝗密密麻麻遍佈在林蔭深處。樹根、草叢、溪邊河谷、陰

1 蜈蚣。
2 螞蝗。

涼的石頭背面，到處都是小如蝌蚪狀的螞蝗。每一條螞蝗都汲汲營營想要獲得生存下去的秘方，人或獸的鮮血！牠們抬著頭，急速、飢渴地左右搖擺，高高舉起身體前端的口器，等待人類和野獸經過。人走過，螞蝗就神不知、鬼不覺地黏上來，用兩端吸盤牢固地吸住你，飽餐一頓鮮血，全身脹大幾十倍後，牠才自行脫落。尚未吸血的螞蝗體積實在細小，有時乍看近似一顆小石子或粉塵！有時，螞蝗大快朵頤，不亦樂乎，被黏上的人還渾然不覺！這時發現牠，用手扯、用鉗子夾，都不會脫落！被吸過血的傷口，兀自血流不止，癢痛難耐！二姐三四歲時，某次被帶去膠園，忘了用橡皮筋把褲管紮起，一隻螞蝗沿著敞開的褲管往上爬，竟潛伏在私處吸血！二姐扭來扭去，哭得死去活來，後來母親使盡全力，才把那隻吸飽鮮血的螞蝗捉出！

割膠生涯，何其辛苦，你能想像嗎？膠工每天得走兩趟至少二點五英畝高低起伏的山坡地，第一趟要不斷彎腰起立「拜樹頭」，第二趟要揹著裝滿幾百斤膠汁的膠桶。獨自工作時，整座膠林一片漆黑，伸手不見五指，無邊的寂靜，風呼呼地吹，蟲聲唧唧、蚊子嗡嗡，蛇蟲伺機竄出。踩在厚厚一層的橡膠落葉上，每一步都沙沙作響。只依靠一盞頭燈照明，燈光閃閃爍爍、忽明忽暗，如果燈光不幸熄滅，還是得大著膽子，繼續往前行！膠工，確實是真英雄！

回顧母親的割膠人生：十六歲開始割膠，一直到七十歲退休含飴弄孫，終其一生，年資長達五十四年！每晚徒步三四個小時，每日磨鈍兩把膠刀，每月走爛一雙鞋子，平均割一棵樹僅需要四十秒！目不識丁的母親，終生勤奮樸實、吃苦耐勞，以此技能養大了十個小孩！如果割膠好比習武，習武幾十年的母親，其技藝可說是已臻巔峰！

火水燈和電石燈

一九三一年，因家鄉發生饑荒，祖父母隨著當時方興未艾的南洋淘金潮，從廣西到馬來半島謀生。當時因盤纏不足，被迫將大兒和三女留在家鄉。初時，人生地不熟，因祖母娘家親人都聚居在硝山地區，故落腳於此。硝山位於皇城瓜拉江沙和太平小鎮之間，當時英殖民政府在此處大量開採石灰岩，製作水泥等建築材料，需要大量勞工。祖父來馬後第三年病逝，祖母和父親遷居瓜拉江沙，覓得霹靂河畔一塊荒地，以種菜、賣菜為生。

祖父早逝，父親與祖母相依為命。父親青少年時期，日日挑著兩擔青菜，蹲在馬來書院對面的街邊賣菜。父親心裡非常羨慕那些達官貴人的孩子，他們趾高氣昂的模樣，坐在裝飾得富麗堂皇的三輪車裡，被僕人護送去上學。父親好想上學，卻無餘錢可讀書。賣完菜後，父親經常挑著空菜籮，在馬來書院高高的圍牆外踟躕，聽書院裡傳來的朗朗讀書聲。雖然都是聽不懂的「鬼佬」語言，那些一連串不知所云的英語聲調，卻讓父親感覺好聽得像天籟！在馬來書院圍牆外徘徊的父親，被包著黃頭巾、隆鼻深目、高大英挺的錫克籍校警驅趕，只能悻悻然離開。那時父親便在心裡發誓，如果哪一天自己有錢了，一定要讀點書；哪怕自己讀不上，後代也一定要讀書！

後來，第二次世界大戰爆發，英殖民軍隊不戰而敗逃，日軍迅速佔領馬來半島，大隊人馬從泰南邊境騎腳踏車長驅直入。傳說日本鬼子由北至南如入無人之境，囂張兇殘、泯滅人性，姦殺擄掠，令老百姓聞之喪膽！「日本鬼」尚未進城，瓜拉江沙市區已隨處可見攜家帶眷、驚慌失措的逃亡潮。祖母娘家的遠房表妹，本在霹靂河畔開一間小吃店，因丈夫臥病在床，有一雙子女，需要在郊外緊急尋覓避難處所。祖母好心收留這家人，讓他們遷居鄉間暫避風頭，沒想到黃家丈夫僅住了七天，即與世長辭。那同鄉的黃家大閨女，年十六，來馬那年僅六歲，曾與當時十歲的父親坐同一艘從香港出發的鐵殼船。自馬來亞檳榔嶼下船後，兩家人隨即各奔東西，不巧卻重逢於兵荒馬亂時刻！那時，傳說日本鬼到處尋覓「花姑娘」，家家戶戶有女兒的人家，皆急忙要替女兒尋一門好歸宿，速將女兒許配良人，以避免落入虎口！父親年二十，生辰八字亦與此女匹配。雙方家長皆為無依寡母，一見如故，於是外婆倉促決定將女兒嫁予梁家。

父母結婚之初，住在加地小鎮附近的膠林裡。當時，許多初到南洋的年輕夫妻，憑藉強健的身體，多當橡膠佃戶。剛成婚的他們，全無積蓄，只能住在膠林中草草搭蓋的木屋裡。亞答葉為頂，雨林中砍來的大樹為樑柱，各種雜樹樹幹、樹枝拼湊為牆、為窗、為門。每天所見皆為山光雲影，入耳皆是蟲鳴鳥叫及風吹樹葉沙沙聲。滂沱大雨來時，滿園橡膠樹婆娑蕩搖，雷聲隆隆，落雷擊打牆簷，風吹得滿屋震搖，簡陋的木屋似乎隨時會四散崩裂！

父親和舅舅兩人合力在屋旁掘一井，供應全家用水。晚間照明，就點燃一盞煤油燈，廣西話稱「火水燈」。十六歲初嫁娘，初次住在簡陋膠林，日日割膠收膠、鋤地種菜、挑水灌溉、下廚煮飯、侍奉婆婆，因個性溫順，懷抱「嫁雞隨雞，嫁狗隨狗」的信念，雖環境惡劣，依然甘之如飴。三年又八個月的日據時期，母親在膠林木屋陸續生下一男一女，均因嚴重黃膽，無錢就醫而夭折。

日軍戰敗，馬來亞共產黨進入森林組成武裝部隊，英殖民政府為剿滅馬共勢力，頒佈

《緊急法令》，膠林裡的居民被強制遷入新村居住。父母被迫遷居野村，在英軍的指揮及協助下，進入雨林砍伐樹木，搭房蓋屋、開路挖溝，村人也同心協力，建設了蓄水池、公廁、菜市場和小學。當時村裡尚無供電設備，家家戶戶皆以火水燈照明。

這盞小小的火水燈，背面扁平鐵吊鉤上繪有雅致的仕女圖，下方鐵鑄燈座可注入煤油，中間一條長長的白色棉燈芯，其上覆蓋一個長橢圓狀的玻璃燈罩。晚間，上燈時，玻璃罩裡一丁點緩緩跳動、豆芽般大的火舌，讓整間房子籠罩在昏黃的光暈裡。那燈光，時而跳動、時而閃爍，明明滅滅，朦朧、柔美得像月光。人在燈前，四周板壁被投射出大大的黑影。孩童喜歡就著模糊的燈光，玩變手影遊戲。雙手交疊，翹起小指，板壁上就出現一隻展翅飛翔的鳥兒。握拳成團狀，豎起拇指為耳朵，牆上就幻化出一隻活靈活現的黑色小兔！孩子相繼在野村出生、長大，在這盞火水燈下遊戲、追逐、讀書、寫字。建村十多年後，政府才在村內建設了完整的電力設施，有路燈照明，家家戶戶也有了電燈。

清晨兩三點，父母摸黑去割膠，膠林裡伸手不見五指，照明用的也是一盞火水燈。這種燈，火舌微小如豆，遇有強風即瞬間熄滅。當燈光熄滅了，人馬上被覆蓋入四周深不見底的黑幕中，橡樹影影幢幢，隨風搖曳，貓頭鷹和蚊母鳥在樹梢鳴叫，毒蛇蟲蠍蟄伏其中，那氛圍確實可怖！割膠途中，如很不幸地突然燈滅了，無膽之人，大約會驚聲尖叫吧？

後來，英殖民政府引進了電石燈。電石，也叫電土，即乙炔，此燈的原理為電石碳化鈣與水反應而得。其明亮度甚佳，又不易為風所滅，比起火水燈，好處甚多！電石燈多為銅皮所製，結構分上下兩層，上層置水、下層置電石。乾電池型手電筒尚未問世前，這是膠工們使用最久的照明設備2.0！小時候，父母兄姐清晨去割膠，僅剩我一人在家。我經常被吵醒，半夢半醒間，跑到大門前張望。看見出發前，父母協助兄姐們蓋上電石燈的上下兩層，在上面的噴嘴點火，把鋁製燈罩戴在他們額上，再調整亮度。此時，村中到處閃閃爍爍，都是膠燈一簇簇的亮光。膠工們騎著腳踏車，三三兩兩地往大門口的檢查哨聚集，腳踏車燈的燈光和膠燈的燈光相互重疊，漸漸消失在遠方。

我目送熟悉的燈光愈騎愈遠，逐漸融入廣袤膠林深沉的黑暗中。仰頭望一輪皓月高掛天際，一陣寒風吹來，小小的身軀感覺到深深的寒冷與孤獨。四周陣陣黑暗襲來，唧唧蟲聲縈繞耳際，我獨自返回家裡，奮力掩上兩扇沉重的大門，不擱門栓，木屐踩在冰涼泥地上，咯咯聲中奔入睡房，鑽入被窩。天亮前，大約五點半，窗前又隱約傳來聲響，電石燈的亮光又逐漸聚集。木門被「依呀」一聲粗魯推開，是兄姐們浩浩蕩蕩騎著腳踏車從膠林回來，天已亮了！他們吃蘇打餅配奶茶當早餐，洗澡換制服，然後去上學。在那個純真年代裡，夜不閉戶；天亮之後，大門更是永遠敞開！

後來，隨著時代的進步，膠工的交通工具從腳踏車變成了摩托車，照明工具也變成了乾電池手電筒。凌晨，此起彼落的摩托車發動聲響起。膠工成群結隊，浩浩蕩蕩騎著摩托車，載著大鐵桶，一束束的明亮車燈終結了火水燈和電石燈的遙遠年代。

雨季

割膠是「看天吃飯」的行業，老天爺要是願意賞口飯吃，連續晴天就是膠工大豐收的日子。遇到陰雨季，就根據雨量的大小、下雨的時間長短、樹身乾濕等情況來決定當天是否能割膠。膠工們長期在凌晨工作，膠園裡晨霧繚繞，有露水，濕氣又大，經常冒雨工作，罹患風濕、類風濕、關節炎等職業病是很常見的。但窮人沒有選擇的權力，好天氣時，即使身體違和、腰痛、腳痛，也僅能帶病割膠。如果休息養病，就沒錢了。反正，雨季來臨時，天天都是休假日，膠工不想休假也只得休了！

膠工最討厭的是「驟雨」。凌晨開始，膠工一棵樹一棵樹地去「拜樹頭」，好不容易割完全部的樹，膠汁正在奔騰流淌，天也快亮了，最怕老天爺瞬間變臉，一下雨，雨水激烈沖刷，膠汁就不會沿著膠路（割痕）流進膠杯，紛紛往外流，連樹頭都被染白。收不到膠，前功盡棄了！豈不為之扼腕？

「落水無鐳買麵包。落水無鐳買麵包……」[1]這是膠工在雨季時經常哼唱的廣西小曲，真是活靈活現地描摹出膠工的心聲。尤其是東北季候風帶來的雨季，暴雨狂風，雷電交加，彷彿是千手萬足的猛獸，蹂躪肆虐無辜的大地，有時長達一個月兀自盤桓不去。看天吃飯的膠工，只能對天興嘆！

寂靜黑夜裡，暴雨打在鋅鐵皮屋頂上，發出急促的金石交鳴聲，那是足以讓人耳聾的殺伐聲，也是我最熟悉的、絕望的聲音！此時，隔房必定也傳來母親悲嘆的聲音。我躺在床上，聽著雨聲入睡，幽微的愁緒卻縈繞心頭，揮也揮不去。

然而，無法割膠已成定局，母親哀嘆之餘，勤快的她，在家裡也從未閒著。她會打掃環境、縫補衣服、烘烤糕餅，忙內忙外。家中小孩眾多，大小孩才有機會穿新衣服，小小

1 意即：「下雨無錢買麵包。」

孩專門接收舊衣服。勞動時穿的舊衣服，為了防蚊蟲、螞蝗叮咬，必須是長褲長袖，更是貼滿五顏六色的補丁，無一完整處。母親噠噠噠地踩著那台歷史悠久的勝家牌縫衣車，她的嫁妝，哇啦哇啦的雨聲裡，一面替全家縫縫補補，一面絮絮叨叨對我訴說著家族故事。關於廣西家鄉的種種，苗寨的傳奇。我喜歡坐在水泥地上聽故事，一面幫母親在大袋子中尋找適合補綴的碎布，尋找色彩、大小和衣服破裂處儘可能接近的布料。但母親對我挑選的布料總是不滿意，總是要我再耐心找找。她動作靈巧、注重細節，破衣服經過母親的巧手縫補，有時甚至看不出哪裡被縫補過！

雨季裡，如果家裡剛好有大量收成的蔬菜，例如芥菜、長豆角、豇豆，母親也會用粗鹽一層一層醃漬，封存在後院的大陶缸裡，醃製成鹹菜、鹹豆。鹹豆醃製時間不能過長，醃製一個月就是最佳賞味期了！每次開缸時，好奇的小孩們都聚集在缸邊，懷著緊張又刺激的心情，觀看母親打開眼前神秘的「寶藏」！有時，鹹菜呈現漂亮的金黃色，衝鼻一股複雜的嗆酸味，讓人聞後口水直流！有時，醃製過程不知哪個環節出錯了，打開時竟是一缸腐爛生蛆的爛菜壞水！母親只好搖頭嘆氣，孩子們嘟囔著嘴互指對方：「都是你啦！都說了不能偷睇，你都偷偷打開鹹菜缸！」是啊，醃製失敗的關鍵，經常都是我們這群永遠無法饜足的小孩造成的！我們都太嘴饞了！封缸往往不足一個月，就被貪嘴的我們偷偷揭開「瞧一眼」，口水直流，想先嚐鮮！你「瞧一眼」，我「瞧一眼」，家中孩子眾多，當然一缸鹹菜就被搞砸了！

母親的醃製料理中，我最懷念的是炒鹹豆。母親用長竹筷把鹹豆自陶缸裡撈起，用清水清洗數次，把鹹豆的鹹味稍微淡化，斜切成一段段，用蒜頭、紅辣椒、少許砂糖清炒，這道料理非常的鹹香下飯！爾後漂泊異鄉，有時吃到新鮮清炒的豇豆，關於鹹豆的味蕾記憶，不經意地突然被喚起！然而，母親故後，那美妙滋味已成絕響！

暴雨狂風一整天，不但無法割膠，連下田種菜種薑也不能。母親在家，總是絞盡腦汁給孩子做點心。麵粉、水和好成麵糰後，用米酒瓶壓扁，麵糰切割成條狀，從中間翻開，沾蛋液油炸，就成香脆的麻花餅。炸好的麻花，放入鐵製蘇打餅乾桶密封，就是難忘的母親牌麻花。有時，純粹就用一兩顆雞蛋，麵粉和水攪勻，加一點糖，用鐵鍋煎出甜蛋餅。有時，切半顆南瓜，以南瓜泥、麵粉、糖和水，用蒸籠蒸出一大籠金黃色的南瓜糕。那味道跟客家人的黑糖糕有異曲同工之妙！有時，把芋頭細細切成丁，和麵粉、蝦米、水一起下鍋蒸，起鍋前鋪上紅辣椒絲、蔥花、蒜頭酥和蝦米，就是香味撲鼻的廣西芋頭糕！

逢年過節，母親也裹粽子、搓湯圓、炸蝦餅、烘烤各式蛋捲和新年餅乾。無論菜園裡任何一種農作物收成，無論家裡的食材是多麼有限，母親總能把它物盡其用、變成桌上的佳餚！母親常說，菜園裡長出什麼，就能煮什麼。花點心思學習，不會就問街坊鄰居，烹飪有什麼困難的？用心、肯學，自然就能把每件事做好！這就是母親示範給我的人生哲理。

雨天在家，父親做些什麼呢？磨膠刀是父親每日的工作。割膠的日子，通常是大晴天，下午得種菜或種薑，傍晚回家後，父親趁還未天黑，第一件事就是去拿小板凳，拎一桶水，兩塊磨刀石，在天井邊緣，就著天光磨起膠刀來。雨天閒著沒事，父親磨刀的時間可長了！有時，仔細磨利四、五把膠刀可能耗費一兩個小時。

小小年紀的我，最愛蹲在父親旁邊，看父親聚精會神，像打造某種神秘藝術品，仔細用磨刀石琢磨幾把膠刀。磨了一塊兒，父親把刀稍微舉高，入迷般欣賞那鋒芒閃爍的刀刃，又用手輕輕撫摸那閃閃發亮的刀刃，試試鋒利與否；一會兒，不滿意，沾些水又再繼續磨。一把膠刀，在父親手上，總是磨了又磨，像操持某種神奇技藝。父親割膠和磨刀的緩慢速度，經常引得母親不快！

連日暴雨，母親原已為沒收入而發愁，看到父親磨刀的動作慢吞吞，那渾然忘我的模樣，更讓母親火上加油！母親總是不耐煩，粗聲粗氣地罵父親：「磨好了沒？磨幾把刀，磨了幾粒鐘囉！磨咁利，傷佐膠皮，食屎啦！」[2]母親罵得理直氣壯、尖酸刻薄，父親這才心不甘、情不願地把水倒掉，把膠刀用舊報紙一把一把仔細裹好，然後狠狠白母親一眼，再一記回馬槍：「妳犀利，以後膠刀都俾你磨！」[3]如果母親不善罷甘休，又趁機數落父親割膠的速度奇慢無比，接下來就會有一場雞飛狗跳的大吵。貧賤夫妻百事哀啊，父母的個性南轅北轍：母親急性子，父親慢工出細活，難怪兩人從年輕到老，一起度過五十多年，一輩子始終吵吵鬧鬧！

大學時讀《詩經》，讀到：「有匪君子，如切如磋，如琢如磨。」老師解釋說，詩句本義指君子之間要互相學習。但在我腦海中自然浮現的卻是父親渾然忘我磨刀的模樣！父

---

2 意即：「磨刀磨了幾小時，磨那麼鋒利，傷了樹皮，等著吃大便啦！」

3 意即：「妳厲害，以後膠刀都讓妳來磨！」

親專注完美、近乎苛求，反反覆覆，切磋琢磨；父親用那把閃亮的膠刀，示範給我知道：能專注用心做好一件事，是如此美好！

後來又讀到荀子〈勸學〉：「駑馬十駕，功在不舍。鍥而舍之，朽木不折；鍥而不舍，金石可鏤。」

父親坐在小板凳上，就著天光，高高舉起磨好的膠刀，眼神晶亮地欣賞自己的傑作。那美好的畫面，鐫刻在我心底。是呀，如果磨刀三兩下就不磨了，不就是「鍥而舍之」嗎？半途而廢，膠刀不夠鋒利，當然是「朽木不折」！可見，做事情的態度就是要「鍥而不舍」，像磨刀一樣，不夠鋒利，就再磨、再磨，直至削鐵如泥，「金石可鏤」為止！

芋葉何田田

在我中學時期，由於蔬菜價格低迷不振，農藥、灌溉設備、農具、人手的需求量極大，成本極高，所以種菜變成沒什麼賺頭。二哥聽說芋頭的收購價相當高，於是決定捨棄經營了五六年的菜園，以極低廉的價格向馬來人承租了一片位於霹靂河畔的低窪地，改種芋頭。

芋頭田裡數量最多、也最可怕的生物就數螞蝗了！螞蝗，廣西話叫「山蜞」。沼澤地中，螞蝗密密麻麻、鋪天蓋地，遍佈在芋頭葉下蔭涼處，旁邊的雜樹根、草叢、小溪邊、石頭陰影下。牠們的外型毫不起眼，體色黑沉沉、體表黏黏的，身體嬌小柔軟，擅用尾端的吸盤將自己牢牢固定在芋葉梢，高舉著身體前端的口器，拉長身體，挺立空中，急速、左右搖擺，用力感覺空氣和光影的流動。一旦偵測到人或獸靠近，牠們立即悄沒聲黏上腳踝，張口便咬！鮮紅的血汩汩餵養牠，讓牠從一個小黑點逐漸溫熱，比原先腫大好幾倍！待吸飽喝足後，牠便悄沒聲地放開吸盤，自獵物身上脫落。由於整個吸血歷程過於微小，被吸了血的苦主可能一無所知，直到回家盥洗時，才發現鮮血已染紅了衣褲鞋襪！

某次拔雜草時，一條螞蝗黏在我的手腕內側，竟被渾然不覺的我帶回家。洗澡時發現這「偷渡客」的蹤跡，牠已經肥胖得活脫脫似一條黑色運動手環了！當時，無論自己如何大力拔除，竟都拔不掉！母親用火鉗子夾牠，牠的身體被拉長，幾乎呈現透明狀，裡面鮮紅的血液一覽無遺，牠依然死也不放開緊咬的口器。母親笑著說：「哇！細妹，妳嘅血一定好好飲！妳睇，山蜞仲未食飽！」[1]最後，姐姐撒下一把鹽，牠的身體立刻收縮滲出血水，才掉下來。媽媽把牠放在報紙上，劃一根火柴，淺藍色的火焰點燃了報紙，螞蝗的身體著火，鮮血不斷湧出，發出濃濃的腥臭味，高溫燃燒的「嗤嗤」聲。那條巨大無比的螞

1　意即：「小妹，妳的鮮血一定很好喝！妳看，螞蝗還沒吃飽！」

蝗被一把火燒得精光，我心頭痛快極了！然而，牠留下的傷口卻是奇癢無比，過了好幾天才癒合！

種芋頭的步驟，和種菜一樣，都是先整地挖溝、做畦，我們是老經驗了。然後撿石頭、翻土、讓泥土曝曬一段時間滅菌。泥土乾旱時，螞蝗都消失不見了！但芋苗移植前，又得將溪水引入田畦，讓土壤變成軟質黏土。然後，我和母親戴著大草帽，打赤腳，負責種芋頭的工作。母親拿一根木棒子走在前，每隔一段距離用木棒在地上用力搗出淺坑。我身上揹個麻布袋，拿起一株芋苗，彎腰，往坑內種，用腳踢一點薄土覆蓋新種下的芋苗。然後直起腰來，往下一個坑，再種下一株芋苗。彎腰、種一株、站起、再彎腰、再種一株、再站起。陽光毒辣，芋田開闊、空曠，毫無樹蔭及遮蔽物，汗水迅速濕透全身！七英畝芋頭的種植，全都是我和母親辛苦了一星期的傑作！

由於假日都在種芋頭，我的臉頰、脖頸、全身都被曬得烏漆墨黑！長期烈日下的過度曝曬，體質燥熱，臉頰出油量旺盛，又無正確保養知識的我，滿臉青春痘恣意橫行，一顆顆又大又紅腫，調皮的同學為我取了綽號，名曰「青春黑婆大粒痘」！青春期的小女生，面對難聽至極的綽號，豈能不在乎？但家境貧寒是無法改變的事實，我不能為了自己的

「面容」而拒絕勞動。貧家女也不可能去看昂貴的皮膚科，好無奈啊！內心哀傷無人能懂，僅能任由滿臉青春痘如野火燎原，猖獗張狂，一發不可收拾！青春期的我，沉默寡言、個性孤僻、行徑怪異、獨來獨往，其實是想要掩飾心中強烈的自卑感。

在芋田裡，我們都是打赤腳工作。為何非打赤腳不可？主要是考量工作效率的關係。芋田的土壤以軟質帶黏性為佳，如穿雨鞋下田，雨鞋會被軟泥緊緊吸住，每移動一次，就得大力把腳從田裡狠狠拔出來，而且通常腳拔出來了，雨鞋卻還黏在土裡。大力拔出腳後，又得拔出鞋子，時間和力氣不就被耗費掉了嗎？哪還有力氣和時間好好工作？為了避免這些不必要的麻煩，我們決定：乾脆打赤腳下田算了！

赤腳下田有兩個隱憂，一個是螞蝗，另一個就是蛇類了。尤其是芋頭成長期，隨時須維持土壤潮濕。那時，芋葉翠綠一片；放眼望去，一碧萬頃，煞是好看！芋葉田田之時，得抓緊時間迅速拔除雜草，否則雜草猖獗，芋頭地下塊莖就長不大了。雖然心中忐忑不安，也只能鼓起勇氣，赤腳踩下綿軟發出濃烈臭味的爛泥巴中。雙腳隨著體重下陷，移動時，感覺一腳高、一腳低，活像月球漫步！初時，覺得那爛泥巴好噁心，後來就覺得蠻好玩的。我和四姐，不由得左右搖擺、尖叫、推擠，被母親斥責後才停下來拔草。工作了一會兒，立即感覺到火燒火燎般炎熱！一望無際的芋田裡濕熱難耐，大草帽僅蓋住頭頂，彎腰拔草時頸項和後背暴露在艷陽下，烈日烘烤的威力，就像在脖子上貼了個烤盤！更難受的是，高溫濕熱的沼澤地被蒸騰出一股腥羶的臭味！那臭味，近似汙水處理廠的味道！在揮之不去、天羅地網般的臭味包圍下，我們僅能用布巾摀緊口鼻，拚命忍著臭味工作！

雖然艷陽罩頂，濕熱難耐，拔草時還是得全心全意、仔細分辨芋頭和雜草，不能拔錯。每株芋苗都是嬌貴的，它們是我和母親「鞠躬彎腰」了好幾十天的心血結晶。當專注工作時，完全忘了螞蝗的存在。其實，牠隨時潛伏在你身邊。牠可能在芋葉上面，可能在根莖上，也可能在腐爛樹葉樹根下。總之，牠無所不在！一塊地的雜草拔光，等於一兩個小時的曝曬，讓人眼花目眩，可以到工寮休息一會兒，補充點水。把沾滿爛泥巴的雙腳，用冰涼的溪水沖洗一下。這時，我的媽呀！我和四姐都尖叫起來！我們倆，每個腳趾與腳趾的「凹槽」間，不知何時，都悄悄「嵌入」一條烏黑發紅的「裝飾物」：超大山蜞！牠們一共八條，正在吸血，吸得不亦樂乎！

赤腳下田的另一個隱憂就是蛇類了！有一次，我和母親一前一後工作，母親握著木棒打洞，我負責彎腰種下芋苗。這塊區域有棵雨樹的林蔭，樹下還堆疊一些石頭，陰雨天，飄著濛濛雨絲，時而有涼風吹送，甚是涼快。母親和我合作無間，工作進行得極為流暢。突然，母親手中的木棒著地時抖動了一下，馬上大叫一聲：「土裡有東西！」後方一步之遙的我還反應不過來，說時遲、那時快，我裸露的腳踝突然感覺一陣冰涼觸感溜滑過去，有條冷冰冰的東西竟然鑽入我的褲管，沿著小腿想要往上爬！「蛇啊！是蛇在我褲管裡！」我尖叫！母親臉色大變，丟下木棒，立即衝到我面前，毫不猶豫的，隔著褲子，一雙手拚命往我的褲管撈！母親猛然出力，有如鐵鉗般的一雙手精準地捏住了蛇頭！母親大口大口地喘氣，孔武有力的一雙手緊緊扼住牠，拚命收緊、收緊，儘管那條蛇死命掙扎，母親咬緊牙關，死都不放！一分一秒過去，像過了一世紀長，直到那條蛇停止了顫動，母親才呼出一口氣，把蛇屍往外拉。仔細一看，是一條比小孩手腕略粗的錦蛇！雖然無毒，但實在太嚇人了！母親氣得狠狠把牠丟擲到旁邊的石堆上，用扁擔把蛇頭都搗爛了。我驚嚇得臉色煞白，這時候才放聲大哭！

還有一次，是芋頭豐收時節。由於產量過大，人手不夠，採收不及，眼看芋葉已枯萎殆盡，遂趕工到傍晚！芋頭非常沉重，一般都是女人和小孩下田挖掘，把挖出來的碩大芋頭堆在田埂上，壯丁負責搬運。天邊紅艷艷的晚霞逐漸消失，夜幕慢慢罩下來，天色漸黑。

我和姐姐挖完最後一畦，把最後一顆芋頭匆忙堆疊在田埂上，一屁股坐在水溝邊，把沾滿爛泥巴的雙腳伸入溝中洗腳，一面很開心地大喊：「收工了！」這時，突然聽到一陣很響亮的「嘶嘶」噴氣聲。就著朦朧的月光，轉頭一看，剛才堆放最後一顆芋頭的「芋頭堆」裡，媽呀！那根本不是一堆芋頭，原來是一坨蜷成大便狀的眼鏡蛇啊！牠正憤怒得昂首吐信！我和姐姐嚇得拔腿狂奔，一不小心就摔入旁邊的水溝裡。

後來，二哥和長工馬騮成聞聲趕來，兩條扁擔齊出，馬騮成眼明手快，一扁擔先往蛇身七吋打，原本張牙舞爪的蛇立即癱軟抽搐，他們一次又一次往蛇頭拚命打。月光下，手腕粗的蛇身最後被打成扁平，狀似一條粗大的尼龍繩，扔在田埂邊！

童年勞動史

我的童年是一部勞動史。從最早的生薑、菸草、稻米、花生、木薯、芋頭、蔬菜、玉米到木瓜，貫串整部家族勞動史的是橡膠！不同時期耕種的農作物，代表一個時代的到來以及一個時代的過去！

最早，父母在雨林邊陲非法種植生薑，而後，發生了「薑瘟」，於是改種菸草。由於生薑和菸草都適合生長在排水良好的山坡地，也都需要不斷更換栽種地點，才能確保農作物的品質，因此，兩種農作物適合輪作。

但菸草是非常費工的農作物，能否豐收還得看老天爺是否賞飯吃！種菸草前先撒種育苗，用棕櫚葉為苗圃遮陽擋雨，一個月後才將幼苗移植，灌溉、施肥、拔草。這些工序都不難，最辛苦的工序是「打頂」。所謂「打頂」，就是在菸草植株開花前，將頂部花苞折斷或剪掉，這工作得趕在花朵綻放前完成！想想看，一片菸田動輒三、四英畝，每一株菸草都得「打頂」，需要多少人力？所以，菸草「打頂」時，全家都得蹲在菸田工作，為求時效，忙得連水也沒時間喝。蹲了幾小時，大人站起來必定腰痠背痛、眼冒金星！小孩則還好，小孩的問題是手痛。大人打頂是用手指掐斷花苞，小孩得用剪刀，剪完幾百粒花苞後，手會脫皮起水泡，完工後，手還不斷發抖！更可怕的是，每一株菸草「打頂」次數還不止一次！如果忙不過來，沒有好好「打頂」，這批菸葉一定長不好。每張菸葉的寬度、厚度、完整度、產量和質量都受「打頂」影響，沒「打頂」，後悔也來不及了！

「打頂」後沒多久就能開始收成，又得虔誠祈禱，祈求老天幫忙，千萬別下大雨。過量的雨水會導致菸葉發黃、萎落。菸草得一張張自葉柄割除，得彎腰、蹲下、割菸草、起立，再彎腰、蹲下、割菸草、起立，一個下午得重覆動作幾百遍。小孩為求速度，索性跪著工作，用在地上爬行的方式移動，最後手掌、手肘、膝蓋都長了厚繭。

菸葉採收回來，全家總動員，用最快速度把它一張張平鋪懸掛在竹竿搭蓋的層架上，那層架比人還高，置放地點在廚房和天井間的過道處，那裡通風良好，有廚房的柴煙高溫燻烤，有助菸葉乾燥。每天早上，小孩負責把菸葉層架移到天井，連續讓陽光曝曬七天。曬菸葉時，最怕被雨水淋濕，輕則影響菸草的香氣和風味，過度潮濕甚至會發霉或腐爛。曬乾後，再借用鄰居的菸樓燻烘一個星期，完全乾燥後才能出售給收購商！

有一段時期，政府嚴格取締非法墾殖。於是父母放棄了雨林邊陲的那塊山坡地，停止生薑和菸草的種植。為了能迅速解決一家十幾口人的糧食需求，便向馬來人承租低窪地改種水稻。稻田需要大量水源，卻常發生水源不足問題。自家沒有牛，需向馬來人租用耕牛。插秧、割稻、打穀都需要大量人手，打穀、吹穀機、碾米機具也需借用，諸多不便！故只種了兩年稻穀便不再種。

但我還是依稀記得，插秧那日，一大早，天還未亮，睡眼惺忪中，我就已經被揹到稻田邊。清醒時，和小姐姐一起坐在田埂上，放眼看去，廣闊無垠，一格格稻田水光瀲灩，遠方山色空濛，四周圍有水氣氤氳。一顆火紅的朝陽慢慢自遠處升起來了。仰頭看，極高極高處，一大片蔚藍的天，朵朵白雲如潔淨棉絮鑲嵌其上。大人捲起褲管彎著腰工作，我眼眸所見是一整排大人的屁股，他們彎著腰，腰上繫著布袋，裡面裝滿綠油油的秧苗。大人褲腿烏黑，手上都是汙泥，不斷彎著腰插秧，無暇管我們。幼小的我和四姐無聊了，便在田埂邊嬉戲奔跑，為了追尋一隻毛色艷麗的翠鳥，一不小心，我便倒栽蔥摔入了水田裡！那時，我全身沒入灰黑色軟泥中，奮力張嘴哇哇大哭，驚起一群白鷺鷥飛過漠漠水田，不遠處一隻正在嚼食青草的母水牛抬起頭，濕潤的牛眼慈愛地看著我，低低地發出拉長音的「哞」叫聲，似乎在呼喚大人來救我。我被拉起來時，滿嘴都是爛泥巴腥鹹的味道。

我還記得，割稻完畢，稻田彷彿一夜間變大變寬，變成小孩們無比遼闊的遊樂場。打稻穀時，大人都用頭巾包著口鼻，無論男女，乍看都近似一群包頭巾、蒙面紗的穆斯林女子。吹穀機嘎嘎響、呼呼吹，大人比手劃腳溝通，彷彿都變成了不會說話的啞巴！而我興奮地拉起上衣，模仿大人的裝扮，咿咿呀呀學啞巴。打完稻穀，用大麻布袋分裝，袋口縫緊，載回家後，穀袋一包包累累疊上去，堆得比人還高，幾乎接近屋頂，堆滿了整個客廳！小孩競相攀爬上穀袋頂端，跳躍、追逐、玩鬧。站在高高的穀袋上俯瞰底下的人，儼然自己是會輕功的大俠。然後，樂極生悲！從割稻那天開始，家裡的空氣中不能避免地飄浮著稻穀細毛，攀爬或碰觸穀袋，更是容易引起全身無止盡的瘙癢。小孩不管三七二十一，總是不聽大人的告誡，搔癢時老是忍不住，狠狠用手抓，抓得滿身血痕！

白日裡，大人會先把一大袋的潮濕稻穀搬到庭院水泥地，用耙子細細鋪平，讓稻穀曝曬陽光。小孩被分配一塊屬於自己的「領地」，負責看守，提防貪食的麻雀或突如其來的風雨。小孩看守稻穀時必定呼朋引伴，用石頭在旁邊的泥地上畫格子，呼喚朋友們一起跳房子或跳繩。稻穀曝曬了一兩個小時，還得不忘用耙子給稻穀翻翻面！下雨時，無論是誰家的稻穀，一群「狐群狗黨」必定合作無間，有人用畚斗、有人用耙子把稻穀集中起來，有人扶住麻布袋口，快手快腳、齊心合力迅速收回稻穀。若稻穀被雨淋濕了，得多曬幾天，可能會發霉，小孩就會被修理。大人處理稻穀時大多全身著長袖長褲，小孩通常怕熱不聽勸，就會被那稻穀的細毛，刺得全身皮膚奇癢難耐。然而，每個小孩都能咬緊牙關，邊抓癢邊做事，努力把工作完成。感謝這些勞動，無論是曬菸草還是曬稻穀，是這些工作塑造我，成為一個有責任感的人！

我的成長過程中，蔬菜和芋頭的種植歲月，最長。在菜園裡，我和四姐負責拔菜畦裡的野草，也摘洋秋葵、長豆和四季豆。

摘洋秋葵，得趕在太陽升起之前，否則最易蔫萎，影響賣相。星月猶在天空閃耀，我們已到地裡，繫上一層塑膠布當防水披風，穿入兩畦間，露水沿塑膠披肩淅瀝流下，洋秋葵成株高度及胸或比人高，枝葉搖晃，晨露迅速濡濕了臉頰。洋秋葵掌葉有毛扎人如刺，輕輕掃過四肢，發出疵疵叉叉的摩擦聲。一畦一畦巡視，迅速用鋒利小刀割下洋秋葵果實，丟入竹簍。長褲漸濕漸沉重，緊貼腳踝，冷涼如冰。直到天邊呈現魚肚白，鵝黃色的洋秋葵花在朝陽照射下線條變得清晰、色彩也更鮮艷，採收才完成。採收洋秋葵，是和時間賽跑，即使飢腸轆轆，也無法進食！

採收玉米，工序和洋秋葵雷同，只不過時間可以稍晚，也不用小刀。巡視左右兩畦、目視大小適中者，輕握玉米果實，感覺尾端堅硬、結實飽滿者，旋轉莖柄、徒手摘下，丟入背簍即可。玉米果實和葉脈皆有細毛，刺入皮膚，一樣會搔癢難耐！

摘長豆時，戴大草帽，帽上繫布巾，視線稍微受阻。某次，一條小青竹絲懸掛豆棚上，我沒看清，伸手欲摘，感覺軟涼異樣，大吃一驚，連忙放手。那條小蛇直接摔落在我的膠鞋上！一忽兒，蠕動幾下，迅速竄入青綠色豆叢中！我呆愣原地，驚呼出聲，雙手顫抖，久久不敢再摘！

拔草時，總是艷陽天，戴一頂寬大的草帽，坐在小板凳上，邊拔草邊聽收音機，那時最愛收聽「麗的呼聲」廣播劇！各種各樣好聽的故事，讓我追隨著故事中人物的情緒波動起伏，汗水一滴滴沿著額頭流下臉頰，流到脖子，汗濕了腋下和全身，最後衣服濕透，整件黏在身上。又酸又臭的汗味，也蔓延到悶熱的膠鞋上，襪子全濕，甚至因過度潮濕，行走時發出啪搭啪搭的聲音。

我和四姐拔草時，花狗和暹羅貓喜歡跟到菜地裡。花狗豎起又直又長的白色尾巴搖來擺去，這裡巡巡、那裡逛逛，鼻子湊近蔬菜聞東聞西，伸出狗爪到處挖洞。有時整顆狗頭鑽進我大汗淋漓的腋下，嗅聞那驚人的汗臭味！灰黑條紋的暹羅貓，則蜷成一團，好整以暇地窩在裝雜草的竹簍裡，雙眼瞇成一條縫，打哈欠，有時抬起下肢，伸出舌頭，又舔又咬，仔細理毛。有時，狗和貓哥倆好，同時看中了木瓜樹下的蔭涼，一起躲在木瓜樹下睡大覺，暹羅貓還會無恥地睡在花狗肥肥圓圓的肚子上！一有風吹草動，狗和貓一躍而起，衝到草叢裡，狂吠一隻大蜥蜴，或者狗嘴巴叼出一條石龍子，貓用腳壓制一隻小老鼠，稍微放開牠，再把牠捉回來，像是逗弄發條玩具。有時，一狗一貓一起遁入雜樹林深處，久久不出來；近前去看，只見一大一小都以半蹲姿勢站立，正在痛快地大便呢！屙完大便，狗用後腿作勢踢一下泥土，佯裝掩蓋自己的「黃金」；貓則是一板一眼，一下一下揮動前肢，努力很久，仔細地挖土，認真地覆蓋自己的「黃金」。

有時，花狗興高采烈衝過來，把嘴裡叼的獵物送給你。赫然一看，是一條已被鋒利狗牙開膛破肚的金花蛇！有時，正在聚精會神地拔草，暹邏貓卻突然鬼鬼祟祟一個箭步鑽入妳懷中，「喵喵」兩聲跳躍蹲伏在大草帽的陰影下，一臉阿諛諂媚地磨蹭妳的膝蓋，仰頭對妳喵喵叫，彷彿要妳看清楚牠送的禮物：一隻無頭老鼠血肉模糊，從妳懷中翻滾而下，摔落小板凳前，一截長長彎彎的黑色尾巴兀自顫動！

經營菜園時，我最愛的工作是砍伐玉米和洋秋葵老莖。收成結束，耕地需輪作。這時我和四姐便身揹鐮刀，進入玉米田裡，揮動鐮刀，化身為武功高強的「俠女」！我們的刀法乾淨利落，彎腰往根部揮一刀，「咻」一聲，一棵玉米瞬間應聲倒下、輕扶樹莖、即整齊排列在畦上。雙刀齊下，數十分鐘，兩俠女就能殲滅全部「敵人」，玉米田迅速被夷為平地。我們「手刃」千千萬萬棵老莖後，傲立中央，環視一片空曠、廣袤的褐黃色大地，涼風獵獵響、吹拂帽上的布巾，心中的爽快呀，真是筆墨無以形容！

我的童年，簡直是一部充滿田園根鬚、自然情性的勞動史！生在農家，很早就被當成一個小壯丁鍛煉：鋤地、做畦、挖溝、育苗、移植、灌溉、除草、施肥、採收各種工序，不用刻意學習，卻自然學會。勞動的辛酸，肢體的鍛煉，一勺一瓢與天地自然的爭奪，不堪回首！

直至走到知命之年，驀然回首，才了然於心：耕種的生活是再也回不去了，和泥土的距離也已日愈遙遠！曾以為苦不堪言的勞動經歷啊，如今卻成了回憶中最美的篇章！

鬥豹虎

我的童年時期沒有手機、遊戲機，連電視也罕見。大人忙於生計，孩童只好自己找樂子。女孩最愛跳繩、跳房子或撿石子。男孩最喜歡的遊戲就是鬥豹虎了！所謂「豹虎」，其學名是「細齒方胸蛛」（Thiania subopressa），英文俗稱「鬥蜘蛛」（fighting spider）或者「跳蛛」（jumping spider）。這種蜘蛛盛產於中國南方廣東以及東南亞一帶，身形比指甲略小，不會織網捕捉獵物，但擅長快速跳躍，以擒捕木蝨、蚊蠅、蠹蟲等獵物為生。因豹、虎和貓都屬貓科，故「豹虎」之名是比喻其靈活小巧、勇猛好鬥。

在那自然環境還未被人為破壞的純真年代，草叢、灌木叢中隨處可見豹虎蹤跡，尤其是光身而帶有凹坑的柚葉、大紅花[1]葉和黃皮葉最常見。豹虎喜歡把窩建在兩片葉子之間，葉底與葉面用蜘蛛絲黏連。當你看見兩片葉子不尋常地黏在一塊，小心撕開，十之八九會有隻豹虎躲在裡頭！男孩用雙手把黏著的葉片一拉一扯，迅速把葉片完整扯落，順勢引豹虎跳上手掌，再合掌捉之，擒獲後飼養在火柴盒內。要讓豹虎住在舒適的「新家」，就得絞盡腦汁取得新的火柴盒！小孩會偷偷把家中幾個火柴盒的火柴棒集合在一起，被媽媽叨唸也不管！

我家的圍籬是大紅花叢修剪而成，我五哥和玩伴每天都在此尋找成年的大豹虎，我這小跟班也躬逢其盛。健康的雄性大豹虎，在男孩眼中是一種美得不可思議的昆蟲。牠們頭部寬大、前臂粗長，是天生的戰鬥者。身上有藍、紅、金、銀等鮮艷色澤，還有一雙亮晶晶的黑色眼睛，精神奕奕、霸氣騰騰地瞪著你！

男孩們將豹虎分為很多種，主要用來區別其戰鬥力。通常，被稱為「白腳」的豹虎戰

1 木槿花。

鬥力最弱，「紅豹」、「青豹」還可以，「Kap豹」最勇猛，牠們在打鬥時往往會跳躍向前，快速地攻擊對手，非常兇狠！「咬豹」是因為牠一上前就張口大咬，對方往往瞬間落敗，立即垂頭喪氣逃開！

放學後，男孩們各自隨身攜帶火柴盒到處逛，遇到友伴就把自己最引以為傲的豹虎拿出來，向人炫耀及挑戰！每隔一段時間，必定有一隻號稱「Kap豹王」。靈巧敏捷、色彩斑斕、鬥志昂揚、百戰百勝的豹虎王出現，也必定會有絡繹不絕的挑戰者來找這隻「Kap豹王」踢館！每當豹虎界的武林高手要大對決，男孩們就悄悄在校門口聚集，傳遞耳語，幾點幾分打鬥時間地點，不見不散！

還記得，五哥曾培養出一隻領袖群倫，打遍全村無敵手的「豹虎王」！當時小學分上、下午班制，高年級讀上午班，低年級讀下午班。那時，五哥最寵愛的那隻「豹虎王」都委託我照顧。每天早上，我會把「豹虎王」帶到門前的花叢，讓牠離開火柴盒四處去覓食，順便曬幾分鐘清晨的陽光。我蹲在花叢前，觀察牠忙忙碌碌地在樹叢間上下爬行，等牠飽餐後再帶牠「回家」。雨天時，我則放牠在房子裡自由活動，找小昆蟲吃；蚊子、飛蛾、螞蟻、蟑螂、蟋蟀等都是牠的盤中飧。五哥經常叮嚀我，不可讓豹虎王吃太多，過飽的豹虎會發懶，身體遲鈍，失去鬥志！我每天會更換火柴盒內的葉子，灑一兩滴水珠在上面。經過我的悉心照顧，這隻戰鬥力驚人的豹虎王始終保有漂亮的色澤，行動靈敏。其威名在豹虎圈如雷貫耳！每天來挑戰者眾多，牠卻始終立於不敗之地！

鬥豹虎的劇碼，小孩司空見慣，但卻樂此不疲。只要掀起盒蓋，把一隻訓練有素的豹虎放到葉片上，然後再放下另一隻豹虎。豹虎生性好鬥，一碰頭，立即打得不可開交。初時，牠們揮舞前肢，尾巴擺向一邊，步步逼近對方，距離拉近後雙方前肢對碰，較兇猛的一方趁機把對方往後推。有時，雙方會抱在一起用口器互咬。如果雙方咬噬得難分難解，就開始計算打鬥回合數，如果已經好幾回合牠們還不分開，主人就會強行吹氣分開牠們。一般豹虎對打都相當短促，打輸的一方迅速敗走，勝利的一方也不追趕糾纏，是極有風度的君子之爭。

一場戰鬥剛結束時，敗方會對勝方產生恐懼，一見面就掉頭逃。如果想要這敗軍之將迅速恢復勇氣，就得靠婀娜多姿的雌豹虎出場了！男孩對打鬥意猶未盡時，會分頭去草叢中尋找雌豹虎，雌豹虎的功能就是讓打敗仗的一方「重振雄風」！在戰敗的雄豹虎面前放上一隻雌豹虎，雄性一見到雌性就會興奮得全身抖動，一副「猴急」的模樣，這時把雌性突然移走，把勝方豹虎再放進來。敗方就會被激怒，變得異常兇狠，戰鬥力直線上升，又變成一尾活龍！於是，兩雄再度相爭！

雖然老師禁止，男孩還是會偷偷把各自飼養的「寵物」帶到學校裡。下課時，男孩經常偷偷摸摸聚在一起觀賞豹虎。上課時也會悄悄探手伸入抽屜，打開盒子偷窺自己的「寶貝」。得意忘形時，往往逃不過老師的法眼。被老師發現，免不了一頓懲罰。然而，男孩們依舊樂此不疲！

養豹虎、鬥豹虎，野村男孩們的共同回憶，你還記得嗎？

看馬戲

回顧我的成長路，母親確實是影響我最大，也是我生命中最重要的人！

雖然在我的青少年時期，兄姐們已慢慢獨立，家境也逐漸改善，但父母肩頭依舊負荷著重擔，秉持耕讀傳家的淳樸家風。身為家中的第十個小孩，我雖然是父母最疼愛的么女，從小到大，該參與的勞動、該吃的苦，我一樣也沒少過！

我的母親是個吃苦耐勞、勤儉持家的廣西女人，終日像一頭老牛埋頭工作。每日凌晨即起割膠，下午種稻、種菸、種菜、種芋頭，晚上九點前一定入睡。全年無休假，無娛樂。無論發生任何事，她都堅持勞動，生病了也都抱病工作，從早到晚，從不喊累，直到大地成為她永遠的歸宿。終其一生，唯有「溫、良、恭、儉、讓」，此五字可以形容其為人行事。

記憶最深刻的，和母親共度的甜美時光，就是那唯一的看馬戲經驗。

小二時，我在學校聽說，不遠的加地小鎮來了個馬戲團，他們已經紮營一個月，全村為之瘋狂。好多人攜家帶眷，去看表演。我的同學中，很多人也去看過馬戲團表演了。同學一下課就圍在一起討論，說馬戲團的老虎、獅子會跳火圈，小猴子會騎腳踏車，有隻大象會用長鼻子脫帽、戴帽，可愛極了！害我也好想去看馬戲團的表演。這星期日，馬戲團就剩最後一天了。那些獅子、老虎、大象都要離開了！我好急，好想趕赴這場盛宴！

這天早上下了點雨，母親冒雨割膠，淋了雨，一回家就嚷說頭痛。做好膠片、吃完午餐，母親就在房裡躺下休息。我好想要求母親帶我去看馬戲團，可是開不了口。母親蓋著一條五顏六色的百納被，睡在床上，雖睡著了，雙眉還是習慣性地蹙著。平時我也是和母親一起睡覺的，看母親睡著了，我好失望、好無奈，愣愣地也上了床，把被子蒙著臉，躺在母親身旁。想到別人都可以去看馬戲團，只有我沒得去，愈想愈委屈，愈想愈傷心，淚水從眼眶緩緩溢出。初時是無聲哭泣，然後是邊哭邊禁不住顫抖抽搐。一會兒，母親發現了，便問原故。我嚎啕大哭，囁嚅著說出自己的期待和失落。母親聽說，馬戲團確實是最後一天表演，今天以後，就會離開。母親馬上翻身下床，口中雖罵罵咧咧的，卻連聲催促我換衣服，說：「快，我們搭巴士去看馬戲團！」我喜出望外，立刻破涕為笑！

後來，那場馬戲到底看到了什麼精采片段，搜索記憶，關於老虎、獅子、大象、猴子的表演，我幾乎全部遺忘！然而，看馬戲之前曲折爭取的過程，當時和母親的對話，卻歷歷在目，彷彿昨日！為何這些部份能鉅細靡遺、深刻銘記在心？因為，那是母親唯一和我一起「享受歡樂」的記憶！因絕無僅有，而彌足珍貴。

小時候，能和母親一起出門，都是因為我要看病的原故。幼稚園時期，我曾得過哮喘病。起初是感冒發燒，因野村地點偏僻，就醫不便，就循往例買些成藥吃。後來一直沒治好，竟引發長達一年的咳嗽和哮喘！反反覆覆在政府醫院看病、拿藥，病情卻愈來愈嚴重。母親這才急了，開始打聽城裡較有名氣的私人診所醫生，東奔西跑帶我去就醫。

母女倆搭了一趟又一趟的巴士，只為了看病。那時上霹靂路線的巴士是紅黃巴士，班次極少，又常脫班。母親割膠回來，匆忙洗澡，換了身乾淨衣服，便帶我去村口等車。經常一等就是一兩個小時，巴士才姍姍來遲！

不識字的母親，常常搭錯車。有時，上車後才發現搭錯，我們得趕快下車，向街邊的攤販問路，或向路人求助。如果看病的地點不遠，下車後就走路去。如果太遠，只好站在烈日下再等下一班巴士。太陽下，汗流浹背，走了又走，等了又等，巴士永遠誤點！好不容易上了車，每一趟巴士卻都是人滿為患，擁擠得像沙丁魚罐頭。巴士乘客有印度人、馬來人和華人，充滿著各種怪味。印度男人身上永遠充斥濃烈的椰花酒味，喝得醉醺醺，嘴巴裡不斷吐出胡言亂語，拉著把手還一路搖晃，走路東倒西歪，令人避之唯恐不及！印度女人則皮膚和頭髮上都塗抹油膩的椰子油，味道混濁！馬來人非常注重外表，出門必定穿上最好的衣服，並精心打扮自己，髮絲都油光水亮，飄來濃得化不開的髮蠟味。馬來女人穿著玲瓏有致的 kebaya 長裙，婀娜多姿，妝容俏麗，滿身披掛假首飾，也愛噴上味道濃郁的廉價香水！華人呢？從鄉下去城裡，我們也會換上平常不捨得穿的新衣服，但由於長年割膠，母親身上有股洗不掉的橡膠酸餿味，或者是橡膠加工時使用的強酸味。那是屬於割膠工人專屬的味道，母親終其一生，洗也洗不掉的印記。

巴士上，母親總是謹小慎微，緊張兮兮。因為對城市不熟悉，要在哪兒下車也不大清楚，母親擔心我不舒服，都勸我睡覺，自己卻硬撐著疲累的身軀，全程不敢睡。幼年的我很少搭車，聞著嗆鼻的汽油味，還有巴士上各色人種五味雜陳的體味、香味，混合起來的一股受不了的怪味！我總是一上車就嚷著說：「噁心想吐！」母親可緊張了，幫我塗抹萬金油，準備塑膠袋，拚命安撫我的情緒，央求我忍耐再忍耐，別吐！啊，可我還是吐了！於是惹來滿車乘客嫌棄、厭惡的嘴臉。母親只好賠著笑臉、客客氣氣地向旁邊的陌生人一個勁兒地道歉！傷腦筋的是，我上車就想嘔吐的情況，頻率非常高。沒座位時，顛簸較厲害，站著更想吐！僥倖有座位時，母親會讓我直接把頭枕在她大腿上，但是我依舊頭暈！直到上小學後，搭車次數增加，逐漸習慣了柴油巴士特有的氣味，才慢慢改善。

幼年四處求醫，印象最深刻的是一位年紀甚大的印度名醫。其私人診所是一間豪華別墅，花園裡種滿各種千嬌百媚的玫瑰花。診所位於瓜拉江沙近郊，從車站下車後，需走好長一段路才能到達。母親牽著我的手，抄小徑走，總是行色匆匆，皺著眉頭、臉有憂色。回家前，經過車站前的藥局，老闆把魚肝油的功能誇大得天花亂墜，母親半信半疑，數算著錢包裡的鈔票，猶豫再三，長嘆一聲，還是為我買下一瓶價錢昂貴的魚肝油。最後，反反覆覆醫治了一年，纏綿多時的哮喘病才終於治好。去瓜拉江沙看病，那是我和母親一生中最親密的一段時光！

猶記得，幼年的我，最喜歡黏在母親身邊，不斷要求母親講故事！我最喜愛下著超大豪雨的雨天，這時，母親不下田工作，才是屬於我一個人的！母親縫製衣服、製作糕餅、醃製鹹菜，我都跟前跟後，一面聽她說故事，一面幫頭幫尾。啊，那真是甜蜜的時光！母親不識字，腹中卻有許多說不盡的故事。有些是家鄉傳奇，有些是人生歷練和見聞，讓我聽得著迷。但我極少從母親口中獲得稱讚，即使課業優異，總是考第一！

還記得小一時，第一次考第一名，我拿了成績單回家，告訴母親我考了第一名。問母親有沒有獎賞，母親淡淡地說：「妳考第一名是妳自己的，跟我有關係嗎？妳讀書是讀給自己的喔，花父母的錢，把書讀好不是應該的嗎？」後來，我聽說同班同學考了第三名，她的媽媽馬上賞給她二元；我也向母親討獎金，母親才笑著從口袋裡掏出一元，放在我手心，跟我說：「好啦，家裡沒錢，最多給妳一元！」

事實上，看馬戲和看病，對幼年的我而言，都是非常重要的兩件事啊！透過它們，我確知：口頭上從不稱讚我的母親，是多麼疼愛著我！因為沐浴在母親溫柔的愛裡，我才得以成為一個善良、溫暖、知足、感恩之人！

曾經，母親是我世界的中心，我圍繞著她旋轉，彷彿衛星圍繞著太陽！成長拉開了我和家人的距離，日復一日、年復一年！時間是不等人的，驀然回首，已是「樹欲靜而風不止，子欲養而親不待」！

父親在扣留營

二〇一七年九月廿二日晚間接獲噩耗，隔一天趕赴機場，展開迢遙回鄉路。飛機上內心平靜無波，默唸佛號。四哥派了馬來司機等在吉隆坡國際機場出境處，上車後隨即直奔老家。四個小時的風馳電掣，心頭百感交集：馬來西亞，生我育我二十年的鄉土，父母接連離世後，我與家鄉的聯繫將剩下什麼呢？離家居台將屆三十年，如今我在台之日竟比在馬成長的二十年時光還更長了！座車駛入村子，「利民加地」四個大字映入眼簾，近鄉情怯之感油然而生。

兩年未返鄉，村中景物依舊，而今訣別時刻卻已步步進逼，令我思潮起伏如巨浪拍岸！

車在減速，熟悉家門在望，掛滿黃色布幔的喪禮棚架，巷口一對迎風招展的紅色燈籠，上書黑體顏楷字：「梁府」、「享壽百齡有二」。我確知，下次回鄉將遙遙無期！而今而後，眼前一切會多麼的不同，因為父親不在了！我已然是無父無母的孤兒！

車子停下，穿著紅衣的四哥為我打開車門，司機幫我搬行李，眼眸觸及最照顧我的兄長，那和我百分百相似的深邃雙眼裡有許多話語，是世上僅有，一起成長的親手足才能讀懂的深奧語言！我的淚水瞬間如潰堤的河水，澎湃奔騰不休。

大嫂拎著一件紅衣奔向前，攬著我的肩，說：「細妹，快換紅衫，『老豆』百二歲囉，妳睇，都掛紅燈籠、鋪紅布、著紅衫！是喜喪，別哭喔！別哭！」換好喪服，大嫂牽著我的手，看父親最後一眼。晚年因嚴重駝背，僅能側睡的父親，如今安安靜靜地仰躺著，面容紅潤、嘴巴微張、露出前排幾顆略黃的門牙，那模樣接近酣睡。二哥說，父親過世前無病無痛，一週前多睡懶動，無慾，僅少量進食。當天傍晚和二哥說想喝牛奶，二哥伺候喝下牛奶、如廁、躺下後，父親說想睡，又說很熱拒絕蓋被，隨即閉目酣睡。十分鐘後二哥進房欲蓋被，發現父親竟然和母親當年一樣，已在睡夢中悄悄離開人世！

再度端詳父親的長眉、緊閉的大眼、豐唇、隆鼻、尖下巴、耳垂極長的耳朵，恍惚間想起，晚年的父親怕熱，總是攤開一張行軍床，在一樓往二樓的樓梯底下午睡，他說那個地方緊靠百葉窗，最涼爽。樓梯底下有個老書櫃，當中有很多我的舊書。某次返鄉，我鑽入父親的秘密基地找書，看見他午睡時側躺的模樣，嚴重駝背的他，在後腦勺下墊了兩個枕頭，熟睡中闊嘴微張，露出幾顆又大又整齊的牙齒。是，如今父親仙去，想必心中無罣礙，故模樣如同昔日午睡所見。感謝亡者的慈悲，瞬間，生者如我，心中得到了深深的撫慰。

是日晚間，我在臉書寫下：「百齡有二、福壽全歸。唐山到南洋，艱苦奮鬥數十年，在異地開枝散葉。滿堂紅衣子孫相送，今生已無憾！親愛的父親，您永遠活在我們心中，請您喜樂上路吧！」

***

眾人都說，我是父親最疼愛的第十個孩子。嚴格來說，其實我是第十二個，因為父母的第一個和第二個小孩年幼夭折。父親除割膠外，也經常在外埠擔任礦工，和妻兒聚少離多，所以家中小孩和母親的感情比較親密，對父親有股莫名的陌生感。又因父親對子女不苟言笑，犯錯時不假辭色，故子女對他是敬畏有加。父親六十五歲後不再擔任礦工，故我與父親朝夕相處的時間較長。我是愛撒嬌的么女，愛纏著父親問東問西，聆聽他的人生故事。

小時候，每當父親從錫礦場休假回家，領了薪水，必定帶回孩子們從未嚐過的進口水果，如蘋果、柳橙、龍眼、荔枝、水梨等。這些都是熱帶少見的水果，價格昂貴，每次母親總會叨唸個不休！還記得當我第一次嚐到龍眼滋味，是小學三年級時。父親採礦結束，從怡保回來。喜滋滋提著一包東西進家門，油紙包著兩紮有枝梗、褐色硬殼的小小果實，父親說那是龍眼！我問：「為什麼這種水果叫龍眼？」父親說：「無駛問咁多，食佐先，等下睇果仁就知道囉！」[1]一紮裡面僅有二十來顆褐色果實，家中每個人僅能分到兩顆。大熱天，嚐到冰鎮過的龍眼，甘甜汁液、一股說不出的清香味兒，頓時生津解渴、暑氣盡

---

1 意即：「別問太多，先吃看看，等一下看種籽就知道！」

消！依依不捨嚼淨果肉，吐出果仁，黝黑晶亮，發出幽光，果然狀似黑瞳！哇！果然是「龍眼」！感謝父親給我終生難忘的「龍眼初體驗」，特殊滋味猶如瓊漿玉液，妙不可言！

早期，我家是木造單層店鋪。黃昏時分，總會颳起陣陣涼風，鋅鐵片搭蓋的簡陋屋頂，有幾塊釘得不大牢靠，被風吹得冰邦冰邦響。牆壁是用熱帶雨林裡砍伐的雜木胡亂拼湊的，呈灰褐色，這裡凸一塊、那裡凹一塊。屋簷底下，不同時期，總有至少四、五個孩子挨著板牆排排坐，廊簷地上的黃土，整日裡被孩子的小屁股打磨著，光滑堅硬得像石頭。板屋前的空地，到處是坑坑疤疤的泥窪，有的裡面還有積水，孑孓在裡面游來游去。熱帶的雨季，午後日日雷雨，那積水似乎永遠不會消退。無論是艷陽天還是陰雨天，孩子幾乎都在屋簷底下這塊空地遊戲，女生愛玩家家酒、跳繩、撿石子、跳房子，男生愛玩木頭人、鬥豹虎、騎馬打仗。孩子們都打赤腳，穿背心短褲，男女生一律留短髮。

前半段是店面、客廳，有一間臥房，後半段是廚房，兩間大通鋪、一間小通鋪。家中有十個小孩，食指浩繁，能溫飽就已是大幸，更遑論物質享受。即使是偶然間師長贈予的一顆糖果，或者親戚贈予的一個月餅，大姐也會用菜刀把它切成十份，從不一人獨嚐。雖然家中經濟拮据，父親依然堅持要讓我們唸華校。小學唸利民小學，中學唸江沙崇華國民型中學。兄姐們每天凌晨得先到膠園工作，天亮才回家搭車去上學。上午在校專心唸書，下午回家後又得到菜園幫母親種菜，天要黑透才能回家。

父親嚴禁小孩看電視，每天晚餐後，所有的孩子都集中在客廳的一張大桌寫功課，大的教小的，朗朗讀書聲不絕於耳。每年春節前，廣西會館頒發優秀學生獎學金時，父親會親自領著我們，搭巴士去瓜拉江沙領獎學金。那當兒，列隊在路上走著，遇到每個人，父親都仰起臉，非常大聲，極度驕傲地說：「這些都是我的孩子，他們都要去領獎學金！」到了廣西會館，通常會區分學習階段頒發獎學金，我家五、六個小孩，座位會被打散。每當宣讀到我們的名字，站起來到講台上領獎時，父親必定笑得合不攏嘴，大聲跟身邊的人嚷道：「這是我三兒子！」「這是我四兒子！」「這是我小女兒！」領完獎學金，父親依然興致勃勃，通常會重重地犒賞我們，帶我們去麗士戲院看電影，看電影前吃一盤魷魚蕹菜[2]，回家前再喝一杯冰鎮冬瓜茶。

2　空心菜。

小時候，我嚴重暈車，坐巴士前必定要吃暈車藥。甚至，有時明明吃了藥，上車還是又暈又吐！所以，父親會逗弄我，叫我別去領獎學金，讓姐姐幫我代領算了！可我死也不依，我想看電影、想吃美食！一年僅有一次機會呢！

離鄉後吃遍各國美食，竟從未再吃到川燙魷魚配空心菜，蘸醬是花生加上辣椒醬這種特殊料理方式！隔了一片海洋，每當想起家鄉美食，鄉愁也禁不住在舌尖上繁殖。被喚起的味蕾記憶，總是隱約浮現父親在每年領獎學金這天，開心大笑的身影！

父親有極大的種族優越感，經常掛在嘴邊的是：「華人比馬來人強得多！華人又勤勞、又聰明、又會做生意！」不過，這的確也是事實。馬來人給華人的刻板印象是懶惰、愚昧，當然，父親那代人不理解那其實是文化差異所造成！有一次我問父親：「早期華人為什麼移民南洋？」父親迅速回答：「因為老家生活困難。」「所以，華人胼手胝足在南洋打拚，只能選擇在困境中刻苦耐勞！加上中國有深厚的文化底蘊，華人會飲水思源，總想著要寄錢回去給祖國的親人。如此，能不刻苦、不勤勞嗎？」「人家馬來人原就樂天知命、與世無爭，捕魚種菜，只要日子能過下去就行，鄉村生活本就很簡樸的。比較之下，華人當然會覺得馬來人不夠積極進取，但這就是他們的民族性，他們並不覺得這樣有什麼不好啊！」父親聽我說完，立即啞然失笑，頷首道：「說得也是！」

回想起來，父親確實是個徹底的民族主義者。他堅持小孩都得讀華校，嘲諷鄰居送小孩去讀英校或馬來學校是「英國豬」或「馬來豬」。對於那些外黃內白，從小接受英文教育，連祖宗語言都不會說，自己的姓名也不會寫，黃皮膚卻滿口英語，自以為是「上流階級華人」者，父親一律鄙夷敵視之！村中有幾戶人家，千里迢迢將小孩送至城裡英文小學就讀，大言不慚到處宣揚讀英校的好處，炫耀孩子的同學中有皇親國戚，以為孩子將來必躋身上流社會，前途不可限量！父親痛恨這些人汲汲營營追求榮華富貴的嘴臉，從此與之老死不相往來！

我家的教育方式是耕讀傳家，孩子讀書之外，重要任務便是勞動！母親割膠，父親除割膠外，不定時兼任錫礦工。家中在不同時期，又兼種薑、稻、菸草、木薯、芋頭、玉米、木瓜、榴槤、番石榴、蔬菜等農作物。無論種什麼農作物，大小孩子一律得在課餘跟著下田。

過年過節、婚喪喜慶、生活習慣，一切依循廣西老家傳統。父母勤儉持家，衣食住行，皆以簡樸為主。能吃的東西，能穿的衣服，能用的物品，皆極度珍惜，絕不輕易丟棄。小孩如冒冒失失，不小心打破瓷碗，母親不會責罵，但會依照廣西鄉下習俗，把該瓷碗用破布包起來，用棉繩綁在孩子身後，要孩子「揹破碗」一日，以儆效尤！小孩揹著如同一隻烏龜般的破碗，便羞恥得不敢出門！從此以後，也更愛惜任何用具！

一九六七年，父親開始熱衷於政治，隨後擔任勞工黨新村支部秘書，家中前半截空間變成黨支部會址。於是擺設了很多桌椅，還有一張體積龐大的乒乓桌，也訂了幾份報紙、雜誌，下午常有黨員來打乒乓、閱報、泡茶聯誼、聚會。那張乒乓桌，讓二姐、三哥、四哥都練就非常厲害的桌球技術，中學時被選為桌球校隊。也是那年，父親號召黨員們到雨林中砍伐木材，以樹桐為台柱，在上面平鋪木板，把店面前半段鋪設成高高的舞台。當晚在我家舉辦了一場「文藝晚會」，黨員們把會場擠得水洩不通，小孩們在舞台上又跳又叫，又在舞台下鑽進鑽出，很是興奮！會場內掛著紅底白字的的標語和口號：「破舊立新思想紅，敢字當頭迎鬥爭」，「敢想，敢說，敢闖，敢幹，敢革命」，具有相當濃厚的革命氣息。黨員有男有女，都穿著白衣黑褲，表演節目時載歌載舞。從檳城來的勞工黨高層領導一字排開，輪流發表演說，慷慨激昂，與中國的「文革」場面不相上下，大有「山雨欲來風滿樓」的悲壯氣概。

幾日後，霹靂州務大臣親自率團到野村宣導反共思想，灌輸村民反共意識，並展示馬來亞共產黨的武器、用具、地圖、文宣等。宣示政府堅定的反共立場，警告村民勿輕舉妄動，勿參與撐共團體或其他左派地下組織，否則絕不寬待！州務大臣並宣告，即將在北霹靂展開共產黨員大逮捕行動。

一個多月後，一個月黑風高的晚上，群犬瘋狂吠叫，大門被粗魯地撞開，熟睡中的兄姐被家中不尋常的聲響吵醒。家中站滿荷槍實彈的錫克兵，一個操廣府話的華人高階警官帶隊，要求母親說出父親的藏身之所。母親哭泣不語，被大力推了一把，當時還在襁褓中的四姐被驚嚇，立即尖叫，放聲大哭！藏身在主臥室地板底下的父親聽見，於心不忍，隨即自通鋪下的貯藏暗櫃爬出，藏在暗櫃中的紅書也全被搜出！警官僅准許母親替父親收拾三套衣褲，在滿室妻兒的沉默目送下，父親被押走。當年，親共人士，一律送往「扣留營」。所謂政治扣留者，身份曖昧，不是犯人，也不是政治犯；無須上法庭，也沒有定罪。政府援引《內部安全法令》，可以扣留一個人兩年至八年不等，父親就這樣被扣留在華都牙也扣留營歷時兩年。

晴天霹靂，一家之主失去自由，全家生計頓時陷入困境！因大哥為小兒麻痺症患者，右腳不良於行，無法割膠，唯有讀書一途。大姐及二哥小學畢業就輟學，如今因形式所迫，二姐及三姐也被迫協助母親扛起經濟重擔。他們的犧牲讓嗷嗷待哺的年幼弟妹們得到了繼續升學的機會。

父親晚年追憶起那段在扣留營的日子，卻論斷那段時光在他乏善可陳的人生中，不失為一段美好的時光！因祖父早逝，父親少時家貧，早年失學，沒有機會接受正規的學校教育。父親說：「好彩我入佐扣留營，在裡面讀佐一點書！出來後至少識睇報紙，也識睇書！」[3]還好，扣留營不是監獄。在政治扣留營中，有律師、大學生、教師、中醫師、計程車司機、小販、勞工、政黨領袖、政黨黨員。在營中，父親遇到很多極有學問的人，那真是個學習的大好機會！父親曾說，愈是有學問的人，愈是謙恭有禮。他在那兩年當中，把握機會拚命學習讀書寫字，也交到幾位生死之交，離開時互贈照片留念，終生保持聯繫。

我問父親：「你們關在扣留營裡，失去自由，日子不是很難過嗎？」父親微笑道：

3　意即：「幸好我進入扣留營，在裡面讀了一點書！出來後至少能看懂報紙，也能看書！」

「我拚死老命學習都怕來不及了，又讀書又寫字，還嫌關在裡面的時間不夠用呢！原本還想好好學英文，可惜，日子過得太快了！」「我們每天早上起來，會有人帶領唸《毛主席語錄》。」像這樣，父親喃喃唸了起來：「我們都是來自五湖四海，為了一個共同的理想組合起來，我們要互相關心，互相愛護……」「唸完《毛主席語錄》就去做早操，吃早餐。然後大家一起分工合作打掃環境，有人掃地、有人洗水溝、有人刷馬桶。也有人去種菜、打球、打太極、唱歌。中午休息後，下午有人演奏樂器，口琴、吉他、笛子都有，非常熱鬧。白天、晚上都可以自由地上課，歷史、中醫、馬來文、英文，各種課程都有。你對什麼有興趣就去上什麼，都是裡面的人免費教。想運動就整天打球，想種菜種花就整天種，一刻不停，也沒人干涉你。」

「還有人整天想辦法要抓天上飛的鳥呢！最後這人竟製作出非常好的圈套和鳥籠，甚至抓到了老鷹！有一個人更好玩，他整天都專注抓老鼠！那時候都是泥土地板，床底下、牆下老鼠洞很多，這個人每天抓老鼠，每天計算自己累積的數量，這也是一種樂趣啊！也有人整天埋頭製作手工藝品，做好了送到營外去賣，能賺一點小錢！」晚年，父親大口抽著雪茄，裊裊輕煙飄散，微瞇著雙眼，說起在扣留營的日子，絮絮叨叨、如數家珍。重獲自由數十年後，原本痛苦的經歷，竟變得雲淡風輕！

也在那兩年中，父親養成了終生受用的閱讀習慣！營中准許看書，可以透過郵購，跟香港、新加坡或英國的書店買書，但每一本書寄來後，都需經過審查。父親的舍友家裡非常有錢，經常買書，總是慷慨地借書給他看。營中幾乎都是華人，還有些比父親更年輕的學生，尚無家室，無憂無慮。當時，野村同時被押走十餘人，全部被分散在不同的扣留營。僅我家對門的廖小弟和父親同營。

父親津津樂道的一件事，即是在營中當了「紅娘」！原是教師的廖先生，當年僅二十餘歲，因參加讀書會被扣留。一牆之隔是女性扣留營，戴著黑框眼鏡，斯斯文文的廖老師，某次蹲在鐵絲網圍籬邊種花時，和年齡相當的楊姓女老師打了個照面，竟天雷勾動地火，雙方一見鍾情！廖老師在舍友的鼓譟下寫了一封文情並茂的情書，由父親當晚上中文課時幫忙傳遞。後來，兩人私定終生，離開扣留營後，結為連理！

「不過，遺憾的是，也有人進入扣留營後，不斷思念外面的親人，想不開，最後精神異常。如果獄卒看你整天都很低落，就會特地找你去問話。你告訴他你想念家人，他們就開始和你討價還價，讓你寫自白書、悔過書、上電視發表反共談話等，向你提出各種獲取自由的交換條件。你如果不答應，他們就會疲勞轟炸，輪流說服你，直到你同意為止。不過，我的心都在讀書上面，我都不理他們！關久一點我就可以多讀一點書，也不錯啊！」父親用手撫摸自己光禿的頭頂，賊賊地笑了！

父親還說，他們也多次在營內絕食，短則三天，長則七天，原因包羅萬象：譬如抗議越戰、抗議美國轟炸河內、抗議伙食欠佳、抗議營員被虐待等等。大家雖然絕食，管理員還是會繼續送餐；不過全營都說好了，完全不吃東西，只喝水，有時也喝葡萄糖水。某次因某營員未得到妥善醫療照顧而自殺，絕食最高紀錄，竟然四十七天不吃東西！

絕食期間，獄卒們每天來檢查身體，量血壓，發現絕食者身體過於虛弱，即強制送去醫院打點滴；身體沒問題的，就讓他們繼續躺著。絕食的時候大家還相互鼓勵，「下定決心、不怕犧牲、排除萬難、爭取勝利」，他們一邊唸一邊相互敲牆，隔壁的人就能聽到！絕食結束，每個人都瘦了一圈，都變成「瘦蚊雞」、皮包骨了！父親說，那段在扣留營的時光其實是相當美好的！「好彩，那時候被關還是依循英國留下來的人道制度，不被當作犯人，只是政治扣留者，所以享有一定的權利，也受到一定的尊敬。好彩啊！那兩年還讓我識得很多字，學會睇書！真是好彩！」父親半瞇著眼睛享受我從機場買來的雪茄菸，吞雲吐霧中，說了一連串「好彩」！

我也覺得「好彩」。父親在扣留營的兩年，接觸到形形色色、各行各業有學問的人，使父親的眼界豁然開朗，也體認到知識的重要性。離開扣留營之後，他更加重視子女的教育。他自己也成為愛閱報、愛看書的人。父親的閱讀習慣，給子女們做了最佳示範！對我而言，今天能走上作家之路，更是有直接的影響！是的，父親被送扣留營，勞工黨支部中大部份的左派書籍作為證物被運走，卻有一批文學書籍沒有被銷毀！若干年後，這些書成為我青少年期的讀物，那就是孕育文學靈魂的最初泉源！如果父親沒有過這段勞工黨的人生歷程，如今他的人生、兄姐的人生、我的人生又將變成什麼樣子呢？

Buang 埠

兩年後，父親從扣留營出來，重獲自由。當時的法令規定，政治扣留者離開扣留營後，須限制住居，不得歸返原居住地，以避免馬共同情者再度和馬共組織搭上線。這個法令俗稱「buang 埠」，「Buang」為馬來語，意謂「丟棄、流放」。「埠」在廣西話中指「城市」。

當時，接近知命之年的父親有家歸不得，僱主知道父親的敏感身份，大多也不敢僱用。父親離開扣留營後，慌張失措，到處奔走卻找不到工作！後來，透過廣西會館協助，終於獲得瓜拉江沙一個宗親首肯，在近郊的橡膠園割膠，寄居在工寮裡。當時的同事，知曉父親來歷後，視父親為眼中釘，日日對父親指桑罵槐、鄙夷嘲諷。父親每日收工後，在宿舍裡如坐針氈，只好每日下午步行幾公里，到廣西會館去閱報看書，天黑再回去睡覺。步行時，總會在轉角處瞥見跟監手法不高明的盯哨者身影，有時是華人警官，有時是馬來巡警，都著便衣。

每個月底，膠園發糧餉過後，母親會牽著四哥和五哥，到瓜拉江沙大鐘樓旁的「悅來」茶室相聚。夫妻對坐傾談十幾分鐘，讓父親看看兩個黝黑、瘦蚊雞、頑皮活潑的小兒子。末了，母親買一塊香噴噴、剛出爐的燒豬肉，領著孩子搭巴士回家。經常，母親剛到車站，便有便衣警察趨前來，仔細詢問母親去過何處？見過何人？父親又說過些什麼話？父親是否提及最近見過何人？

兩年後，父親無法再忍受這種被監視的生活，決定尋找一個與世隔絕的居住地，以減少被警察騷擾的頻率。恰好在廣西會館看到督亞冷錫礦場招募礦工的佈告，便應徵了礦工一職，從此一做便是十六年。此後，父親在怡保、地摩、金寶、太平等地不同錫礦場轉徙。只要有礦場徵人，父親便收拾包袱離家採礦，短則半年，長則數年。沒有採礦工作時，便回家割膠。但父親比較喜歡的還是當礦工，雖然工作一樣粗重，但至少在艷陽下曝曬的時間較短。而且礦場都在深山老林中，雖然環境簡陋，但氣溫較涼爽宜人，被便衣警察追蹤探訪的次數也較少。也因為礦工的薪水比膠工高出許多，遂順利讓大哥、三哥、四哥完成大學學業，家中生活水平也獲得改善！

每隔幾個月，父親休假回家時，總是出手大方，在瓜拉江沙火車站旁，購買最昂貴的進口水果給小孩吃。如逢假日，父親便會帶著最疼愛的么女，去瓜拉江沙唯一的麗士戲院看電影。還記得，我看過的第一部電影是歌舞片，印象非常深刻，片名是：《劉三姐》。這部電影是在廣西桂林拍攝的；劉三姐，是廣西壯族民間傳說中的歌仙。劇情敘述一個貪婪、荒淫的財主名叫莫懷仁，欲強娶劉三姐為妾。才貌雙全的劉三姐與鄉親們一齊用壯民族「結親先要擺歌台」的特有風俗，以山歌與莫懷仁巧妙周旋，鬥智鬥勇，終使其陰謀詭計無法得逞。當時，我瞥見父親對著大銀幕眼眶泛紅、頻頻拭淚，大惑不解！那分明是一齣熱鬧又歡樂的歌舞劇啊！有什麼好傷心的呢？唉！真是少年不識愁滋味，父親當年哪裡是看戲，父親看的是鄉愁啊！

十六年的礦工生涯中，父親曾經歷過無數次礦災！更經歷過一次史無前例、全坑覆沒的嚴重礦災！當時，連綿一個多月的雨季過後，礦坑崩塌，全礦場都在大洪水中滅頂，僅父親一人生還！

那個時期的父親嗜賭，礦災發生前一天剛發糧餉，礦工們循往例聚賭，父親也熬夜賭博，手氣太差，竟然把一個月薪水都輸光了！當晚父親因心情欠佳，輾轉反側，早上下坑前遂覺身體不適，決定在宿舍休息補眠。幸好，那簡陋的宿舍是蓋在地勢較高的山坡上。當洪水決堤，礦坑被淹沒，金山溝崩塌時，發出轟隆轟隆，猶如萬馬奔騰的巨響！父親上身赤裸，下身僅著一條深藍色四角內褲，拚命跑往高處，才僥倖撿回一命！

父親九死一生，卻從中悟出人生道理。他想起礦災之前，自己竟糊里糊塗，把辛辛苦苦賺的薪餉全都輸光了！如果上天沒有留下一條活路給他，而是留給妻兒一具冰冷的屍體，那自己豈不是兩手空空就走了？如果什麼都沒留下，這樣怎麼對得起妻兒呢？上天垂憐，饒了他一命！可見，僥倖撿回來的這條命，可不是讓他賭博的！人生還很長，還有好多事沒做呢！想通之後，父親從此戒賭，發誓終生不再碰任何賭具！全家也都恪遵家訓，從不賭博！逢年過節，一家歡聚，也不賭牌；改以下象棋、圍棋為樂！

父親的拿手菜

戒賭之後，父親配了一副眼鏡，閒暇時就閱讀書報。在礦場，逢雨季不能開工，依舊閒得發慌。後來，他有空就往廚房跑，找廚師閒聊，自願當廚師的助手，也學習到一些烹飪手藝。

父親平常在家很少做家事，但逢年過節，他一定會親自下廚，做廣西釀豆腐、紅燒芋頭扣肉這兩道家傳功夫菜！個性本就慢郎中的父親，在廚房裡，烹飪速度依然慢條斯理。首先，把買來的三層肉細切，仔細剁成絞肉，加入炒香、剁碎的花生，切碎的韭菜和蝦仁，鹽、五香粉、胡椒粉和成肉泥，再把內餡塞入圓形油豆腐中，直到油豆腐變成一顆顆飽滿的圓球。準備好之後，淋上用蠔油、少許米酒、糖、香油、胡椒粉混合成的醬料，放在蒸籠裡蒸熟，約半小時。揭開蒸鍋蓋，頓時陣陣香味撲鼻而來！

父親的另一道拿手菜——紅燒芋頭扣肉，更是得花許多時間完成的功夫菜！開始，須將新鮮芋頭削皮，切一公分厚片備用。三層肉整塊以熱水川燙，撈出後在皮上用叉子戳洞，起油鍋，用大火油炸豬皮，使豬皮呈現蜂窩狀。然後將豬肉切成 0.5 公分寬的厚片，用蠔油、豆腐乳、米酒、糖、香油、胡椒粉、五香粉混合成醬料，均勻沾裹豬肉和芋頭塊，將豬肉和芋頭一層又一層間隔排放於圓形深碗中，淋上剩下的醬料，下鍋大火蒸至少一小時，豬肉和芋頭都要軟爛才好吃。起鍋時倒扣入另一大碗中，讓芋頭均勻吸收醬汁。這道菜，色、香、味俱全，是除夕團圓飯時最受歡迎的一道菜，每次一上桌，立即被搶食一空！

此外，每年端午節時，家中一定會遵循傳統，包好幾串粽子。母親包的是較常見的錐形三角粽，父親則會包傳統的廣西枕頭粽！這款粽子甚為少見，市面上也無人出售。父親說他是回溯童年記憶，依樣畫葫蘆做的。廣西枕頭粽，顧名思義，體積碩大，形態酷似長條型的枕頭。以多張竹葉重疊，用較長的草繩，以纏繞綑綁的方式來包裹糯米。內餡和三角粽雷同，有眉豆、黃豆、鹹鴨蛋、花生、栗子、冬菇、蝦米、豬肉。包好後，下鍋水煮，大約十顆廣西枕頭粽就能把一個超大鍋子填滿！

前兩道父親的大菜，我都學會了，唯有廣西枕頭粽這項技藝，家中已無傳人！實在遺憾呀！

慈善記

父親是個慷慨大方的好人，即使在家境貧困的時候，依然未曾放棄行善。兄姐們依然記得，自他們有記憶以來，家中不同時期，經常住著一兩個非親非故的陌生人，那些都是被父母好心收留的同鄉人啊！

那當中，有許多都是從中國初到南洋，舉目無親的出外人。有人原就阮囊羞澀，因親友在南洋的聯絡地址有誤，下船後盤纏用盡，一時間尚未找到親人。有人是旅途中一時大意，行李遺失，或與家人失散，或遭逢盜竊，以致身無分文、無所依靠，狼狽不堪。有人是初來乍到，水土不服，病體虛弱，需要調養，再無餘錢可住客棧。由於父親急公好義，與廣西會館來往頻繁，也同情這些同鄉的處境，遂毅然伸出援手。必要時，就接這些苦主到家中來住。父親不但提供免費住宿和伙食，還協助尋找親屬或轉介暫時的落腳處，不幸生病了甚至伺候湯藥，幫忙介紹工作，或者借錢予之做點小生意。雖然非親非故，父親卻不顧家境窘迫、自身難保，仍慨然相助！

兄姐問其原故，父親提及，當年，初到南洋，祖父驟逝，祖母與他，孤兒寡母，也曾獲得同鄉人出手相助。如今有地有房，行有餘力，實在不忍心看同鄉人流落街頭啊！況且，家居荒僻野村，用度不多，讓人將就住下，只是多吃一碗飯，小事一樁，卻能救人於危難，何樂而不為？同是出外人，要互相照顧啊！

母親也是生性善良、慈愛仁厚之人，對父親憐貧恤苦的想法亦不反對。從此，我家遂成為無依之人的慈善之家！寄居我家的陌生人，形形色色、來來去去，住的時間，或短、或長，多為無依老者或孤兒寡母。短暫養病或寄居寄食，如若找到工作、找到親人、找到落腳處，或者身體安泰了，即道謝離去！父母從中分文未取，甚至倒貼不少金錢，卻也不以為意！父母付出，從不求回報。心頭踏實，助人為樂，歷時七八年。直至中國共產黨崛起，馬來亞獨立建國，政府開始管控中國移民，從廣西到南洋的「淘金」人口明顯減少為止。

在我家寄居最久的陌生人，是一個白鬍子老爺爺。根據兄長印象，在我家至少住了一年多！此人一家自檳榔嶼下船後，便因水土不服，身染怪病！幾個月後，錢財耗盡，依舊無法救回妻兒性命。此人孤獨無依、萬念俱灰，獨自流落異鄉。因在廣西家鄉曾學過跌打刀傷等中醫技術，遂當起江湖郎中，自馬來半島北方往南方流浪。老爺爺起初在瓜拉江沙河邊市集賣藥，卻不幸染重病，原本暫居客棧，卻因入不敷出、貧病交加，累積數月未付住宿費，將要被驅趕出門！父親知其窘境，毫不猶豫地伸出援手，接他到家中暫住。在父母熱心照顧下，老爺爺在我家休養了一個多月，終於恢復健康。心中感激，遂主動提出要協助照顧幼兒。

當時，大哥剛滿兩歲，因罹患小兒麻痺症，雙腳綿軟無力，僅能在地上爬行。老爺爺病癒後，決心要替大哥診治！遂揹起大竹簍，親自上山採草藥，回來後曬乾、搗爛、煨藥膏，泡藥酒，日日替大哥推拿、針灸雙腳，每晚耐心替他敷藥、包紮。又上山採黃藤，除去尖棘及外皮，生火熏蒸揉烤，自製成簡易助行器，攙扶大哥學步。大哥哭泣不願辛苦學步時，老人則軟硬兼施，講故事鼓勵他，拿藤條作勢驅趕他。足足下了一年多的功夫，在老爺爺的耐心診治下，大哥才慢慢地進步，能自行扶著東西站起，能顫巍巍地依靠簡易助行器邁步，最後甚至進步到能不使用枴杖，緩緩地走路！雖然因左右腳長短不一，走路時甚是顛簸，擺動幅度極大，但至少，大哥能站起來走路了！

白髮蒼蒼的老爺爺，滿臉慈愛地看著大哥穩穩地邁步，撫摸著他那一把長長的雪白鬍子，禁不住老淚縱橫，一忽而又開懷大笑！隨後，便進入房間收拾行李，表明有離開之意。老爺爺離開前向父母鄭重道謝：感謝父母在他最危難之時幫助他；如今，阿木會行路了，他也就能功成身退了！父母要給他一個紅包，也被他生氣地拒絕了。老爺爺離去後，繼續他的江湖郎中旅程，從此再沒有他的消息！若干年後，家人依然會不經意地想起他來，父母更是對他銘感五內。

據說，除了短暫寄居者，在不同時期，也常有因丈夫驟逝，失去依靠的孤兒寡母，會寄居我家，寄居的時間也相當長！當時，父母正發展種薑副業，這些婦女也需要收入，便暫時聘請她們到薑園裡打零工，協助鋤地、灌溉、除草、挖薑等。當她們找到了更好的工作，或更好的去處，隨時可以離開。此事一傳十、十傳百，因當時婦女謀生不易，許多同村或鄰近村莊的弱勢婦女聽說了此事，紛紛到我家經營的薑園求職，父親不忍心拒絕，遂導致薑園人力過剩，成本增加，淨收入也銳減，差點兒經營出現困難！直至從商經驗豐富的外婆看不下去，出手干預，要求父親改善人員管理及控制成本，情況才改善。

如今思及，父母憐貧恤苦，委實是子女最好的身教啊！家中每有餘裕，無論是剛出爐的糕餅，還是剛宰殺的山豬肉，母親經常會請小孩送去給一個遠房親戚。這戶人家住在野村最尾端，子女眾多，丈夫瘸腳，妻子因糖尿病截肢，女兒精障。父親曾說：「世人多錦上添花，唯少有雪中送炭者。」所以，父母在世時，從未忘記給他們關懷與協助。

在父親的喪禮上，我又看見了這個已經八十多歲的叔叔，雙頰凹陷，眉髮皆已花白，腳也更瘸了！連續三天，他都坐在喪帳中，神情哀戚，不發一語。每晚，法事結束後，親友連聲催促，他都不肯離去。總要等到所有弔唁者都離開了，他才緩緩走到父親遺照前，輕聲跟父親說：「南哥，我返屋企囉。」[1]出殯前的最後一晚，他仍舊待到最後一刻，離去時依依不捨看著照片裡父親微笑的面容，三步一回頭，那隻瘸腳在地上無力地拖著，手頻頻拭淚。父親，我好想告訴您：「您所做的一切，都是值得的！」

1 意即：「我回家了。」

這一樁、那一樁的前塵往事。這些人、那些人，因著父母的善良，曾經來到我們的生命中。誰也說不清，已經是多少年前的舊事了？雖家無恆產、子女眾多，在那個自身亦不寬裕的時刻裡，父母仍堅持行善。那些純真年代裡的美好故事，發出熠熠光輝，久久地溫暖著我的心。

聖誕老伯公

自有記憶以來，伯公就是一個不折不扣的老人了！他長年一襲短袖淺色薄襯衫，黑長褲，腰間繫一條深色皮帶，那皮帶扣發出晶亮的銀色光芒。腳踩深色皮鞋，露出一截白襪。據說因年輕時曾經極胖，手啊腳啊，一截截都是凸起來的肉像超大蓮藕結節，最胖時曾胖得像日本相撲武士貴乃花。爾後晚年一場大病導致他暴瘦，病癒後臉頰上皺紋叢生，脖頸上的皮膚更是異常鬆垮，層層疊疊、猶如梯田。他為人非常客氣，見到人永遠呵呵地笑著。小時候我就覺得，伯公好可愛喔！伯公真的好像一隻和藹可親的拳師狗。

伯公來家的時候，是孩子們最興奮的時候了！無論他來的時間，是早是晚，他必定像聖誕老公一樣，肩上揹個超大布袋，手上也提著一大袋雜七雜八的東西。有時候布袋的形狀呈四角方型，倒出來才知道，那是一大鐵桶的梳打餅乾或夾心威化餅。手上提著的，有時候是姑婆芋葉包著的魚、豬肉，有時候是油紙包著，硬邦邦像塑膠條的臘腸、流著肥滋滋黃油的臘鴨，年節時就是應景的肉乾或肉粽了！

伯公每個月都一定會從瓜拉江沙騎腳踏車到野村，因為他在村子附近有一大片橡膠園，是給佃戶割的。賣橡膠的收入，四、六分賬。伯公拿十分之六，佃戶則獲得十分之四；伯公固定在每個月底來收租。伯公和我的祖父是堂兄弟，小時候在廣西，是同一個大家族。當時還未分家，伯公和我祖父可以說是一起長大的。四十來歲時，兩個人一起攜家帶眷，坐大鐵殼船到南洋闖天下，交情更是匪淺。可惜祖父去世得早！

伯公發跡前原本在瓜拉江沙做橡膠買賣，存了點錢，很有遠見的他，立即在瓜拉江沙近郊大量購買土地，闢為橡膠園。幾年後大片橡膠園同時生產膠汁，伯公把土地分給三個兒子打理，自己每天悠哉閒哉的，坐在家裡就有穩定的收入。伯公的小兒子住在村裡，所以他也常來看孫子，每次必定順便來我家。每次來，一定全身披披掛掛，帶了很多東西給我們。

如果來訪時，剛好我們全家都不在，伯公喜歡直接把帶來的禮物掛在門閂上。如果適逢月底，從外面回家，遠遠地發現門閂上用草繩綁著一塊姑婆芋葉包的豬肉，微微發酸，綠頭蒼蠅圍繞著它不停地飛舞。給我們送來神秘禮物的人，非伯公無疑！

如果這天是只有小孩，沒有大人在家的日子，伯公會把帶來的東西直接掛在廚房菜櫥邊，從天花板上垂下來的那根鐵鉤子上。這個鐵鉤子，用來吊任何東西都是最穩當的。因為鐵鉤子垂放的位置，是在廚房的正中央，花貓和老鼠都搆不著。伯公有點矮，往往要站在木頭太師椅子上才可以搆得到那個鉤子。把東西都就位後，伯公已經汗流浹背了！然後，他會脫下被汗浸濕的白襯衫，只穿一件白背心，露出滿佈老人斑的臂膀，一屁股坐在廚房天井下方的小凳子上納涼。

最大的小孩看伯公坐下休息，馬上拉動轆轤放下井繩，鐵桶裡裝滿了沁涼的井水，伺候著伯公洗把臉。伯公接過孩子遞上來的乾毛巾，笑瞇瞇瞅著我們。我們立即搬來小矮凳，團團圍繞著伯公坐著。一張張紅通通的小臉蛋齊刷刷四十五度角仰起，看向伯公。一面心急地催促：「伯公講古啦！講古啦！」我們都好愛聽伯公講古。

伯公這時候會瞇起一雙佈滿皺摺的細長眼睛，頭也微微仰起，看向天井，眼神直直穿透出去，孩子們的眼睛也像著了魔一般，凝視著天井上，一方藍藍的天空、幾朵白白的雲。

熱帶的下午，遠方經常有隆隆的雷聲響起，一開始是悶悶的雷聲，然後是轟隆轟隆的響雷。伯公的眼神好遙遠……

伯公講完古，要大姐從井裡再打一桶水，清涼清涼的，潑一下手臉，便用兩隻手掬起水喝一大口。然後，伯公敞開衣襟，享受著廚房天井吹來的陣陣涼風，笑瞇瞇看著大孩子分給小孩子每個人一塊餅乾。等到孩子們的餅乾都吃完了，伯公就把餅乾桶子放到菜櫥最高的一層。笑著告誡我們：「阿爸回來前，不可以把東西都偷吃光喔！」

伯公呵呵大笑起來，那臉頰脖頸上的皮微微顫抖著，似乎發出了乎瀰乎瀰的配樂，像一隻快樂轉圈的沙皮狗。幾個孩子簇擁著他，依依不捨地看他騎上腳踏車。「伯公，下次還要再來喔！」最小的那個女孩，扯著伯公的褲管，伯公摸一下沾著餅乾屑的臉頰，老舊的車子一路依依呀呀，走遠了。

後記

九歲開始寫作，十八歲立志當作家，二十歲離鄉背井來台灣唸書，三十至四十歲輟筆十年，四十歲回到寫作之路，五十歲的我將要出版第四本書。感謝無數默默支持我的朋友、關愛我的人，我想和你們分享我內心澎湃的喜悅。

也想大聲問：「故土、故人，如今安在哉？」美麗的故鄉，我的來處，能被世人看見，這是我此生最大的榮耀！「一方綠水一重天，一方水土一方人」，感謝那窮鄉僻壤一「野村」，無數辛勤工作、腳踏實地生活的人們！曾經，你我一起成長、一起勞動的過程，汗水淋漓、煎熬求生的記憶，千千萬萬動人的畫面，鐫刻在我的內心，點點滴滴：滋養、壯大我的靈魂，成為我最大的資產！感謝有你們！

去國離鄉三十年，一切彷彿仍如昨日：小學裡歡欣歌唱，橡膠林中浪遊，一雙雙小手搶拾最堅硬的那顆橡膠籽，赤腳踩碎滿地紅彤彤落葉。邀請你，洗乾淨沾滿城市風塵的雙手，摀起雙眼回到昔日！我們一起用愛來記憶、書寫、修復、填補、成就這本書吧！

野村少女

馬來西亞新村生活隨筆

作者　梁金群
總編輯　鄺健銘
編輯　高慧鈴
封面設計　陳啟龍
內頁排版　高慧鈴
照片提供　梁金群
校對　高慧鈴、喬麗敏

發行人　林韋地
出版　季風帶文化有限公司
地址　103 台北市大同區迪化街一段 198 號
電話　+ 886-2-87328546
電郵　monsoonzone.pub@gmail.com
臉書　季風帶
印刷　沐春行銷創意有限公司
發行　三民書局股份有限公司
初版一刷　二〇二〇年九月
定價　新台幣三九〇元

國家圖書館出版品預行編目(CIP)資料

野村少女：馬來西亞新村生活隨筆 / 梁金群著. -- 初版. -- 臺北市：季風帶文化出版：三民發行, 2020.09
308 面；14 x 21 公分
ISBN 978-986-97458-6-4（平裝）

855　　109012394